KB123684

로크미디어가
유혹하는
재미있는 세상

퇴마하는 톱스타 2

2023년 2월 7일 초판 1쇄 인쇄
2023년 2월 10일 초판 1쇄 발행

지은이 이상한하루
발행인 강준규

기획 이기헌 왕소현 박경무 강민구 조익현
책임편집 김홍식
마케팅지원 이원선

발행처 (주)로크미디어
출판등록 2003년 3월 24일
주소 서울시 마포구 마포대로 45 일진빌딩 6층
Tel (02)3273-5135 Fax (02)3273-5134
홈페이지 rokmedia.com E-mail rokmedia@empas.com

ⓒ 이상한하루, 2023

값 9,000원

ISBN 979-11-408-0703-1 (2권)
ISBN 979-11-408-0693-5 04810 (세트)

CONTENTS

두 번째 퇴마행

태수의 부름에 선생님이 희미하게 웃었다.

—일어났나? 완전히 죽은 사람처럼 쓰러져서 자더니.

태수가 꾸벅 인사부터 했다.

"정식으로 다시 인사 올리겠습니다, 선생님."

—됐네. 귀신한테 정식이라는 건 없어. 그래, 잠은 푹 잤나?

"예, 선생님. 근데 선생님은 이제 자유롭게 다닐 수 있는 건가요?"

—그런 모양이야. 어제 저절로 자네 몸에서 분리되더니 영혼이 자유로워지더라고.

"아, 그러셨군요. 근데 어딜 다녀오신 거예요?"

—가족들을 보러 집엘 좀 다녀왔네.

"아, 예."

마음 같아서는 당장 소설 얘기를 하고 싶었지만 그럴 분위기가 아니었다. 모처럼 가족을 만난 탓인지 선생님의 눈가가 촉촉하게 젖어 있었던 것이다.

그런 태수의 마음을 읽고 정문호 선생이 입을 뗐다.

─내게 하고 싶은 말이 있는 모양이군.

"예? 아, 아니에요."

─궁금한 게 있으면 물어봐. 자네 얼굴에 묻고 싶은 게 많다고 쓰여 있으니까.

하긴 머릿속에 다른 생각이 가득하니 얼굴에 티가 날 수밖에 없을 것이다.

"실은 여쭤보고 싶은 게 좀 있습니다."

─괜찮으니까 뭐든 물어봐.

태수가 망설이다가 어렵게 운을 뗐다.

"제가 이번에 새로 쓴 소설 있잖습니까?"

─그래, 나도 옆에서 다 읽었네.

"다 읽으셨다고요?"

'다 읽었다'는 정문호 선생의 한마디에 저도 모르게 긴장이 됐다.

정문호 선생이 태수를 보며 빙긋 웃으며 말했다.

─소설을 어떻게 읽었는지 궁금한 게로군.

태수가 고개를 끄덕이자 오히려 정문호 선생이 물었다.

-그래. 자네는 자신의 소설을 어떻게 읽었나?

"예?"

뜻밖의 질문에 태수가 망설이다가 솔직하게 대답했다.

"솔직히 제 눈에는 결점을 찾기가 힘든 미스터리 작품으로 보이긴 합니다만."

정말로 태수의 눈에는 그렇게 읽혀서 사실대로 말한 것이다.

정문호 선생이 껄껄 웃으며 말했다.

-물론 꽤 잘 쓰긴 했지만 그 정도의 수준은 아니고.

순간 얼굴이 화끈 달아오르며 창피한 생각이 들었다.

사실 당연한 얘기가 아닌가. 정문호 선생의 눈높이와 자신의 눈높이가 같을 수는 없을 테니까.

태수가 웃음으로 얼버무리며 머리를 긁적였다.

"제가 워낙 안목이 낮아서."

-앞으로는 안목을 좀 높이도록 하게. 매끄러운 문장만으로는 좋은 작가가 될 수가 없어. 작가는 딱 자신의 눈높이만큼의 글만 쓸 수가 있거든.

선생님의 말씀이 가슴 아프게 와닿았다. 글은 필력만으로 되는 게 아니라 작가가 가진 지적인 욕망이나 지식, 상상력 같은 여러 요소들이 작용하는 거니까.

그 말을 듣자 갑자기 자신감이 확 줄어들었다.

"선생님 말씀 명심하겠습니다. 그럼 출간할 만한 수준도 안 되나요?"

자신의 이름으로 책을 출간하는 건 태수의 간절한 꿈이었다.

남들에게 한 번도 인정받거나 주목을 받은 적이 없는 삶을 살았기 때문에 책을 통해 자신의 진정한 내면을 보여 주고 싶었던 것이다.

자신이 쓴 이야기가 책으로 출간이 되고 그 책을 누군가 읽는다는 상상을 하면 심장이 터질 것 같았다.

−출간을 걱정할 수준은 아니네. 출간 정도는 마음만 먹으면 언제든 가능할 거야.

정문호 선생의 말에 태호는 벅찬 감동에 눈을 질끈 감았다가 떴다.

선생님이 계속해서 말을 이어 갔다.

−자네 소설의 문장과 문체는 처음 글을 쓰기 시작했을 때의 내 젊은 시절을 보는 것 같았네. 아직은 부족한 점들이 보이긴 하지만 충분히 재미있는 작품이야.

태수는 자신의 얼굴에 떠오르는 미소를 감추기 위해 안간힘을 써야만 했다.

정문호 선생이 미소를 머금고 물었다.

−그래, 이제 어떡할 텐가?

"예?"

−이 소설을 어떻게 할 작정이냐고.

"아…… 선생님이 보시기에 괜찮다면 출판사에 보내서 출간을 해 보고 싶습니다. 예전부터 제 첫 번째 꿈은 일단 제 이름으로 책을 출간하는 것이라서."

잠시 생각에 잠겨 있던 선생님이 물었다.

─혹시 한국 장르문학 공모대전이라고 들어 봤나?

"그럼요. 당연히 알죠."

한국 장르문학 공모대전은 우리나라에서 가장 규모가 큰 장르 문학 공모전이다. 대상은 상금도 상당히 많았던 걸로 기억했다.

─그래, 국내에선 가장 권위 있고 규모가 큰 공모전이지. 내 생각에는 이 작품을 그 공모전에 내 보면 어떨까 싶은데.

"≪비가 오면≫을 한국 장르문학 공모대전에요?"

─공모전에서 상을 타면 출간뿐만 아니라 상금도 받을 수 있고, 자연스럽게 작품에 대한 홍보도 될 수가 있을 거야.

듣고 보니 그렇다.

지금껏 태수는 공모전 같은 건 생각해 본 적이 없다. 오직 책의 출간에만 목표를 두고 글을 써 왔다.

하지만 요즘처럼 장르 문학 시장이 어려운 때는 좋은 작품도 빛을 보지 못하고 묻히기가 일쑤다.

근데 한국 장르문학 공모대전에서 상을 타면 출간은 물론이고 상금과 함께 작품 홍보까지 할 수가 있다.

당선만 될 수 있다면 당연히 응모하고 싶은 마음이다.

문제는 과연 그런 큰 공모전에서 수상을 할 수 있을지.

한국 장르문학 공모대전은 상금 규모도 크지만 기성작가들까지 참여하기 때문에 작품의 수준이 대단히 높다고 알려져 있다.

일단 선생님의 말대로 한국 장르문학 공모대전 홈페이지에 접속해서 공모전 내용을 훑어봤다.

상금은 대상 1명 3천만 원, 우수상 1명 2천만 원, 장려상 3명 각 상금이 1천만 원씩이다. 대상은 꿈도 꾸지 않고 장려상만 받아도 꿈만 같을 것 같았다.

공모전 요강을 훑어보자 수상을 하지 않더라도 제대로 글을 평가받고 싶은 욕심이 생겼다.

"선생님 말씀대로 하겠습니다. 공모전에는 한 번도 참여를 해 보지 않아서 그 생각을 못 했던 것 같습니다."

-그럼 어서 서둘러야 하네.

"예? 서두르다니요?"

-공모전 접수 마감이 오늘까지야. 지금이 11시 32분이니까 마감까지 28분밖에 남지 않았네.

"예에?"

홈페이지를 확인하니 정말로 원고 접수 마감이 오늘 자정까지였다.

그야말로 머릿속이 하얘졌다.

남은 시간이 28분이면 탈고는커녕 오타 검사조차 제대로 할 수 없는 시간이다. 부랴부랴 원고를 처음부터 다시 읽으며 오타 위주로 살펴봤다.

원고는 마감 3분 전에야 간신히 접수시킬 수가 있었다.

"후우."

한숨을 쉬고 뒤늦게 공모전 요강을 살펴보는데, 눈에 띄는 항목이 있었다.

공모전 특전에 관한 내용이었다.

"공모전에서 대상 수상자에겐 한강대학교 문예창작과에 특별 전형으로 응시할 수 있는 특전이 부여된다?"

옆에서 지켜보던 정문호 선생이 태수의 표정을 살피며 물었다.

ㅡ왜, 특전에 관심이 있나?

"당연히 관심 있습니다. 이게 대체 무슨 말인가요? 특별 전형으로 한강대학교에 응시할 수 있는 특전이 부여된다는 조항요."

ㅡ말 그대로네. 대상을 타면 한강대학교 문창과에 특별 전형으로 입학할 수가 있다는 말이야.

"수능을 보지 않아도 된다는 말씀인가요?"

ㅡ그렇다네.

순간 태수의 동공이 두 배쯤 커졌다.

"그, 그게 정말입니까?"

ㅡ한강대학교는 한강 그룹 재단 소속이야. 한국 장르문학 공

모대전을 주최하는 곳도 한강 그룹이고. 그래서 공모전 대상 당선자에게 특전을 부여하는 거야. 박학준 작가 알지?

"당연히 알고 있습니다."

박학준 작가는 요즘 장르 문학 베스트셀러 1위에 올라 있는 《물고기》를 쓴 작가다.

《물고기》는 현실과 판타지의 경계를 넘어서는 흡입력 있는 스토리로, 장르 문학으로는 드물게 베스트셀러에 오른 소설이다.

─박학준 작가도 2회 때던가. 이 공모전에서 대상을 타고 한강대 문창과에 입학해서 공부를 한 친구야.

태수가 콧구멍을 벌름거렸다.

어려운 여건에서도 배움에 대한 갈증으로 진학했던 드림실용예술전문대학은 태수가 꿈꾸던 대학하고는 거리가 있었다.

하지만 한강대학교는 예체능에 관한 한 대한민국 최고의 명문이다.

교수진은 물론이고 학생들의 재능도 뛰어나다.

정문호 선생님도 바로 한강대학교 문창과 교수였다. 이름만 대면 알 만한 유명 작가와 영화감독, 배우 대부분이 한강대학교 출신이다.

한강대학교의 문예창작과와 연극영화과는 수능 올 1등급을 받아도 실기가 부족하면 들어가기가 쉽지 않다고 들었다.

명호도 현재 한강대학교 연영과 3학년이고.

만약 태수가 공모전에서 대상을 타서 한강대학교에 입학한다면 명호의 표정이 어떨까?

엄마는 또 얼마나 기뻐할까?

형이 S대에 입학했을 때 좋아하던 엄마의 모습이 눈앞에 어른거렸다.

태수가 글 쓰는 걸 반대하며 무시하던 형과 형수의 얼굴도 떠올랐다.

공상을 하며 입꼬리를 올리는 태수를 향해 정문호 선생이 말했다.

-너무 큰 기대는 하지 말게. 한국 장르문학 공모대전에는 이름난 기성작가들까지 모두 참여하기 때문에 쉽게 결과를 예측할 수가 없어.

태수도 비로소 정신을 차리고 대답했다.

"알고 있습니다. 전 선생님 덕분에 공모전에 응모할 수 있었다는 사실만으로도 만족합니다. 지금부터 발표 날까지는 응모했다는 사실을 아예 잊고 살겠습니다."

정문호 선생이 고개를 끄덕였다.

-차라리 그게 마음이 편할 수가 있어.

"알겠습니다. 그리고 선생님."

-왜 그러나?

"이젠 제가 선생님의 한을 풀어 드릴 차례가 된 것 같습니다. 제게 선생님의 한이 뭔지 들려주십시오."

정문호 선생님의 얼굴에서 웃음기가 사라졌다.

〜

―여기가 우리 집이네.

정문호 선생의 말에 고개를 들어 보니 고급스러워 보이는 2층 주택이 눈앞에 보였다.

무수한 베스트셀러를 출간했고 한강대학교 교수이기도 했던 선생님의 경력에 아주 잘 어울리는 집이었다.

어딜 봐도 완벽할 것 같은 정문호 선생한테 승천조차 할 수 없을 정도의 깊은 한이 서려 있다는 사실이 믿기지가 않았다.

선생님이 어렵게 입을 열었다.

―자네가 과연 이 문제를 해결할 수 있을지…….

"일단 저한테 사연을 들려주십시오."

지금 태수의 심정은 정문호 선생을 위한 일이라면 뭐든 달려들어서 해 드리고 싶었다.

선생님이 한숨과 함께 얘기를 시작했다.

―결혼 전 아내는 연극을 하던 배우였어. 미인이었고 감성도 풍부했지. 말을 할 때도 늘 조근조근 속삭이는 것처럼 듣기 좋은 목소리를 가졌고.

선생님을 생각하면 사모님의 이미지도 충분히 상상이 됐

다.

─올 초였나? 갑자기 아내가 변하기 시작했네.

"변하다니요? 어떻게요?"

선생님이 참담하게 말했다.

─모든 게 다 변했어. 모든 게! 식성도 변했고, 성격도 변했고, 취향도 변했어.

언뜻 들어서는 상상이 되지 않았다.

─처음에는 잠시 다른 사람이 된 것처럼 이상한 말을 지껄이더니 나중에는 가족들도 알아보지 못하더군. 같은 날에 죽자고 약속할 정도로 아내와 난 금슬이 좋았네. 가정도 화목했고. 근데 아내가 변한 후 우리 가정은 지옥으로 변했어.

듣는 것만으로도 선생님과 가족들의 고통이 얼마나 컸을지 짐작이 됐다.

─혹시 치매 같은 게 아닌가 싶어서 병원이란 병원은 다 다녔지만 병명을 알 수가 없었네. 내가 이렇게 된 것도 아내가 난동을 부린다는 아이들의 전화를 받고 급히 집으로 돌아가다가 사고가 났기 때문이야.

사랑하는 아내가 이상하게 변했고 어느 집보다 행복하던 가정은 한순간에 무너졌다. 가장인 선생님은 그로 인해 죽음을 맞이했고.

자신 같아도 한이 맺혀서 쉽게 승천할 수가 없었을 것 같았다.

정문호 선생이 눈물을 보이며 말을 이어 갔다.

－아무리 생각해도 지금의 아내는 내가 알고 있던 그 사람이 아닌 것 같아.

"일단은 제가 집 안으로 들어가서 사모님을 살펴봐야 할 것 같은데, 문제는 선생님 가족들이 절 받아들일지."

사실은 아까부터 그게 제일 걱정이었다. 가족들 눈에는 정문호 선생의 영혼이 보이지 않을 테니까.

－그 문제라면 걱정할 필요가 없네.

"예?"

－지금 집 안에는 아내밖에 없어. 아내가 워낙 괴팍하게 구니까 아이들이 모두 집을 나갔거든. 대문 오른쪽 기둥 위에 열쇠가 있을 걸세. 그걸로 대문을 열고 들어가게.

선생님이 말한 대로 손을 뻗어 기둥 위를 더듬자 정말 열쇠가 손에 잡혔다.

철컥.

쇳소리와 함께 대문이 열렸다.

맨 먼저 황폐한 정원이 눈에 들어왔다.

등 뒤에서 회한에 서린 선생님의 목소리가 들려왔다.

－예전엔 참 아름다운 정원이었다네.

태수가 정원을 가로질러 조심스럽게 현관문을 열고 집 안으로 들어섰다.

텔레비전 소리와 함께 거실에 앉아 있는 50대 여인이 보였다. 상당히 살이 찐 체형에 심술궂은 표정으로 텔레비전을 노려보는 여인.

아무리 생각해도 선생님과는 어울리지 않는 인상이었다.

여인은 태수가 들어오는데도 본 체도 하지 않았다.

여인의 손에는 과자 봉지가 들려 있었고 바닥에는 빈 과자 봉지와 과자 가루가 아무렇게나 흩어져 있었다. 그사이에도 여인의 손은 잠시도 쉬지 않고 입안으로 과자를 날랐다.

선생님의 입에서 탄식이 흘러나왔다.

"저분이 사모님이신가요?"

-그렇다네. 올 초만 해도 너무 말라서 걱정을 했는데 저렇게 변해 버렸어.

지금 사모님의 몸은 적어도 100킬로그램 가까이 될 정도로 비대해져 있었다.

선생님이 사모님 곁으로 가서 애원하듯 말했다.

-여보, 내가 왔소. 제발 정신 좀 차려요, 여보.

그러자 사모님이 무서운 눈으로 선생님을 노려봤다. 뜻밖에도 사모님한테도 선생님의 영혼이 보이는 모양이었다.

사모님이 선생님을 똑바로 노려보며 남자 목소리로 소리쳤다.

"죽여 버리기 전에 당장 꺼져! 이제 여긴 내 집이야! 다시는 돌아오지 마. 카악, 퉤."

정문호 선생의 영혼을 향해 사모님이 침을 뱉자 선생님이 당황하며 애원했다.

－제발 정신 좀 차려, 여보. 제발!

"귀찮게 징징거리네, 크아아아악!"

사모님이 괴성을 지르자 정문호 선생이 귀를 틀어막으며 영체가 허공으로 밀려 나갔다.

－으으으.

붉은빛으로 변한 정문호 선생의 영체가 고통스러운 듯 구석에서 웅크리고 있었다.

이번에는 사모님이 태수를 돌아보고는 기이하게 입을 움직였다.

"넌 또 뭐야?"

지난번 첫 번째 퇴마행에서는 태수의 육신을 노인이 지배하는 게 확실하게 느껴졌다.

근데 이번엔 어느 것이 노인의 의식이고, 어느 것이 태수 자신의 의식인지 분간이 가지 않을 정도로 둘의 의식이 밀접하게 결합했다.

사모님을 바라보는 태수의 머릿속에 빙의라는 단어가 저절로 떠올랐다. 더불어 빙의와 관련된 정보들이 어딘가에서 밀려들었다.

일반인인 사모님이 영혼을 알아보는 것이나 남성의 목소리를 내는 것, 귀곡성을 뿜어내는 것까지.

'모두 빙의의 증거다!'

태수가 말했다.

"어떤 귀인지 모르지만 경을 치기 싫으면 사모님의 몸에서 곱게 나오도록 해!"

분명 평소의 말투가 아닌데도 불구하고 자신의 말이자 생각인 것처럼 느껴지는 게 신기했다.

"킬킬킬, 가소로운 놈. 내가 누군지나 알고 함부로 주둥이를 놀리는 거냐?"

사모님은 조금 전 정문호 선생한테 했던 것처럼 태수를 향해 입을 벌리고 귀곡성을 내뱉었다.

귀곡성과 함께 공기 중에 이상한 파동이 밀려오며 고막에 귀가 멍멍해질 정도에 압박이 느껴졌다.

태수가 침음을 흘리는 순간 기해혈에서 따스한 기운이 올라와 마치 보호막을 만드는 것처럼 전신을 휘감았다.

악귀의 귀기에 대항하는 퇴마 기공이다.

허공에 보이지 않는 귀기가 태수를 때렸지만 퇴마 기공으로 막아 냈다. 태수의 몸이 뒤로 살짝 밀려 나긴 했지만 아픔은 느껴지지 않았다.

'귀기가 꽤나 센 놈이구나.'

일단은 사모님 몸에 빙의된 악귀가 어떤 놈인지 먼저 알아야만 한다.

수인을 맺은 후 엄지와 검지로 양미간을 누른 채 주문을 읊었다.

"안명부!"

주문이 끝나자마자 눈앞에 부적이 떠올랐다.

안명부(眼明籍)는 귀기 속에 숨어 있는 진짜 귀(鬼)의 모습을 보게 해 주는 부적이다.

허공으로 손을 뻗어 부적을 움켜잡자 안명부의 뜨거운 기운이 손안으로 들어왔다. 그 뜨거운 기운을 눈으로 가져가 문지른 후 눈을 떴다.

화르르르륵.

눈앞에 허연 장막이 걷히며 검은 기운의 형태가 또렷하게 보였다. 기운은 시시때때로 모습을 바꾸며 꿈틀거리고 있었다.

그리고…… 고개를 돌리자 이전에는 보이지 않던 흉측한 요마(妖魔)가 모습을 드러냈다.

사모님의 몸을 휘감은 채 똬리를 틀고 앉아 있는 요마.

요마는 거대한 뱀의 모습을 한 악귀였다.

사모님은 악귀에게 몸과 육신을 모두 사로잡힌 채 의식이 없어 보였다.

"카아아아악!"

자신의 정체가 드러난 걸 알았는지 악귀가 빨간 혀를 날름거리며 거대한 이빨을 드러냈다. 금방이라도 길고 굵은 몸통을 날려서 달려들 기세.

그러자 이번에도 입이 저 혼자 움직였다.

"영혼탐색!"

주문을 읊자 레이더처럼 생긴 기운이 요마의 전신을 훑은
후 허공에 정보를 띄웠다.

몽마(夢魔) / 혼합체

설명 : 몽마는 게르만 민속에 등장하는 사악한 존재. 잠자는 사람의 가슴
위에 올라가서 악몽을 꾸게 한다. 서양에서는 수컷은 인큐버스,
암컷은 서큐버스라고 한다. '악몽'을 의미하는 영어의 어원이 됨.

귀기 : 3등급

주의 사항 : 몽마는 수시로 모습을 바꾸는 악귀다. 육체의 주인이 잠을
자는 시각에 몽마의 힘이 가장 커진다.

특기 사항 : 몽마가 독자적으로 사람에게 옮아가는 경우는 드물다. 오염
된 다른 사람이나 몽마가 안주하고 있던 매개체에 의해 옮
는 경우가 대부분이다. 매개체가 있는 경우엔 그 매개체를
찾아 파괴해야만 한다.

'악몽을 꾸게 만드는 요괴라.'

거실에 있던 탁자가 허공으로 떠올랐다. 악귀가 귀기를 실
어 태수에게 탁자를 날렸다.

태수는 손바닥에 영력을 실어 날아오는 탁자를 막아 냈다.

태수의 영력과 악귀의 귀기가 맞서며 탁자가 허공에 뜬 채
로 부르르 떨렸다.

앞으로 뻗은 팔이 부들부들 떨릴 정도로 기운의 반발이 강
했다. 악귀의 귀기가 그만큼 강하다는 증거이기도 했다.

태수가 기공을 더욱 강하게 끌어올려서 탁자를 밀어 냈다.

부들부들 흔들리며 뒤로 밀려 나던 탁자가 마침내 산산조각이 나며 거실에 흩어졌다.

악귀가 당황한 듯 중얼거렸다.

"제법이구나."

악귀가 이번에는 주방에서 식칼을 띄웠다.

태수의 입이 움직였다.

"축귀부(逐鬼符)!"

화르르르륵

눈앞 공기가 흔들리며 허공에 붉은 빛을 뿜어내는 부적이 나타났다.

집안에 침입한 일체의 요귀나 잡귀들을 몰아내는 힘을 가진 부적인 축귀부다.

부적에서 금방이라도 분출할 것 같은 에너지와 힘이 느껴졌다.

휘이이익!

주방에서 식칼이 날아왔다.

태수가 영력을 불어 넣은 손을 뻗어서 식칼이 날아오는 방향으로 부적을 움직이며 일갈했다.

"막아라!"

부적이 공간을 이동하며 날아오는 식칼의 앞을 가로막았다.

날아오던 식칼이 파르르 떨며 허공에 멈춰 섰다.

식칼의 칼끝과 허공에 빳빳하게 선 부적이 서로 맞닿은 채 팽팽하게 대치했다.

"크아아악!"

악귀가 귀곡성을 지르며 귀기를 쏟아 내자 식칼이 부적을 찢으려는 듯 점점 강한 힘으로 밀고 들어왔다.

부적이 오목하게 안으로 밀리면서, 그대로 뒀다간 찢어져서 식칼이 태수를 향해 날아올 기세.

태수도 기해혈에서 기공보다 강력한 기운인 퇴마 기공을 끌어올려 부적에 쏟아부었다.

부적에서 강력한 퇴마력이 발산되면서 다시 오그라들었던 표면이 펴지며 식칼을 밀어 냈다.

칼끝이 파르르 떨리며 버티던 식칼이 마침내 힘을 잃고 바닥으로 툭 떨어졌다.

악귀의 입에서 고통스러운 귀성이 흘러나왔다.

태수가 그 순간을 놓치지 않고 악귀를 향해 부적을 날렸다.

"축귀!"

부적에 갇혀 있던 붉은 빛줄기가 폭사하며 사모님을 향해 날아갔다.

촤아악!

"키악!"

축귀의 기운을 정면으로 얻어맞은 악귀가 사모님을 칭칭

감고 있던 똬리를 풀며 튕겨 나갔다.

악귀한테서 풀려난 사모님이 앞으로 꼬꾸라지는 걸 얼른 달려가서 부축해 자리에 뉘었다.

악귀가 바닥에서 똬리를 틀고는 몸을 웅크렸다. 축귀의 기운을 맞은 몸통에서 피처럼 검은 기운이 흘러나오고 있었다.

악귀가 으르렁거렸다.

ㅡ내가 네놈의 오장육부를 뒤집어서 고통 속에 죽여 주마!

단 한 번도 인간에게 제대로 공격을 받아 보지 않았던 악귀가 흥분해서 긴 몸통을 허공으로 도약하며 달려들었다.

휘리리리릭!

ㅡ크악!

악귀의 기다란 몸통이 파동을 일으키며 태수의 눈앞으로 달려들었다.

태수가 거의 반사적인 움직임으로 수인을 맺자 손안에 뜨거운 기운이 가득 차올랐다.

눈앞으로 악귀의 기운이 달려들었다. 팔을 뻗으며 손안에 갇혀 있던 뜨거운 기운을 쏟아 냈다.

"멸화공!"

붉은 섬광이 부챗살처럼 뿜어졌다.

화아아악!

ㅡ으악, 뜨거!

갑자기 불길이 번지자 놀란 악귀가 급하게 몸을 틀면서 괴성을 질렀다. 악귀의 몸통이 네 갈래로 갈라지며 흩어졌다.

"엉? 악귀가 한 마리가 아니었어?"

그제야 악귀 정보에 몽마가 혼합체로 표시된 이유를 알 것 같았다. 알고 보니 악귀는 네 마리의 악귀들이 서로 함께 뭉쳐서 똬리를 틀고 있던 집합체였다.

"어쩐지 등급이 3등급인데 반해 귀기가 너무 강하더라."

ㅡ키악!

네 마리의 악귀들이 귀곡성을 뿜으며 사방에서 동시에 달려들었다.

한 마리로만 생각하고 있다가 네 마리로 나눠서 달려드니 순간 방어할 타이밍을 놓쳤다.

"윽, 이것들이 진짜!"

네 마리의 악귀들이 태수에게 달려들어 몸을 물어뜯었다.

다행히 퇴마 기공으로 전신을 보호한 상태여서 고통이 크진 않았다.

악귀들은 피부에 상처를 내고 몸 안으로 들어와 태수한테 빙의를 시도하려는 것이다.

"어딜 감히 잡귀 따위가!"

태수가 양 손바닥을 합장하며 인을 맺었다. 몸 안에서 뜨거운 기운이 펄펄 끓어올랐다.

"가피(加被)!"

불보살이 내리는 불가사의한 힘인 가피력. 온몸에서 칼날 같은 붉은 빛이 폭사하며 뿜어졌다.

좌아아악!

ㅡ키아아악!

달려들던 악귀들의 영체가 갈가리 찢기며 허공으로 흩어졌다. 악귀들의 기운이 제각각 흩어지며 시야에서 사라지고 있었다.

태수도 숨을 헐떡이며 허리를 굽혔다. 순간적으로 많은 기공을 소모한 탓에 다리가 후들거리고 숨이 가빴다.

힘은 들었지만 가슴 밑바닥에서 뿌듯한 기분이 올라왔다.

신기하게도 악귀들이 달려들어 물어뜯은 자리에 시커멓게 멍 자국이 생긴 게 보였다.

첫 번째 퇴마행에서는 노인이 자신의 몸을 빌려서 퇴마를 행한 느낌이라면 지금은 온전히 자신의 힘으로 악귀를 퇴마했다.

퇴마를 행하면서 노인이 가지고 있던 모든 술법과 지식 들이 체화되며 자연스럽게 자신이 진짜 퇴마사가 되어 가고 있다는 걸 알았다.

선생님의 영혼이 놀란 듯 반쯤 입을 벌리고 태수를 바라보다가 물었다.

ㅡ대체 자네는 정체가 뭔가?

태수가 멋쩍은 듯 미소를 지었다.

"저는 퇴마사입니다, 선생님."

-퇴마사라고?

자신도 퇴마사라는 말이 그렇게 자연스럽게 나올 줄은 몰랐다. 막상 퇴마사라는 말을 입 밖에 내고 나니 정말로 자신이 퇴마사가 됐다는 생각이 들었다.

태수가 정문호 선생에게 그동안 있었던 일을 설명하려는 순간, 집 안에서 기운이 뭉치며 강하게 귀기를 발산하는 걸 감지했다.

'그 악귀들이 아직 퇴마가 되지 않은 건가?'

태수가 즉시 주문을 읊었다.

"영혼탐색!"

꽃길만 걷는다

　푸른 기운이 레이더처럼 집 안을 훑었다. 비록 힘이 약해져서 흩어지긴 했지만 여전히 집 안 곳곳에 악귀의 기운이 남아 있었다.

　그건 곧 몽마가 완전히 제령되지 않았다는 얘기다.

　하지만 아무리 집 안을 둘러봐도 형태를 가진 몽마의 모습은 보이질 않았다.

　태수가 얼른 몽마의 정보를 다시 떠올렸다.

몽마(夢魔) / 혼합체

설명 : 몽마는 게르만 민속에 등장하는 사악한 존재. 잠자는 사람의 가슴 위에 올라가서 악몽을 꾸게 한다. 서양에서는 수컷은 인큐버스, 암컷은 서큐버스라고 한다. '악몽'을 의미하는 영어의 어원이 됨.

허공에 떠 있는 정보를 살피던 태수의 미간이 좁혀졌다.

"매개체."

몽마가 보이지 않는다는 건 상처입은 몽마가 숨을 수 있는 매개체가 있다는 소리다.

몽마를 완전하게 퇴마하려면 그 매개체를 찾아서 파괴해야만 한다.

"선생님, 혹시 사모님이 악몽을 자주 꾸지 않으셨나요?"

─그걸 어떻게 알았나?

"몽마는 잠자는 사람의 가슴 위에 올라가 악몽을 꾸게 만드는 악귀예요."

─어쩐지. 아내는 거의 매일 악몽에 시달렸네.

그렇다면 악몽을 꾸기 시작한 때가 몽마가 사모님한테 달라붙은 시기라고 볼 수가 있다.

"혹시 악몽을 언제부터 꾸셨는지 기억하십니까?"

─아마도 그게…… 그래, 지방에 있는 민속학회에 다녀온 다음 날부터였을 거야.

"민속학회요?"

―올 초에 지방에서 민속품들을 전시하는 전시회가 있었는데, 내가 아는 지인이 우리 부부를 초청을 했어. 평소 나도 오래된 물건에 관심이 많아 함께 내려갔지.

"그때 거기서 혹시 기억에 남을 만한 일이 없었나요? 아니면 그곳에서 가져온 물건이 있다던가."

―그곳에서 가져온 물건이라.

선생님이 생각에 잠겼다가 눈을 번쩍 떴다.

―있네. 그때 내가 탈을 하나 샀어.

"탈요?"

―사람 얼굴에 쓰는 탈 말일세.

"아, 하회탈 같은 그런 탈요?"

―그렇지. 모양이 흉측하게 생기긴 했지만 상당히 오래된 물건인 것 같아서 구입을 했어. 근데 아내는 그 탈을 보고 기겁을 하더군. 너무 무서워서 막 비명을 지를 정도로.

"그래서 어떻게 하셨나요?"

―처음엔 가볍게 생각했어. 사람이 무슨 겁이 그렇게 많으냐고 하면서 농도 좀 하고. 어쩔 수 없이 난 탈을 보자기에 돌돌 말아서 가져왔지.

얘기를 듣는 동안 그 탈이 매개체일 것이란 생각이 강하게 들었다.

"그걸 집으로 가져오셨군요."

－아내가 워낙 무서워하는 통에 집에 와서도 풀어 놓지도 못했어. 그러고 보니 그때 학회에 다녀온 후로 아내가 악몽을 꾸기 시작한 것 같네.

"그 탈이 지금 어디에 있습니까?"

－아마 2층 서재에 있을 걸세.

"그곳으로 절 좀 안내해 주십시오."

－이리 따라오게.

선생님의 영혼이 2층 계단을 단숨에 날아올랐다.

물론 태수는 계단을 밟고 뛰어 올라가야만 했다.

선생님의 영혼이 서재의 벽을 그대로 뚫고 들어가며 말했다.

－여길세.

서재 문을 열고 들어가 불을 켰다.

선생님이 탈을 넣어 놨다는 서재 책상으로 다가가려다 멈칫.

굳이 선생님에게 탈이 어디에 있냐고 물을 필요도 없었다.

"선생님, 뒤로 물러나십시오."

선생님의 영혼이 놀라서 물러났다. 선생님이 말한 책상 맨 아래 서랍에서 강하게 뿜어져 나오는 검은 기운.

악귀의 기운인 귀기였다.

"축귀부!"

허공에 부적이 나타났고 태수가 그걸 움켜잡았다. 축귀의 푸른 기운이 보호막처럼 태수의 손과 팔을 휘감았다.

혹시라도 악귀에게 다시 공격당할 수가 있으니 만반의 대비를 한 것이다.

태수가 성큼성큼 책상으로 다가가 맨 아래 책상 서랍을 열어젖혔다.

서랍 안에 흉측하게 생긴 탈바가지가 들어 있었다.

검은 기운이 탈바가지를 중심으로 뭉쳐 있는 게 보였다.

지금은 악귀가 내상을 입어 힘을 쓰지 못하지만 조금만 시간을 주면 다시 기운을 회복해서 달려들 터. 그 전에 제령을 해야만 했다.

태수가 지체 없이 축귀의 기운이 가득한 손으로 탈바가지를 움켜잡았다.

─키아아아악!

태수의 손이 닿자마자 악귀가 괴성을 지르며 팔뚝으로 기어올랐다. 보나 마나 이전처럼 몸을 물어뜯으려는 시도였다.

하지만 내상을 입은 악귀가 축귀의 기운이 보호하는 태수를 공격한다는 건 어불성설.

탈바가지를 움켜쥔 태수의 입에서 주문이 흘러나왔다.

모든 악귀와 악귀의 항복을 받아 낼 수 있는 항마진언.

"아이금강삼등방편, 신승금강반월풍륜, 단상구방남자광명……."

─키아아아악!

탈바가지가 요동을 쳤다.

탈바가지를 움켜쥔 태수의 손도 격렬하게 흔들렸다. 태수는 잡고 있는 탈바가지를 놓치지 않기 위해 안간힘을 썼다.

탈바가지의 입이 기이하게 뒤틀리며 고통스러운 목소리가 흘러나왔다.

ㅡ으으으으…… 제발 살려 줘…… 제발…….

악귀들이 완전히 기운이 빠진 후에야 비로소 그들의 정체가 환영처럼 허공에 나타났다.

악귀들은 모두 처형을 당한 도적들이었다. 다들 무명옷이 피로 물들어 있었고 긴 머리를 산발하고 있었다.

악귀들의 나이라고 할 수 있는 귀령이 대략 200여 년 이상된 것으로 봐서 조선 후기쯤 처형된 모양이었다.

ㅡ으흐흐흐흑…… 제발 살려 주십시오…… 용서해 주십시오…….

네 마리의 악귀들이 한목소리로 애원했지만, 그들이 저지른 업보를 그냥 넘어갈 수는 없는 일이다.

천도를 하면 승천을 해서 환생의 기회를 얻지만, 이런 악귀들은 제령을 해서 소멸시키는 게 원칙.

태수의 입에서 두 가지 음색이 합쳐진 목소리가 흘러나왔다. 태수와 노인의 목소리였다.

"너희들이 저지른 업보이니, 그 죄를 달게 받아라."

태수가 항마진언을 모두 읊고 나서야 탈바가지가 깨지며

검은 기운이 허공으로 사라졌다.

"됐다."

태수가 부서진 탈바가지 조각을 내려놓은 후 이마에 진득하게 배어 나온 땀을 닦아 냈다.

태수가 정문호 선생님을 돌아보고는 말했다.

"이제 됐습니다. 사모님 몸 안에 들어가서 괴롭히던 악귀를 완전히 제령했습니다."

ㅡ고맙네, 정말 고마워.

돌아보니 사모님의 얼굴이 이전보다 한결 편안해 보였다.

선생님이 소파에 쓰러져 있는 사모님을 애타게 불렀다.

ㅡ여보, 정신 좀 차려 봐. 내 소리가 들려?

"으음."

사모님이 신음과 함께 눈을 떴다. 사모님의 시선에 흐릿하게 남편의 모습이 보였다.

오랫동안 악귀가 깃들었던 육신이라 잠시 동안이나마 영의 모습을 볼 수가 있는 것.

선생님과 사모님이 서로를 바라보며 울고 웃었다.

제정신이 돌아온 사모님을 보고 떠날 수 있다는 것만으로도 선생님은 감격스러운 모양. 두 사람은 보기에도 애틋한 마지막 작별의 시간을 나눴다.

선생님이 흐느끼는 사모님을 보며 말했다.

ㅡ당신이 깨어난 모습도 보고, 이제야 내가 한을 풀었나 보

오. 아이들과 행복하게 오래오래 살다가 오시오.

사모님이 그런 선생님을 향해 애타게 외쳤다.

"여보, 가지 말아요! 계속 내 곁에 머물러 줘요!"

선생님이 고개를 저으며 말했다.

—아마도 당신은 이제 곧 내가 보이지 않을 거요. 내가 옆에 있다고 해도 그 존재를 느낄 수도 없을 테고. 난 이제 사람이 아니고 영혼이야. 지금 내 영혼의 몸이 점점 가벼워지고 있소. 몸이 자꾸 위로 떠오르는 것 같아. 이제 떠나야 할 때가 된 것 같소.

"여보!"

두 사람이 애틋한 작별의 시간을 가지는 동안 태수는 바깥에서 선생님을 기다렸다.

태수 또한 이제는 정문호 선생님과 작별해야만 하는 시간이 다가왔음을 직감했다.

바깥에서 서성이는 태수의 눈앞에 정문호 선생님이 나타났다.

—태수 군, 정말로, 정말로 고마웠네. 내가 이 은혜는 저세상에 가서도 결코 잊지 않겠네.

"아닙니다, 선생님. 감사를 드릴 사람은 오히려 접니다. 선생님의 필력을 전수받았고, 선생님 덕분에 글을 어떻게 써야 하는지 비로소 눈을 뜰 수가 있었습니다."

—자네는 아직 원석이야. 분명히 훌륭한 작가가 될 수 있을

걸세.

"그런 과분한 말씀을."

ㅡ아니네, 내 말이 맞을 걸세. 자네가 지나온 힘들었던 모든 시간들이 앞으로는 자네에게 가장 큰 자산이 될 걸세.

"말씀만이라도 정말 감사합니다. 이제 선생님이 안 계시면 누구한테 가르침을 받아야 할지 벌써부터 막막합니다. 저는 이제 막 걸음마를 시작한 것 같은데."

선생님도 그 점이 걱정스러운지 말없이 고개를 끄덕였다.

뭔가 자신이 마무리를 짓지 못하고 떠나야 한다는 아쉬움이 짙게 배어 있는 눈빛이었다.

"선생님의 마지막 제자로 부끄럽지 않은 좋은 작가가 되겠습니다."

ㅡ부디 좋은 작가로 성장하길 빌겠네.

"선생님도 부디 좋은 곳으로 가십시오."

태수는 복받치는 감정을 억누르며 허리를 반으로 꺾어 극진하게 인사를 했다.

태수는 지금까지 살아오면서 누군가에게 이런 큰 도움을 받아 본 적이 없었다. 오히려 믿었던 사람에게 배신당하며 이리저리 차인 적이 훨씬 많았다.

그래서 더더욱 감사의 마음이 더했다.

선생님의 영체가 흐릿해지며 눈앞에서 사라져 갔다. 선생님이 마지막 눈인사를 보냈다.

그리고…… 허공에 메시지가 떴다.

정문호의 영혼이 한을 풀고 승천했습니다.
정문호의 영혼이 가지고 있던 귀기를 대부분 획득했습니다.

세상을 얻은 것처럼 뿌듯했다.
정문호 선생이 가지고 있던 귀기는 다름 아닌 필력이니까.

한국 장르문학 공모대전을 후원한 출판사인 민영사.
한가운데 커다란 테이블이 놓여 있는 민영사 회의실에서 한국 장르문학 공모대전의 최종 심사가 한창 진행 중이다.
심사위원은 모두 다섯 명.
한강대학교 문창과 학과장인 한정호 교수, 민영사의 박홍구 편집장, 중견작가인 강석훈 작가, 한강일보 문예부의 이성민 기자 그리고 공중파인 QBS 드라마 제작국 공일수 피디까지.
평소 같으면 즐거운 분위기에서 진행되었을 심사다. 근데 오늘은 왠지 심사위원들의 분위기가 무거웠다.
이유는 얼마 전 불의의 사고로 세상을 떠난 정문호 작가 때문.

한국 장르 문학의 거장인 그는 공모전 1회 때부터 심사위원장을 맡아 왔다. 이번 공모전에도 정문호는 심사위원장으로 내정되어 있었다.

사고만 없었다면 지금쯤 이 자리에서 특유의 너털웃음을 지으며 함께 작품에 대한 감상을 주고받았을 텐데. 특히 정문호 작가와 죽마고우인 한강대학교 한정호 교수의 심정은 여러 가지로 착잡했다.

중학교 동창인 정문호 작가하고는 죽마고우이면서 평생토록 경쟁하는 관계였다.

아니, 경쟁이라고 표현하기엔 살짝 머쓱했다. 모짜르트와 숙명의 라이벌이던 살리에르처럼 한정호는 정문호의 그늘에 가려 언제나 이인자로 살아야만 했다.

작가로서도, 한강대학교 문창과 교수로서도 늘 정문호에게 뒤지는 평가를 받아야만 했다. 그런 정문호가 이제 세상에 없다고 하니 안도감과 동시에 상실감이 밀려들었다.

그래서 오늘 심사는 왠지 내키지가 않았고 흥도 나지 않았다. 정문호와 치열한 난타전을 벌일 수가 없기 때문이었다.

최종심에 올라온 작품은 모두 열여섯 작품.

심사위원들은 각자 집에서 작품을 읽고 왔다. 오늘 서로의 의견을 나누며 최종 당선작만 가리면 되는 자리다.

심사의 진행은 민영사 편집부의 강수인 팀장이 맡았다. 강팀장이 무거운 분위기를 누그러뜨리려는 듯 특유의 부드러운 목소리로 입을 열었다.

"전체적으로 이번 공모전 수준이 어땠는지 선생님들 말씀을 들어 봤으면 합니다."

심사위원들이 돌아가면서 소회를 밝혔고 편집 팀 직원이 녹음을 하며 메모했다.

추후 기자들에게 돌릴 보도 자료 작성을 위한 의례적인 멘트들.

대체적인 의견은 비슷했다.

심사위원들의 마음을 단번에 사로잡을 만한 압도적인 작품은 없었지만, 전반적인 작품의 수준은 예년에 비해 한층 높아졌다는 평가.

강석훈 작가가 입을 열었다.

"해가 갈수록 작품의 소재들이 대부분 일상에만 치우치는 경향이 있어서 다소 우려스러운 생각이 들기도 합니다."

민영사 박홍구 편집장도 동의했다.

"저도 강 작가님 말씀에 공감합니다. 사실 몇 년 전부터 젊은 작가들의 작품에서 묵직한 서사가 사라지는 경향이 뚜렷해지지 않았습니까? 그런 경향이 올해는 특히나 심해진 것 같아요."

한강일보 이성민 기자가 아쉬운 듯 말끝을 흐렸다.

"다들 필력들은 좋아졌는데 장르 문학 공모전에서 서사가 약해졌다는 건 솔직히 많이 아쉽네요."

QBS 공 피디가 말했다.

"솔직히 저희 방송사 입장에서도 좀 아쉬운 대목이죠. 저희는 늘 소설 원작에 목말라 있잖습니까? 가까운 일본만 해도 영화나 드라마의 절반 이상이 원작이 있고. 탄탄한 서사가 바탕이 되지 않으면 영화든, 드라마든 OSMU(원 소스 멀티 유즈)는 어렵죠."

강 팀장이 한강대학교 한정호 교수에게 물었다.

정문호 작가가 없으니 한정호 교수가 가장 연장자에 사실상의 심사위원장이었다.

"교수님은 어떻게 보셨어요?"

한정호 교수가 특유의 근엄한 목소리로 입을 열었다.

"나도 뭐 다른 선생님들하고 크게 다르지 않아요. 비슷합니다."

강 팀장이 웃으며 말했다.

"오늘은 유난히 감상이 짧으시네요, 하하. 그럼 후보작들에 대한 세부 감상 평으로 들어가 볼까요?"

여섯 심사 위원들이 저마다 집에서 작품들을 읽은 후 생각해 온 각자의 당선작 리스트를 발표했다.

그중엔 태수의 ≪비가 오면≫도 들어 있었다.

나머지 작품들에 대해서는 대체로 이견들이 없었고 마지막까지 경합한 응모작은 세 작품.

젊은 남녀의 로맨스를 판타지 형식을 빌려 와 맛깔나게 쓴 조소영 작가의 ≪어제와 오늘의 시간≫.

　기억을 다운로드한다는 설정으로 디스토피아적인 미래 사회를 그린 SF 작가 박효성의 ≪영원한 기억≫.

　마지막으로 한 남자의 혼란스러운 기억을 미스터리 형식으로 풀어낸 신인 작가 장태수의 ≪비가 오면≫.

　조소영 작가와 박효성 작가는 이미 문단에 데뷔해서 주목을 받고 있는 기성작가들. 장태수는 이전에 발표한 작품이 전혀 없는 순수한 신인.

　≪어제와 오늘의 시간≫, ≪영원한 기억≫은 매끈한 기성품처럼 술술 잘 읽힌다는 게 강점. 반면에 장태수는 약점은 없지만 지나치게 무난하다는 게 오히려 아쉬움으로 남았다.

　≪비가 오면≫은 투박한 질그릇 같아서 읽는 이에 따라 호불호가 갈릴 수 있다는 게 장점이자 약점이었다.

　덕분에 주된 논의의 대상은 주로 ≪비가 오면≫에 맞춰졌다.

　박홍구 편집장과 이성민 기자는 불호 쪽에 가까웠다.

　박홍구 편집장이 물을 한 입 마신 후 쩝 소리와 함께 의견을 냈다.

　"전 일단 이야기가 지나치게 어둡고 잔혹하다는 점이 좀 부담스러워요. 미스터리적인 구성이 꽤 촘촘해 보이긴 한데 새로운 인격이 아내를 살해하는 마지막 장면의 묘사는 지나치단 생각이 들더군요."

한강일보 이성민 기자도 동의했다.

"신선한 구성과 요즘 접하기 힘든 어두운 미스터리라는 점에서 점수를 주고 싶긴 한데, 대상으로 선정하기엔 좀 거칠고 묘사가 세다는 생각이 들었습니다. 좀 더 다듬었으면 좋겠다. 전 장려상이면 족하다는 생각입니다."

강석훈 작가는 중립.

"일단 장려상은 충분해 보입니다. 작품을 전혀 발표하지 않은 순수한 신인 작가의 필력이 이 정도라면 충분히 장래를 기대해 볼 수 있죠. 다만 앞서 말씀하신 두 분처럼 약점도 확실해서 좀 어렵네요."

QBS 드라마 제작국 공일수 피디는 꽤 적극적이었다.

"정말 오랜만에 만나는 다크한 미스터리 작품입니다. 제가 성향이 그쪽이라 그런지 사막에서 오아시스를 만난 것 같기도 하고."

공 피디의 말에 심사위원들이 웃음을 터뜨렸다.

공 피디가 계속해서 말을 이어 갔다.

"분명히 호불호는 갈릴 겁니다. 하지만 공모전 수상작을 뽑는다면 무난한 작품보다는 도발적인 작품이 의미가 있다고 생각합니다."

이성민 기자가 농담처럼 물었다.

"공 피디님이 워낙 고어 좋아하셔서 이 작품도 드라마까지 가는 거 아닙니까?"

공 피디가 손을 내저었다.

"드라마로 가기엔 호흡이 짧고 영화로는 충분히 가능성 있는 소재라고 생각합니다."

한정호 교수는 이번 심사에서 유독 말이 적었다. 아무래도 죽마고우이자 경쟁자이던 정문호가 죽은 충격이 완전히 가시지 않은 탓이라고 모두 생각했다.

'장태수…… 장태수?'

한정호는 이전에 교수연구실에서 이 작품을 읽을 때부터 기분이 묘했다. ≪비가 오면≫을 읽다 보면 친구이자 자신의 경쟁 상대였던 정문호의 얼굴이 계속해서 떠올랐던 것이다.

작품의 분위기나 구성, 문장과 문체, 모든 면에서 지나치게 정문호의 향기가 났다.

'혹시 정문호의 제자인가?'

고개를 흔들었다. 정문호의 제자라면 자신도 대부분 알고 있다.

게다가 정문호는 제자들이 자신의 문장과 문체를 흉내 내는 걸 좋아하지 않았다. 만연체가 많은 정문호의 문체를 섣불리 흉내 내다가 오히려 부작용이 날 가능성이 높기 때문이다.

'그렇다면 어떻게 된 일일까?'

다른 사람은 몰라도 한정호는 안다. 이 작품의 문장과 문체가 모사라고 해도 될 정도로 정문호의 그것과 흡사하다는 것을.

물론 장태수라는 작가가 정문호의 작품을 좋아해서 작정하고 문장과 문체를 모사했을 수도 있다. 정문호에겐 그를 좋아하고 추종하는 작가 지망생들이 워낙 많았으니까.

그렇다 하더라도 이 정도 수준으로 글을 쓴다는 건 절대 쉽지 않은 일.

만약 작품의 수준이 조금만 낮았어도 한정호는 ≪비가 오면≫을 가차 없이 떨어트렸을 것이다. 질투의 대상이던 정문호를 추종하는 작가에게 대상을 안겨 주고 싶진 않았으니까.

하지만 ≪비가 오면≫은 그런 사적인 감정으로 탈락시키기엔 작품이 너무나 아까웠다.

그렇다고 죽은 정문호가 글을 썼을 리도 없고.

'내가 너무 문호의 죽음에 사로잡혀서 그렇게 느껴지는 것인가?'

그런 한정호를 바라보며 강 팀장이 조심스럽게 물었다.

"한 교수님은 어떻게 보셨습니까? 장태수 작가의 작품을?"

한정호가 헛기침과 함께 입을 열었다.

"제 생각에 ≪비가 오면≫이라는 작품은……."

오늘은 한국 장르문학 공모대전의 공식 발표일.

결과에 신경 쓰지 않겠다고 정문호 선생님에게 다짐까지 했건만 사람 마음이 어디 그런가.

'지금쯤은 발표가 났으려나?'

하루 종일 신경은 온통 그쪽으로 가 있었다. 틈만 나면 공모전 홈페이지를 수시로 들락거렸다. 매번 결과 발표가 났을까 마음을 졸이며 접속을 했다.

하지만 저녁 7시가 넘어가도록 홈페이지에 공고가 뜨지 않았다.

'이상하네? 발표가 밤늦게 나려나?'

공모전 발표와 관련한 여러 검색어를 넣고 인터넷에 검색을 했다.

'공모전 당선작 발표'라는 키워드로 검색을 하자 관련 글이 몇 개 떴다.

발표 당일까지 연락 없으면 100퍼 떨어진 겁니다. 기다리지 마세요.

보통 당선 작가에겐 발표 하루 전날 따로 연락이 갑니다. 발표 당일까지 연락 없으면 가능성 없어요. 그냥 마음을 비우세요.

가슴 밑바닥으로 차가운 한기가 지나갔다. 만약 수상을 했다면 발표 전에 주최 측에서 당연히 확인 전화를 해 줬을 것이다.

오랫동안 겪어 온 불운과 불행에 익숙한 탓일까, 시간이 흐를수록 떨어졌다는 생각이 점점 굳어졌다.

'그래도 내심 장려상 정도는 기대하고 있었는데. 객관적으로 봐도 정말 재미있었던 것 같은데. 정문호 선생님도 출간 정도는 문제없다고 하신 글인데.'

어쩌면 이번 공모전에 유독 수준 높은 작품들이 많이 몰렸을 수도 있다. 역시나 자신의 눈높이가 너무 낮았다.

이런 줄도 모르고 결점이 보이지 않을 정도로 재미있는 미스터리 소설이라고 그토록 호들갑을 떨었으니.

그렇다 하더라도 장려상조차 못 받는다고 생각하니 마음이 먹먹해졌다.

공모전 탈락보다 더 쓰라린 건, 앞으로 이번보다 더 나은 작품을 쓸 자신이 없다는 것.

지금까지는 인정하지 않았지만 어쩌면 명호의 말이 맞는지도 모른다. 요즘은 개나 소나 다 글을 써서 어디 가서 작가라는 말하기도 쪽팔린다던 말.

'후우, 난 아무리 노력해도 안 되는 건가?'

정문호 선생의 필력까지 전수받고도 떨어졌다는 생각을 하자 더더욱 절망스러웠다.

정문호 선생도 자신이 실망할까 봐 솔직하게 말을 하지 않으셨는지도 모른다. 아니, 여전히 불운한 액운이 자신을 따라다닌다는 생각을 하다가 고개를 흔들었다.

'솔직히 그건 아니지. 운이 나쁘긴 개뿔, 오히려 억세게 운이 좋은 거 아냐? 영능력에다 정문호 선생님의 필력을 받아서 그 정도로라도 썼으니. 이건 운이 아니라 단지 내가 실력이 모자란 거야.'

옥탑방에 혼자 있자니 점점 우울해져서 거리로 내려가 건너편 편의점으로 들어갔다.

치킨집에 들를까 생각했지만 눈치 빠른 혜령이 금방 알아차리고 무슨 일인지 꼬치꼬치 물을 게 뻔했다.

편의점에서 캔 맥주 열 캔을 샀다. 평소 술을 거의 마시지 않지만 오늘은 그냥 넘길 수가 없을 것 같았다.

비닐에 캔 맥주를 담아 빌딩 안으로 들어가는데 박씨 아저씨가 다가왔다.

"왜 이렇게 기운이 없어? 어깨도 축 처지고. 무슨 일 있는 거 아냐?"

"아니에요, 아무것도. 올라갈게요."

평소엔 박씨 아저씨와 이런저런 수다를 떨곤 했는데, 오늘은 전혀 그럴 기분이 아니었다.

문을 열고 옥상으로 나가는데 미리 와 있는 사람이 있었다.

옥상 가장자리에서 아래를 내려다보던 송현주가 돌아보고 물었다.

"편의점에서 뭐 샀어요?"

"어? 거기서 나 내려다보고 있었던 거야?"

"올라오니까 없어서요. 방에 불도 켜 놓은 거 보니까 멀리 갔을 것 같진 않고. 그건 뭐예요?"

태수는 비닐봉지를 들어 보이며 말했다.

"그냥. 맥주 좀 샀어."

송현주가 눈을 동그랗게 뜨고 물었다.

"맥주요? 설마 혼자 마시려고 산 거예요?"

태수가 빙긋 웃으며 고개를 끄덕이자 송현주가 입을 삐죽 내밀었다.

"뭐예요? 전화하면 바로 아래층에서 올라왔을 텐데."

"너 요즘 드라마 촬영으로 바쁘잖아."

"하나도 안 바쁘거든요? 기껏해야 회당 5분 분량인데 뭐."

물론 회당 5분 분량이라도 현장 상황에 따라 촬영 시간은 한두 시간에서 하루 종일 걸릴 때도 있다.

그리고 요즘엔 소속사로 캐스팅 제안도 많이 들어온다. 이 바닥이 워낙 좁아서 〈최고의 사랑〉에 캐스팅됐다는 소식이 금방 퍼진 덕이다.

덕분에 갑자기 스케줄이 늘어나 정신없는 나날을 보내다 보니 좋으면서도 스트레스가 점점 쌓여 가던 송현주다.

이전에도 답답하고 힘들 땐 옥상에 올라오곤 했다. 이젠 옥상에 올라오면 태수를 만날 수가 있다.

항상 그 자리에서 자신을 기다려 주는 것처럼 느껴지는 따스한 사람. 언제부터인지 송현주는 태수와 얘기를 나누면 마음이 편안해졌다.

"솔직히 요즘 좀 바빴어요. 바빠지면 마냥 좋을 줄 알았는데 은근 스트레스가 많이 쌓이더라고요. 술 마실 시간도 없고. 설마 그 맥주 혼자 마실 건 아니죠?"

태수가 고개를 끄덕이며 말했다.

"잘됐네. 나도 혼자 마시기 싫었는데."

평상에서 태수가 캔 맥주를 들고 건배사를 외쳤다.

"대한민국 최고의 연기파 배우, 송현주를 위하여!"

그러자 이번엔 송현주가 외쳤다.

"대한민국 최고의 작가 장태수를 위하여!"

송현주의 건배사에 공모전 생각이 떠올라 마음이 살짝 아팠지만 태수는 내색하지 않았다.

송현주가 장난스럽게 말했다.

"우리의 쉼터, 옥상을 위하여!"

"위하여!"

둘은 캔 맥주를 가볍게 부딪친 후 약속이라도 한 것처럼 쉬지 않고 단숨에 맥주를 들이켰다.

꿀꺽…… 꿀꺽…… 꿀꺽.

"크아, 시원하다."

"음, 시원해. 이게 얼마 만이야?"

그동안 정말로 스트레스가 많았는지 송현주가 연거푸 캔 맥주를 비웠다.

태수는 혹시라도 맥주가 부족할까 봐 아껴 마셨다. 아니, 맥주가 부족하면 사 오면 된다. 사실은 송현주 앞에서 취한 모습을 보일까 봐 자제하며 마신 것이다.

아마 혼자 마셨다면 분명 취했을 것이다.

옥상 평상에 앉아 화려한 불빛을 굽어보며 맥주를 마시는 맛은 경험해 보지 않으면 모른다. 누구의 방해도 받지 않고 그 근사한 분위기를 오롯이 차지할 수 있으니까.

송현주가 야경을 내려다보며 말했다.

"여기 이렇게 있으니까 제가 세상의 주인공이 된 것 같아요."

"그럼 난 주인공 옆에 주민1이야?"

"에이, 그럼 안 되죠. 주인공의 옛 남친 정도는 시켜 줄게요."

"하하, 신분 상승했네."

"연기 잘하면 옛 남친 아니고 현재 남친으로 바꿔 줄 수도 있어요."

볼이 발그레하게 달아오른 송현주가 예의 그 촉촉한 눈빛으로 태수를 바라봤다.

이런 송현주의 눈빛을 대할 때마다 태수의 심장은 급격하게 박동이 빨라졌다.

아마 드라마가 방영되면 대한민국의 많은 남자들이 바로 저 송현주의 눈빛에 마음이 설레게 되지 않을까? 섹시한 데다 귀염성까지 더해진 눈빛이니.

송현주가 은근한 눈빛으로 말했다.

"솔직하게 말해 봐요."

"뭐? 남친 역할? 내가 어떻게 해, 난 너 감당 못 해."

"그게 아니라……."

"엉?"

"무슨 일 있죠? 얼굴에 다 써 있다고요."

역시 연기를 해서 그런지 눈치가 엄청 빨랐다.

"일은 무슨, 별거 아냐."

"진짜 이럴 거예요? 그럼 나도 앞으로 고민 있어도 얘기하지 않을 거예요."

태수는 원래 남한테 고민이나 걱정을 털어놓는 스타일이 아니다. 그래서 송현주한테도 우울한 얘기는 하지 않으려고 했다.

태수가 어쩔 수 없이 공모전 얘기를 털어놨다.

오히려 얘기를 하고 나니까 마음이 홀가분했다. 우울하던 마음도 많이 가시고.

"아직 발표도 나지 않았는데 너무 비관적인 거 아니에요?"

"아냐, 난 알 수 있어. 항상 그랬거든."

송현주가 입을 삐죽 내밀었다가 태수를 위로하려는 듯 말했다.

"저도 오디션에 수없이 떨어졌어요. 근데 정말 힘든 건 오디션에 떨어지는 게 아니에요."

"그럼 뭐가 힘들어?"

"마지막까지 갔을 때 과연 내 자리가 있을까에 대한 두려움? 그것만 알 수 있다면 오디션에 백 번 떨어져도 전 괜찮아요."

"아, 무슨 소린지 알겠다. 하긴 끝을 알 수만 있다면 현재의 고통과 시련은 얼마든지 견딜 수가 있지. 그건 어느 분야든 비슷하네. 나도 항상 불안한 건 과연 나한테 소설 쓰는 재능이 있는지 확신을 하지 못하기 때문이거든."

"맞아요. 그게 제일 힘들어요."

태수가 맥주를 들이켜는데 송현주가 말했다.

"한번 확인해 봐요."

"뭘?"

"공모전 어떻게 됐는지. 발표 났을 수도 있잖아요."

"보나 마나 떨어졌다니까. 만약 붙었다면 진작 연락이 왔다고."

"그래도 모르는 거죠, 얼른 봐 봐요."

시간을 보니 밤 10시 43분.

지금쯤은 분명히 발표가 났을 것 같았다.

솔직히 기대는 완전히 접었지만 어떤 작품이 수상했을지

궁금했다. 비록 떨어졌더라도 작품에 대한 평이 있을 수도 있고.

태수가 휴대폰으로 홈페이지에 접속했다.

송현주가 얼른 옆으로 다가와서 같이 휴대폰을 바라봤다.

송현주가 너무 가까이 붙어 앉는 바람에 태수는 숨이 턱 막혔다.

태수의 마음처럼 렉이 걸려 버벅거리던 홈페이지가 열렸다.

홈페이지에 '한국 장르문학 공모대전 수상작 결과 발표'라는 글자가 시야에 들어왔다.

그 글자들을 보는데 가슴 밑바닥으로 서늘한 통증이 느껴졌다. 불행이나 불운이 닥쳤을 때 어김없이 찾아오던 익숙한 느낌.

화면 아래로 수상작들의 명단이 이어졌다.

　　우수상 - 박효성의 《영원한 기억》
　　장려상 - 조소영의 《어제와 오늘의 시간》
　　　　　　박찬성의 《고독한 집배원》
　　　　　　김영일의 《회귀》

당연하게도 자신의 작품은 보이지 않았다.

"후우."

씁쓸한 기분을 곱씹는데 송현주가 물었다.

"근데 대상은 어디에 있는 거예요?"

그러고 보니 대상을 확인하지 않았다. 결과 확인만 하고 빨리 홈페이지를 빠져나가고 싶은 마음에 대충 훑어본 탓이다.

'대체 대상은 어떤 작품이 받은 거야?'

홈페이지 아래쪽을 살피는데 송현주가 물었다.

"오빠 이름 장태수 맞죠?"

"새삼스럽게 그런 왜?"

"화면 위로 올려 봐요, 어서요."

태수가 화면을 올리자 송현주가 손가락으로 화면을 가리키며 말했다.

"이거 오빠 이름 아니에요?"

송현주가 가리킨 곳은 화면 맨 상단 별도의 칸에 적힌 커다란 글자.

대상 - 장태수의 ≪비가 오면≫

순간 번개에 맞은 것처럼 온몸에 전율이 일었다.

비현실적이란 단어는 이런 때 쓰는 것일까?

머릿속이 하얗게 변하며 몸이 붕 떠오르는 느낌. 발이 땅에 닿지 않아 도무지 현실감이 느껴지지 않는 기분.

'이거 실화 맞아?'

태수는 눈을 부비고 다시 화면을 봤다. 다시 봐도 틀림없는 자신의 이름이었고 장태수의 ≪비가 오면≫이 대상이라고 분명히 화면에 떠 있었다.

　휴대폰을 들고 있는 손이 자꾸만 떨려 왔다.

　송현주가 초조한 듯 흥분한 목소리로 물었다.

　"제가 잘못 본 거 아니죠? 오빠가 대상 맞죠?"

　태수가 말을 잇지 못한 채 간신히 고개를 끄덕였다.

　송현주가 자신의 일처럼 비명을 질렀다.

　"와, 소오름! 진짜, 진짜 대상이에요?"

　그렇다. 다시 봐도 틀림없는 대상이었다.

　고개를 끄덕이는 태수의 시야가 흐릿해졌다. 제일 먼저 떠오른 얼굴은 역시 정문호 선생님.

　'선생님, 감사합니다. 정말 감사합니다.'

　송현주도 눈을 흘겨 가며 연신 헛웃음을 흘렸다.

　"거봐요, 내가 뭐라고 했어요? 오빠 재능이 있어서 분명히 될 거라고 했죠? 대본 분석할 때 알아봤다니까. 그거 아무한테나 없는 재능이거든요."

　태수는 대답을 하지 못한 채 고개만 끄덕였다.

　"뭐예요? 괜히 떨어진 것처럼 온갖 실드는 다 쳐 놓고. 어? 우는 거예요?"

　태수가 황급히 손을 내저었다.

　"아, 아냐. 그냥 눈에 뭐가 들어가서."

"괜찮아요, 울어요. 이런 때 울지 언제 울겠어요? 이런 때 우는 남자는 오히려 멋져 보이더라."

많은 생각들이 뇌리를 스쳤다.

그동안 글을 쓰면서 힘겨웠던 시간들.

답답한 마음을 안고 혼자 끙끙대며 고민하던 시간들.

오늘 하루만 해도 얼마나 많은 감정들이 롤러코스터처럼 널뛰기를 했던가.

지금까지 살아오면서 단 한 번도 남들한테 인정을 받거나 주목을 받아 보지 못했다.

자신에게도 특별한 재능이 있다는 걸 세상으로부터 인정받을 수 있다면 소원이 없겠다고 늘 생각해 왔다.

영능력으로 아무리 돈을 많이 벌어도 이런 기분은 절대로 느낄 수가 없을 것이다. 아무리 참으려고 해도 자꾸만 눈물이 흘렀다.

송현주도 옆에서 덩달아 눈물을 훔치며 중얼거렸다.

"첫, 오빠가 우는데 왜 자꾸 내가 눈물이 나냐?"

태수는 마음이 진정되자 공모전 홈페이지를 다시 찬찬히 들여다봤다.

우수상을 탄 박효성 작가와 장려상 조소영 작가는 태수도 익히 이름을 알고 있는 쟁쟁한 기성작가들이다.

박찬성 작가도 이름을 들어 봤고, 김영일 작가는 신인인지 처음 보는 이름이다.

박효성, 조소영 같은 작가와 자신이 나란히 이름을 올리는 것만도 꿈만 같은데 태수는 그들보다 위인 대상이다.

　아무리 다시 읽어도 믿어지지 않는 기분 좋은 화면이다. 이 벅찬 감회를 어떻게 해야 하나.

　띠리리링.

　휴대폰이 울렸다.

　액정을 보니 낯선 번호.

　지금의 기분을 좀 더 누리고 싶어서 무시하려다가 그냥 받았다.

　"여보세요?"

　─장태수 작가님이시죠?

　작가님이라는 소리에 정신이 확 돌아왔다. 얼른 호흡을 가다듬고 대답했다.

　"아, 네, 제가 장태수인데요."

　─안녕하세요, 여기 한국 장르문학 공모대전입니다.

　"아, 안녕하세요?"

　─네, 안녕하세요. 너무 늦게 연락드려서 죄송해요. 심사가 생각보다 길어져서 이렇게 늦게 발표가 났네요.

　"아, 그랬군요."

　─공고는 보셨죠?

　"네, 봤습니다."

　─우선 대상 타신 거 축하드리고요. 시상식 관련해서 안내드리려고 연

락드렸습니다.

담당자의 얘기가 꿈결처럼 흘러갔다.

태수가 한 말이라곤 그저 '네네'가 전부.

담당자가 마지막으로 당부하듯 말했다.

－참, 혹시 당선 소감을 모레까지 저한테 좀 보내 주실 수 있을까요?

"당선 소감요?"

－네, 시상식 전에 보도 자료를 내야 해서요.

"어느 정도 길이로 쓰면 되나요?"

－그건 작가님 마음이죠, 뭐.

담당자가 살짝 미소 짓는 모습이 눈에 어른거렸다. 그런 바보 같은 질문을 하다니.

"알겠습니다. 모레까지 써서 보내 드릴게요."

－그럼 작가님, 자세한 사항은 문자로 따로 보내 드릴게요.

"네, 감사합니다."

전화를 받는 동안 송현주는 마치 자신의 일인 양 숨을 죽이고 태수를 바라봤다.

전화를 끊자마자 송현주가 숨넘어갈 듯 물었다.

"당선 소감 써 달래죠?"

"응."

"뭐라고 쓸 거예요? 정해 놨어요?"

"당연히 안 정해 놨지. 난 진짜 대상은 꿈도 꾸지 못했거든."

송현주가 두 손을 가슴에 모으고 말했다.

"그럼 이제 신문에도 나오는 거예요?"

"어, 아마도?"

송현주가 기자라도 된 것처럼 숨도 안 쉬고 캐물었다.

"그럼 인터뷰도 하겠네요?"

"글쎄, 그건 잘 모르겠는데."

"당연히 하겠죠. 그렇게 큰 공모전인데. 아, 너무 신기하다. 오빠가 신문에 나온다고 하니까."

"야, 그게 말이 되냐? 자긴 이제 텔레비전에 매일 나올 거면서."

"아, 그런가? 헤헤."

송현주가 살짝 취기가 오른 얼굴로 신기한 듯 태수를 바라봤다. 기분 탓인지는 모르겠지만 왠지 이전하고는 달라진 눈빛.

슬픔은 나누면 반으로 줄고 기쁨은 나누면 배로 커진다고 했다.

이런 행복한 순간을 송현주와 함께할 수 있어서 너무나 다행이란 생각이 들었다.

───※───

쾅쾅쾅쾅!

아침부터 누군가가 옥탑방 문을 두드렸다.

이어서 들려오는 익숙한 목소리.

"오빠, 일어났어요?"

어젯밤 늦게까지 영화를 보느라 늦잠을 잔 덕에 부스스하게 대충 옷을 걸치고 문을 열었다.

방문 앞에 서 있던 송현주가 다짜고짜 물었다.

"봤어요?"

"뭘?

"이거요!"

송현주가 팔을 들어 올리는데 손에 신문이 들려 있었다.

"그게 뭐야?"

"끼약!"

갑자기 송현주가 환호성을 지르고는 말했다.

"신문 가지고 오면서 오빠가 아직 이거 못 봤으면 좋겠다고 얼마나 기도했는지 알아요? 그래야만 내가 제일 먼저 보여 줄 수 있으니까. 자요, 받아요."

태수가 얼떨결에 신문을 받자 송현주가 말했다.

"난 촬영 늦어서 빨리 가야 해요. 나중에 전화 줘요!"

대답할 사이도 없이 송현주가 휙 돌아서서 가 버렸다.

태수는 신문에서 송현주가 펼쳐 놓은 부분을 봤다. 신문에 제법 큰 활자로 다음과 같은 내용이 보였다.

제7회 한국 장르문학 공모대전 대상 수상자 장태수 작가

그 아래로 자신의 사진과 수상 소감이 보였다.

이어서 울리는 휴대폰.

드르르륵.

휴대폰을 보니 드림실용예술전문대학 후배인 용만이었다. 전화를 받자마자 용만의 호들갑이 쏟아졌다.

–와, 대박! 형 봤어? 형 얼굴 신문에 나왔어!

용만의 흥분한 목소리가 휴대폰을 쩌렁쩌렁 울렸다.

–이거 실화야? 한국 장르문학 공모대전 대상이라는 게. 예전에 형 작품이 이 정도는 아니었던 것 같은데?

"야, 인마, 축하하려고 전화한 거야, 약 올리려고 전화한 거야?"

–당연히 축하하려고 전화한 거지. 참나. 진짜 어떻게 된 거야? 형이 이렇게 글 잘 쓰는 줄도 모르고 내가 예전에 합평 때 엄청 깠잖아.

문창과에서 합평은 중요한 과목 중에 하나다. 학생들이 쓴 작품을 읽고 돌아가면서 감상을 얘기하는 시간인데, 신랄한 비평이 주를 이룬다.

"야, 그때는 지금보다 수준이 많이 떨어질 때였지."

–그럼 대체 그동안 뭘 했기에 필력이 이렇게 좋아진 거야?

순간 마음이 찔려서 얼른 말을 돌렸다.

"근데 넌 그 기사 어떻게 본 거냐?"

―실은 나도 거기 응모했었거든.

"진짜야?"

―당연한 거 아냐? 장르 문학 공모전으로는 규모가 제일 크잖아. 아마 과 애들 중에서 응모한 애들 많을걸.

하긴 예전 학교 다닐 때도 태수는 관심이 없었지만 많은 학생들이 한국 장르문학 공모대전에 작품을 접수했다는 얘기를 들었다.

어쨌든 국내에서 규모가 가장 큰 장르 문학 공모전이 아닌가.

―처음 수상작 발표 났을 때 대상이 형 이름하고 똑같더라고. 그게 설마 형이라고는 진짜 꿈에도 생각 못 했어.

"이 자식, 얘기 듣다 보니까 은근 열 받네?"

―큭큭큭, 미안. 그나저나 형, 어떡할 거야?

"뭘?"

―한강대학교 문창과에 입학할 거야? 우리 학교 복학 안 할 거야?

용만도 공모전 대상 수상자에겐 특전으로 한강대학교 문창과 입학 자격이 주어진다는 사실을 알고 있는 모양이었다.

"음, 그건 아직 생각 안 해 봤는데."

―하긴 뭐 생각하나 마나 당연히 한강대학교 가겠지. 우리 학교 뭐 배울 거 있다고.

용만의 말에 딱히 반박을 하지 못한 건 태수도 한강대학교를 염두에 두고 있었기 때문이다.

    용만과 함께 태수를 따르던 미스터리클럽 동생들의 얼굴
이 떠올라 마음이 편치가 않았다.

    미스터리클럽을 만든 게 다름 아닌 태수였으니까.

    한강대학교에 입학할 생각을 하니 왠지 모르게 애들한테
미안한 생각이 들었다.

    클럽을 만들어서 애들 꼬셔 들어오게 한 것도 자신이고
무책임하게 휴학을 하면서 클럽을 깨트린 것도 자신이었으
니까.

    근데 이젠 아예 배신하고 다른 학교로 도망치는 것 같은
기분이 들었다.

    그때 용만이 푸념처럼 말했다.

    ─휴우, 이제 형하고 학교 다닐 일은 진짜 없겠네. 예전에 미스터리클
럽 활동할 때 진짜 재밌었는데. 난 학교 다니면서 제일 행복했던 때가 그
때인 것 같아. 매일 동아리방에 모여서 연영과 애들하고 스토리 구상하
고 그랬잖아. 소설을 영화로 만들어 보자면서.

    그건 태수도 마찬가지다. 어쩌면 지금까지 살면서 그 시절
이 가장 행복하고 열정이 가득한 때가 아니었나 싶다.

    그때 늘 아쉬웠던 게 재능 있는 리더가 모두를 이끌어 준
다면 얼마나 좋을까 하는 바람이었다. 그랬으면 다들 열정이
있어서 뭐든 만들어 냈을 텐데.

    용만과 통화를 끝내고 신문을 들여다봤다. 신문에 나와 있
는 자신의 사진이 도무지 현실 같지가 않았다.

아직 식구들한테는 공모전 수상 소식을 전하지 않았다.

그렇잖아도 엄마는 요즘 부쩍 태수를 걱정하는 눈치였다. 은근히 뭘 하면서 지내는지, 돈은 있는지 꼬치꼬치 물으며 소리 없이 한숨을 내쉬기도 했다.

태수도 딱히 무슨 일을 한다고 속 시원하게 털어놓을 수가 없어서 가슴이 답답했다.

근데 앞으로는 뭘 할 거냐고 물으면 떳떳하게 말할 수가 있다.

소설을 쓰면서 작가의 길을 걸을 거라고.

공교롭게도 오늘은 엄마의 생신이다. 신문에 난 태수의 기사와 사진을 본 엄마의 반응이 어떨지 몹시 궁금하고 설렌다.

게다가 늘 신경 쓰이던 엄마의 빚 3천만 원도 이번에 갚아 줄 수가 있다.

통장에 모아 둔 돈은 엄마가 출처를 물을 수가 있어서 줄 수가 없었다. 하지만 공모전 상금으로 받은 3천만 원은 기분 좋게 줄 수가 있다.

"어? 오빠 웬일이야?"

모처럼 치킨집에 들른 태수를 보고 혜령이 한 말이었다.

"너 오늘 엄마 생신인 거 아냐?"

순간 혜령의 얼굴에 당혹스러운 표정이 떠올랐다.

"지, 진짜? 오늘이 며칠……?"

"6월 17일. 그것도 몰랐던 거야?"

"그러네. 어떡하지? 나 몰랐는데."

오늘 아침까지도 다들 연락이 없어서 혹시 잊어버린 게 아닐까 생각했는데.

"엄마는?"

"주방에."

가게 안쪽을 들여다보니 주방에서 치킨을 튀기느라 전쟁을 치르는 엄마가 보였다.

오랜만에 봐서 그런지 엄마가 이전보다 훨씬 나이가 들어 보였다.

사실 예전에는 엄마 얼굴을 제대로 살필 여유조차 없었다. 근데 오늘 생신날조차 쉬지 못하고 일하는 엄마의 모습을 보니 마음이 짠했다.

'자식들이 셋이나 있는데 엄마 생신 하나도 제대로 못 챙기다니.'

"형은?"

혜령이 주저하다가 대답했다.

"큰오빠도 몰랐나 봐. 아무런 연락이 없었어."

"형수도 연락 없었고?"

혜령이 눈치를 보며 고개를 끄덕였다. 퍽퍽한 고구마가 목구멍에 탁 막히는 기분.

"그럼 있다가 끝날 때 올게. 엄마한테는 아무런 소리도 하지 말고."

태수는 옥탑방으로 올라와서 저녁 식사를 할 장소를 인터넷으로 검색해서 예약까지 마쳤다.

장남인 경호 형은 지금까지 늘 엄마의 자랑이었다. 고등학교 때는 전교 1등을 놓치지 않았고 졸업 후엔 대한민국 최고의 명문인 S대에 진학했다.

당시 가게가 불타고 빚더미에 올라앉은 어려운 살림에도 모든 식구들이 형의 등록금을 대려고 열심히 일했다.

고등학생인 태수도 알바로 받은 월급을 형의 등록금에 보탰다.

형의 등록금을 마련할 때 엄마가 태수와 혜령을 앉혀 놓고 말했다.

－경호가 대학을 졸업하면 우리 집안을 일으켜 세울 거야. 그러니까 경호가 자리를 잡을 때까진 우리가 어떻게든 뒷바라지를 해야 해.

엄마는 물론이고 태수도, 혜령도 형이 대학을 졸업하면 뭔가 바뀔 것이라고 기대했다.

형은 졸업 후 대기업에 취업했고 일사천리로 결혼까지 했다.

하지만 결혼한 형은 기대했던 것하고는 전혀 다른 모습으로 변했다.

중매로 만난 형수네 집안은 강남에 30억짜리 건물을 가진 집안이었다.

결혼하는 과정에서, 결혼을 한 후에도 형은 사돈집 데릴사위처럼 굴었다.

지긋지긋한 가난에서 벗어나고 싶었던 형은 어떻게든 처갓집에 잘 보여서 인정을 받고 싶었던 모양이었다.

덕분에 형수는 우리 집안을 노골적으로 무시했고.

형과 형수는 엄마 생신과 아버지 기일 외에는 집을 찾지 않았다. 늘 바쁘다는 핑계를 입에 달고 살면서 엄마한테 전화 한 통도 하지 않았다.

태수는 어릴 때부터 공부를 잘해서 늘 집안의 자랑이던 형을 좋아했고 잘 따랐다.

그런 형이 변하자 배신감에 속으로 얼마나 오기를 품었는지 모른다. 형은 물론 형수와 사돈댁에 보란 듯이 성공하고야 말겠다고 다짐에 다짐을 했다.

하지만 세상일이 어디 의욕만으로 되는 것인가.

형의 이름을 딴 엄마의 치킨집에서 배달을 하다가 어렵게 들어간 학교도 형이 듣보잡 지잡대라고 빈정대던 곳이고.

무엇 하나 내세울 게 없던 처지여서 어쩌다 형이 와도 가능한 한 피하며 마주치지 않았다.

그렇다고 형에 대한 원망이 없는 건 아니었다.

태수는 대충 손님이 빠지고 문 닫을 시간쯤 돼서 치킨 가게로 다시 내려갔다.

주방에 있던 엄마가 비로소 홀에 나타났다. 엄마가 태수를 보자마자 반갑게 웃으며 말했다.

"어이구, 아들 얼굴 오랜만에 보네. 같은 건물에 있으면서 통 얼굴 보기가 어렵더니."

"무슨. 며칠 전에도 봐 놓고."

태수가 눈짓을 하자 혜령이 말했다.

"엄마, 오늘 생신인 거 몰랐지?"

엄마가 살짝 놀라는 표정을 짓다가 이내 지나가는 말처럼 중얼거렸다.

"오늘이…… 그랬어?"

태수가 미안하고 죄스러운 마음을 억누르며 말했다.

"미안해, 엄마. 다 큰 자식들이 셋이나 되면서 엄마 생신 하나도 제대로 못 챙겼네."

엄마가 이상하다는 듯 보며 말했다.

"어이구, 우리 태수가 철들었나 보네. 말하는 게 어른스러워졌어."

"그동안 내가 투덜대기만 했지? 미안해. 앞으로는 정말 자식 노릇 제대로 할게."

"됐어, 난 그런 거 다 필요 없어. 난 너희들 행복하게 살면 그걸로 족해. 너 저녁 안 먹었지? 치킨 튀겨 줄까?"

"됐어. 형은 요즘 아예 연락 없지?"

엄마의 표정이 순간 어두워졌다.

"늘 그렇지 뭐. 경호는 요즘도 무척 바쁜 모양이더라."

'바쁘긴 개뿔. 처갓집일은 얼마나 살갑게 챙길 텐데.'

게다가 형수는 직장도 나가지 않는 전업주부다.

전업주부가 바쁠 일이 뭐가 있단 말인가. 아직 애도 없는
데.

태수는 욱하고 올라오는 성질을 가까스로 억눌렀다. 이번
엔 그동안 참아 왔던 불만을 좀 터뜨릴 생각이었다.

갑자기 형 얘기가 나와서 그런지 엄마도 혜령도 왠지 분위
기가 착 가라앉았다.

'아니지. 엄마 생신날인데 분위기가 이래선 안 되지.'

태수가 애써 감정을 가라앉힌 후 말했다.

"혜령아."

"응?"

"엄마 생일 파티하자!"

혜령이 황당한 표정으로 물었다.

"엄마 생일 파티? 어떻게?"

엄마가 손을 내저었다.

"아이고, 됐어. 생일 파티는 무슨, 번거롭게."

엄마가 태수가 사 온 케이크를 보고는 말했다.

퇴마하는
톱스타

"여기서 케이크에 불 붙여서 끄면 그게 생일 파티야. 난 그 거면 돼."

"그건 아니지, 엄마. 그냥 오늘은 내가 하자는 대로 해. 가 게 문 닫고 얼른 나가자, 어서. 혜령이 너도 준비해."

엄마가 불안하게 물었다.

"갑자기 어딜 가자는 거야?"

"좋은 곳!"

태수는 미리 예약해 둔 레스토랑으로 엄마와 혜령을 데리 고 갔다.

엄마와 혜령은 입구에서부터 레스토랑의 호화로운 인테리 어에 기가 질린 표정.

엄마가 태수의 옷깃을 잡아끌며 속삭였다.

"너 여기 비싼 데야, 얼른 나가. 난 아무 데서나 먹어도 맛 있어."

"알고 있어, 엄마. 그러니까 오늘은 내가 하자는 대로 해 요, 응? 아무 걱정 말고."

불안하긴 혜령도 마찬가지. 마치 죄를 지어 끌려온 사람처 럼 고개도 들지 못한 채 눈치만 살피고 있다.

아마 예전이라면 태수도 비슷했을 것이다.

사실 지금도 마음이 편한 건 아니었다.

통장에 1억이 훌쩍 넘는 돈이 들어 있지만 한 푼도 쓰질 않은 데다, 아무리 돈이 생겨도 이런 분위기에 익숙해지려면 시간이 많이 걸릴 것 같았다.

정장을 입은 직원이 다가와 인사를 했다.

"누구 이름으로 예약하셨나요?"

"장태수요."

"네, 잠시만요."

직원이 예약자 명단을 확인한 후 말했다.

"아, 예. 여기 있네요. 다섯 명 예약하셨죠?"

"네."

"이쪽으로 오시죠."

다섯 명이란 직원의 말에 혜령이 놀라서 물었다.

"왜 다섯 명이야, 세 명이지. 얼른 가서 말해."

태수가 손가락을 입에 갖다 대고 말했다.

"오늘은 그냥 나 하자는 대로 하자니까."

직원이 일본 다다미방을 연상시키는 아담한 룸으로 안내했다. 한눈에 봐도 상당히 고급스러운 분위기.

인터넷의 소개 글을 보고 미리 창가 자리로 예약하길 잘했다는 생각이 들었다.

공원 근처에 자리 잡은 레스토랑이라 창밖 너머로 보이는 야경이 생각했던 것보다 근사했다.

직원이 물었다.

"주문하신 랍스터 스페셜 정식 내올까요?"

"잠시만요."

태수가 형에게 카톡을 날렸다.

어디야?

가게 내려가기 전에 경호한테 미리 전화를 해 놨던 것이
다. 오늘 엄마 생신이니까 형수하고 무슨 일이 있어도 참석
하라고.

형이 급한 일이 있다고 다시 핑계를 대려고 했지만 태수가
막무가내로 밀어붙였다.

만약 오늘 안 나오면 평생 얼굴 안 볼 테니까 알아서 하라
고.

결국 형한테 참석하겠다는 답을 들었다.

형의 카톡이 날아왔다.

지금 거의 다 온 것 같아. 저기 간판 보이네.

얼른 올라와. 요리 시켜 놓을게.

알았어.

직원을 보고 말했다.

"예, 이제 요리 내오세요."

"네, 알겠습니다."

직원이 공손히 인사를 하고는 조심스럽게 룸의 미닫이문을 닫았다. 문이 닫히고 메뉴판을 살피던 엄마가 기겁을 했다.

"너 방금 랍스터 스페셜 정식 시켰다고 했어?"

"응, 엄마. 맞아, 우리 그거 먹을 거야."

"너 미쳤어? 여기 봐 봐, 가격이 1인에 18만 원. 이거……봤어?"

엄마의 말에 혜령의 동공도 튀어나올 것처럼 부풀어 올랐다.

"뭐? 어, 얼마라고?"

혜령이 메뉴판을 보고는 마른침을 삼켰다.

"오빠, 무슨 생각인지는 모르겠지만 이건 아닌 것 같아. 우리 형편을 생각해야지. 아무리 생각해도 여긴 우리가 먹기에 너무 과해."

"우리 형편이 뭐 어떤데? 혜령아, 우리 있잖아. 엄마 칠순 잔치도 못 해 드렸어. 우리 엄마 1년에 한 번 이 정도 식사할 자격 충분하다고 생각해. 그리고 앞으로 걱정하지 마, 내가 돈 걱정하지 않고 살게 해 줄게."

혜령은 물론 엄마까지도 의아한 표정으로 태수를 바라봤다.

엄마가 더운지 메뉴판으로 부채질을 하는데 룸의 문이 열렸다.

드르륵.

퇴마하는
톱스타

형과 형수가 까딱 인사를 했다.

"어머니, 저희 왔어요."

엄마가 마치 윗사람이라도 대하듯 벌떡 자리에서 일어났다. 그제야 엄마와 혜령은 다섯 명으로 예약한 이유를 알았다.

"세상에, 너희가 어떻게 알고 여길 왔어?"

형이 태수를 힐끗 보고는 대답했다.

"태수가 연락을 했더라고. 사실 오늘 회사에 중요한 일이 있었는데 급하게 정리하고 오느라 좀 정신이 없네."

놀란 엄마가 태수를 돌아보고는 핀잔을 줬다.

"형 바쁜데 왜 연락을 했어? 내 생일이 뭐가 그리 대단하다고. 얘가 아직도 이렇게 철이 없다니까."

형수도 은근슬쩍 숟가락을 올렸다.

"저도 오늘 좀 정신이 없었어요. 저희 부모님 건물 1층에 세입자가 기한이 됐는데 가게를 비우지 않아서 오늘 저희 부모님이 대판 싸웠거든요."

"아이고, 저런. 어쩌나?"

"요즘 그런 사람들 무섭잖아요. 그래서 저라도 부모님 옆에 있어야 할 것 같아서."

"아이고, 혹시라도 사돈이 욕하지 않으시려나. 거긴 경황이 없는데 생일 챙긴다고 애들을 불러내서."

형수가 형에게 '잘했지?' 하는 표정으로 무언의 대화를 주고받는 모습이 시야에 들어왔다.

태수가 그런 형과 형수의 태도에 브레이크를 걸듯 말했다.

"아무리 바쁜 일이 있어도 엄마 생신인데 당연히 참석해야지. 다른 사람들은 뭐 시간이 남아돌아서 생신 챙기고 그러나?"

형이 핀잔처럼 말했다.

"내가 하는 일이 치킨 배달처럼 그렇게 단순한 일이 아니야."

순간 태수는 울컥하는 감정을 가까스로 억누르고 말했다.

"글쎄, 얼마나 대단한 일을 하는지 모르겠지만 1년에 한 번 있는 엄마 생신까지 잊어버린다는 건 말이 안 되지. 형이 아니면 형수라도 챙길 수 있는 거 아닌가? 바빠서 챙기지 못했다면 미리 연락해서 날짜를 바꿀 수도 있었고."

까칠하게 말하는 태수의 태도에 형은 물론 형수도 놀라서 눈을 동그랗게 떴다.

사실 이전까지 태수는 형이 하는 말에 거의 토를 달지 않았다. 틀렸다는 걸 알면서도 따지고 들기엔 자신의 처지가 너무 초라했던 것이다.

형의 얼굴이 벌겋게 달아올랐다.

"야, 그게 어디 그렇게 말처럼…… 아니다. 됐다, 관두자. 어차피 설명해도 알아먹을 것 같지도 않고."

그러면서 형이 살짝 짜증스러운 표정을 지었다.

장남이라 그런지 형은 어릴 때부터 자신의 잘못을 인정한 적이 거의 없었다. 잘못을 인정해야 할 때는 항상 지금과 같은 짜증스러운 표정으로 얼버무리기 일쑤.

혜령이 태수에게 그만하라는 듯 허벅지를 슬쩍 찔렀다.

태수가 혜령을 돌아보고는 마음속으로 중얼거렸다.

'걱정하지 마. 오늘은 엄마 기분 좋게 해 드릴 거니까.'

태수와 혜령의 눈치를 보던 형수가 재빨리 엄마한테 봉투를 내밀며 말했다.

"죄송해요, 어머니. 며칠 전까지도 기억을 하고 있었는데 오늘 경황이 없어서. 30만 원밖에 못 넣었어요. 저 사람 월급이 그리 넉넉한 편이 아니라서."

"아이고, 됐다. 너희도 살기 어려울 텐데 무슨 이런 걸."

태수는 속으로 혀를 찼다.

평소엔 말끝마다 자신의 부모님 건물을 들먹이며 으스대던 형수다. 둘이 입고 있는 옷이며 신발이며 딱 봐도 가격이 꽤 나가는 브랜드고.

'근데 기껏 30만 원 내놓으면서 넉넉하지가 않다고?'

태수가 테이블에 올려놓은 형의 휴대폰을 들고 물었다.

"이거 이번에 나온 최신 폰이네. 저번 폰도 바꾼 지 얼마 안 됐잖아."

"어, 그, 그거. 회사에서 바꿔 준 거야."

"그래? 역시 좋은 회사는 다르네."

말은 그렇게 했지만 거짓이란 게 뻔히 보였다.

형은 거짓말할 때마다 살짝 말을 더듬으며 얼버무리는 습관이 있다. 확인할 수 없다고 계속 넘어가 주니까 이젠 대놓고 거짓말을 한다.

'어디 두 사람이 무슨 말을 나누면서 왔는지 한번 확인해 볼까?'

태수가 형의 휴대폰을 집은 건 바로 사이코메트리로 잔류사념을 읽어 보고 싶었기 때문.

마음속으로 주문을 외웠다.

'사이코메트리.'

화르르르륵!

손바닥에 찌릿한 기운이 흐르며 공기가 흔들리더니 머릿속에 형과 형수의 잔류사념 영상이 떠올랐다.

잔류사념의 영상 속에서 두 사람은 함께 차를 타고 있었다.

차 안의 시간이 7시 13분.

지금이 7시 42분이니까 영상은 30여 분 전 상황.

형수가 화장을 하며 짜증스럽게 말했다.

"당신 동생 너무한 거 아냐?"

형수는 태수를 도련님이라고 부른 적이 없다. 형에겐 당신 동생이라고 했고 태수에겐 저기요라고 불렀다.

자신의 가족으로 받아들이고 싶지 않았던 모양.

"너무하다니, 뭐가?"

"바쁜 일 있다고 했으면 적당히 물러나야지. 형한테 그렇게 우격다짐으로 무조건 와라. 그건 좀 아니지 않아?"

"됐어. 엄마 생신 잊어버린 우리도 잘못이 있잖아."

"자기 엄마는 왜 하필이면 오늘이 생일이래? 엄마하고 온천 여행 가려고 계획 다 세워 놨는데."

이번에는 엄마한테도 어머니 대신 '자기 엄마'라고 했다. 평소에도 그렇게 호칭을 하는지 형도 익숙한 분위기.

잔류사념이라는 걸 알면서도 욱하고 성질이 올라왔다.

이번에는 형도 좀 어이가 없는지 한마디 했다.

"그럼 우리 엄마가 너하고 장모님이랑 온천 여행 가는 날짜까지 피해 가면서 태어나셨어야 했냐? 네가 좀 더 일찍 날짜를 알고 대처했으면 이런 일 없잖아."

"그러는 당신은? 자기 엄마 생일은 아들이 챙겨야 하는 거 아냐?"

형이 째려보자 형수가 혀를 찼다.

"지금 나 째려본 거야? 내가 뭐 대단한 잘못이라도 했어? 당신 엄마 생신이 그렇게 대단한 거야?"

얼굴이 벌겋게 달아오른 형이 간신히 말했다.

"후우, 그만하자."

"그만하긴 뭘 그만해? 말을 꺼냈으면 끝을 봐야지. 자기만 성질내면 다야? 누군 성질 없어?"

형수가 눈을 부라리며 형을 몰아붙였다.

결국 형이 도로변에 차를 세웠다. 하지만 형의 입에서 나온 얘기는 태수의 예상을 빗나갔다.

"알았어, 그만해. 내가 잘못했어. 사과할게."

태수는 더 이상 영상을 볼 수가 없어 휴대폰에서 손을 뗐다.

화르르르륵

잔류사념이 사라지며 엄마 목소리가 들려왔다.

"그래도 이렇게 다들 모이니까 오늘 내 기분이 너무 좋다."

형수가 까르르 과장된 웃음을 터뜨렸다.

반면 형은 어깨가 축 늘어진 채 어쩔 수 없이 웃는 모습.

이전까지는 형이 원망스러웠는데 지금은 오히려 안쓰러운 느낌이다.

예전부터 형은 지독하게 가난을 싫어했다. 이기적일 정도로 악착같이 공부한 것도 어떻게든 가난에서 벗어나고 싶은 몸부림이었다. 부잣집 형수도 그래서 만났을 테고.

잠깐의 영상만 봐도 형이 어떻게 살아가고 있는지 짐작이 갔다.

'바보 같은 형. 왜 그렇게 살아? 그래도 형은 우리 집에서 제일 잘난 사람이잖아. 그렇게 어렵다는 명문대까지 갔으면서.'

하지만 태수의 상념은 형수의 코맹맹이 같은 소리 때문에 깨졌다. 직원이 가져온 요리를 본 형수가 호들갑을 떨었다.

"가만, 이게 무슨 요리야?"

옆에 있던 혜령이 얼른 대답했다.

"랍스터 스페셜 정식요."

"정말요?"

형수가 메뉴판을 들고 보더니 굳은 표정으로 형을 돌아봤다.

"자기 여기 메뉴판 봤어?"

"어? 아니, 왜?"

"한번 봐 봐."

형수가 메뉴판을 건넸고 형의 표정도 금방 어두워졌다.

형수가 태수에게 물었다.

"도련님이 여기 예약한 거예요?"

"근데 왜요?"

"여기 무지 비싼 데예요. 1인 18만 원에 다섯 명이면 얼마야? 가격은 알고 주문한 거예요?"

태수가 주저 없이 대답했다.

"당연히 알고 주문했죠. 여기 다 합치면 90만 원이죠. 근데 왜요?"

태수의 대답에 순간 정적이 흘렀다.

형수가 눈을 마구 깜빡이며 다그치듯 물었다.

"식사 한 끼 하는 데 90만 원은 너무 과한 거 아니에요? 아무리 생신이라도."

듣고 있던 엄마가 걱정이 되는지 끼어들었다.

"그러게. 얘가 오늘 무슨 정신으로 이런 일을 저질렀는지 모르겠네."

"지난번에 형수님이 그러지 않았어요? 사돈어른 생신을 워커힐 호텔 뷔페에서 했다고."

"그, 그건……."

당황한 형수의 얼굴이 벌게졌다.

"그 정도면 90만 원이 아니라 9백만 원쯤 나오지 않나?"

이번엔 형이 끼어들었다.

"야, 너 지금 무슨 소리하는 거야? 그거랑 이거랑은 다르잖아."

"다르긴 뭐가 달라, 그냥 우리 엄마 무시하는 거지. 그리고 걱정하지 마. 형한테 식삿값 내라고 하지 않을 테니까."

태수가 근심이 가득한 얼굴로 불편한 표정을 짓고 있는 엄마한테 자신의 인터뷰가 나온 신문을 건네며 말했다.

"엄마, 여기 신문에 내 얼굴 나왔어. 봐 봐."

태수의 말에 엄마는 물론 나머지 식구들도 다들 놀라서 돌아봤다.

엄마도 눈이 휘둥그레져서 물었다.

"뭐? 신문에 네 얼굴이 왜 나와? 너 뭐 잘못한 거 있어?"

"일단 한번 봐 봐."

태수가 한국 장르문학 공모대전에 관한 기사가 나온 4면을 펼쳐서 엄마 앞으로 들이밀었다.

"여기 봐 봐. 내 얼굴 나왔지?"

커다랗게 나온 태수의 사진과 수상 소감이 4면의 절반을 차지하고 있었다. 옆에서 보고 있던 혜령이 먼저 소리쳤다.

"어머, 이게 뭐야? 진짜 오빠 사진이 신문에……."

형과 형수도 엄마 옆으로 다가와 신문을 들여다봤다.

"어디?"

"네가 좀 읽어 봐. 이게 무슨 소리야?"

엄마의 말에 형이 신문을 건네받아서 기사를 읽었다.

"제7회 한국 장르문학 공모대전 대상은 장태수 작가의 미스터리 소설 ≪비가 오면≫이 선정됐다. 장태수 작가의 ≪비가 오면≫은 한국 장르 문학에서 쉽게 만나기 힘든 어두운 미스터리로 탄탄한 구성과 묵직한 주제 의식이 돋보이는 작품이다. 또한 독자가 한시도 눈을 뗄 수 없도록 반전에 반전을 이어 가는 흥미로운 구성은 미스터리 소설이 갖추어야 할 미덕을 제대로 보여 주는 수작으로……."

처음엔 다들 '무슨 일이지?' 하는 분위기였다.

하지만 형이 기사를 읽어 내려갈수록 엄마도, 혜령도, 형수의 입에서도 탄성이 흘러나왔다.

기사를 읽는 형도 감정이 벅찬지 중간중간 호흡을 골라야만 했다.

마지막으로 형이 태수의 수상 소감을 읽었다.

"……(중략)…… 그리고 이 모든 영광을 지금도 치킨집 주방에서 닭을 튀기며 자식들의 성공만을 바라고 있을 어머니에게 바칩니다."

맨 먼저 혜령의 입에서 비명에 가까운 환호성이 터져 나왔다.

"말도 안 돼! 작은오빠가?"

엄마는 물론 형까지도 눈시울이 붉게 변해 있었다.

엄마가 믿어지지 않는다는 얼굴로 중얼거렸다.

"내가 꿈을 꾸고 있는 건 아니지?"

혜령이 발갛게 상기된 얼굴로 소리쳤다.

"꿈은 무슨 꿈이야. 여기 봐 봐, 이렇게 기사로 다 나와 있잖아."

"세상에, 어떻게 이런 일이 생길 수가 있는 거니? 난 태수가 글 쓴다고 할 때 항상 구박만 했는데. 애미가 되어 가지고 이런 것도 모르고. 글 쓴다고 잠도 안 자고 그렇게 고생을 하더니."

태수는 감격하는 엄마와 가족들을 보며 그동안 소식을 전하고 싶은 걸 꾹 참고 있길 잘했다는 생각이 들었다.

엄마가 태수의 손을 덥석 잡으며 흐느꼈다.

"장하다, 내 새끼. 장해! 세상에. 내 아들이 신문에 나오다니. 돌아가신 아버지가 알았으면 얼마나 좋아하셨을까."

태수가 말했다.

"아마 아버지도 하늘에서 보고 계실 거야."

신문을 보던 혜령이 소리쳤다.

"엄마 여기 봐 봐, 상금이 3천만 원이야, 3천만 원!"

"뭐? 3천만 원? 그게 정말이니?"

태수가 말했다.

"맞아, 엄마. 이번 공모전 대상 상금이 3천만 원이야."

엄마가 놀라서 입을 다물지 못했고 혜령은 벅찬 감정을 어쩔 줄 모르겠다는 듯 감탄을 쏟아 냈다.

"세상에 진짜 말도 안 돼. 작은오빠 글 쓴다고 할 때 완전 장난으로 들었는데…… 대박, 진짜 대박이다!"

가만히 지켜만 보던 형도 상기된 표정으로 멋쩍게 말했다.

"축하한다."

태수가 글을 쓴다고 했을 때 형은 한 번도 진지하게 받아 준 적이 없다.

그때마다 형은 늘 이렇게 말하곤 했다.

─야, 글은 아무나 쓰냐? 괜히 쓸데없이 헛바람 들지 말고 하는 일이나 열심히 해.

지금 형의 표정엔 진심으로 미안해하는 감정이 느껴졌다.

"고마워, 형."

형수도 코맹맹이 소리로 마지못해 축하를 전했다.

"도련님, 축하드려요."

확실히 태수를 바라보는 형수의 시선이 이전하고는 조금 달라졌다는 게 느껴졌다.

방금 전까지만 해도 무시하듯 대하던 눈빛이 지금은 왠지 조심스러워졌다.

혜령이 물었다.

"그럼 이제 오빠 이름으로 책도 나오는 거야?"

"당연하지."

"이게 뭔 일이래?"

가족들이 호들갑을 떠느라고 음식은 손도 대지 못했다. 코스 요리라서 직원이 다음 음식을 가지고 와서 난처한 표정으로 웃었다.

태수가 직원에게 말했다.

"그것까지 놓고 가시고 20분 있다가 다음 요리 내주세요."

"네, 알겠습니다."

이젠 식구들 중 누구도 음식값을 걱정하지 않았다. 방금 전까지도 가시방석에 앉은 것처럼 불편하게 웅크리고 있던 엄마와 혜령도 지금은 편안해 보였다.

태수가 잠시 호흡을 고르고 입을 열었다.

"가족들이 모두 있는 곳에서 발표를 하는 게 좋을 것 같아.

저 이번에 대학 진학하려고 해요."

"대학이라고?"

형이 가장 먼저 반응을 보였다.

"그 듣보잡 대학을 다시 다닌다고?"

"형이 자꾸 듣보잡 대학이라고 하니까 듣기 거북하네."

태수의 말에 형이 피식 웃으며 말했다.

"야, 내가 틀린 말했냐? 솔직히 드림실용예술전문대학
이……."

"드림실용예술전문대학이 비록 대단한 학교는 아니지만
그 학교에도 열정을 가진 학생들이 많아. 함부로 듣보잡이라
고 부르지 마. 그리고 나…… 우리 학교 말고 한강대학교 문
창과에 진학할 거야."

형이 잠시 태수를 보다가 미간을 찌푸리고 물었다.

"뭐? 한강대학교? 뭔 소리야? 네가 거길 어떻게 들어가,
수능도 안 보고. 거기 수능 올 1등급 맞아야 들어가는 곳이
야. 아무나 들어가는 학교가 아니라고."

"수능 걱정은 하지 않아도 돼. 이번 공모전 대상 수상자
한테는 한강대학교 문창과에 입학할 수 있는 특전이 주어지
거든."

"그, 그게 정말이야?"

형이 놀라서 되물었고 혜령은 돌고래 울음소리를 냈다.

"꺄악, 한강대학교라고?"

평소 시댁 식구들이 말을 할 때는 늘 시큰둥한 표정으로 관심도 보이지 않던 형수가 귀를 기울이고 듣다가 놀라는 기색을 보였다.

형은 동영상 정지 화면 같은 표정으로 반쯤 입을 벌린 채 태수를 바라봤다.

"세상에, 내가 이런 날이 올 줄 알았다!"

그동안 형수한테 주눅이 들어서 하고 싶은 말도 제대로 못 하던 엄마가 갑자기 태수도 기억 못 하는 어린 시절 얘기를 하기 시작했다.

우리 태수가 세 살 때 한글을 읽었다는 둥, 어릴 때 잠들기 전에는 엄마가 늘 동화책을 읽어 줬는데 그런 습관이 지금 글을 쓰는 데 도움이 됐을 것 같다는 둥, 심지어는 초등학교 때 일기장을 보면 너무 글을 잘 써서 시간 가는 줄도 모르고 읽었다는 얘기까지.

그동안 태수와 혜령이 엄마네 치킨 가게에서 배달과 서빙을 하고 있어서 형수 앞에서는 일절 자식들 얘기를 꺼내지 않던 엄마였다.

이후의 시간은 모처럼 엄마와 혜령이 목청을 높여 가며 행복한 대화를 이어 갔다.

가족들이 이렇게 화목한 분위기를 연출했던 적이 언제였는지 기억도 나지 않았다.

평소 은근히 태수를 무시하던 형수도 오늘만은 달랐다. 엄마한테 대하는 모습도 사근사근해서 처음으로 며느리처럼 보였다고나 할까.

모임을 모두 마치고 엄마와 혜령을 먼저 보낸 후 형과 단 둘이 남았다.

형수가 차를 빼러 간 사이 어색하게 둘이 남겨진 것이다. 형이 뭔가 할 말이 있는 듯 망설이다가 입을 열었다.

"태수야, 미안하다. 그동안 내가 널 너무 무시했던 것 같아."

"무슨 소리야?"

"잘 알면서 뭘 그래? 네가 소설 쓰면 쓸데없는 짓 하지 말며 소리 지르고 그랬잖아. 소설을 아무나 쓰는 거냐고 무시하면서."

태수는 새삼스러운 기분으로 형을 바라봤다.

지금까지 살면서 형이 이렇게 자신에게 사과한 일이 있었던가.

형은 늘 옳았고 자존심이 강해서 잘못을 해도 절대로 사과를 하는 법이 없었다.

형이 태수의 어깨에 손을 얹으며 말했다.

"아무튼 정말 고맙다. 네 덕분에 이제 처갓집에서 어깨 좀 펴고 살 수 있을 것 같아."

"사실 그동안 우리 집이 정말 내세울 게 없긴 했지. 솔직히 엄마도 형한테 맨날 도와 달라는 소리만 하고. 형도 처갓집

눈치 보느라 힘들었지?"

형이 고개를 흔들며 말했다.

"아냐, 그렇지 않아."

"저기, 형."

"응, 말해."

"형도 앞으로는 너무 기죽어 살지 마. 형수나 사돈댁에."

"갑자기 무슨 뚱딴지야? 나 아주 잘 살고 있어."

말은 그렇게 하면서도 쓸쓸한 표정까지 감출 수는 없었다.

"뭐 안 그렇다면 다행이고. 어쨌든 형은 우리 집 장손이고 대표잖아. 그런 형이 밖에서 무시당하면 우리 집이 무시당하는 거야. 알았지?"

"……."

"형은 학교 다닐 때부터 엄마의 유일한 자랑거리였어. 형 시험만 보고 나면 엄마가 시장 바닥 순회하면서 소리치고 다녔잖아. '우리 경호가 이번에도 전교 1등 했대.'라고 하면서."

"후우, 그게 무슨 대수라고."

형이 깊은 한숨과 함께 쓸쓸하게 말했다.

"나처럼 한심하고 못난 놈도 없을 거다. 자존심도 없고. 난 가난하고 보잘것없는 우리 집이 싫었어. 오히려 엄마를 진짜로 기쁘게 해 드릴 수 있는 사람은 너인 것 같아."

"그런 소리 하지 마. 형은 늘 나한테 우상이었다고. 그리고 내가 아직은 별로 힘이 없지만 앞으로는 좋은 일이 좀 생길 것 같아. 혹시라도 고민이 있으면 나하고 같이 나눠. 내가 찌질해서 큰 도움은 못 줘도 우린 형제잖아."

"짜식, 많이 컸네. 그리고 네가 찌질하긴 왜 찌질해? 공모전 대상받은 자랑스러운 동생인데. 게다가 한강대학교 문창과에 입학도 할 거고."

"고마워, 형. 앞으로 내가 좀 더 잘할게. 엄마도 잘 모시고."

"그래, 고맙다. 앞으로 우리가 함께 엄마 행복하게 잘 모시자."

형수가 차를 몰고 와서 라이트를 깜빡였다.

"형수 왔네. 얼른 가, 형."

"그래, 먼저 갈게. 책 나오면 사인해 주라."

"당연하지. 엄마 먼저 해 주고 형은 두 번째야."

형이 씩 웃으며 엄지를 치켜세웠다.

＊＊＊

"후우, 내일 뭘 입고 가지?"

태수는 옷장에 있는 옷들을 죄다 꺼내서 침대 위에 펼쳐 놓았다.

내일 시상식에 입고 갈 옷을 고르는데 도무지 마음에 드는 옷이 없었다.

정장이나 단정한 옷을 입고 가고 싶은데 옷장 속엔 점퍼 종류뿐.

'낮에 옷을 하나 살 걸 그랬나? 가능하면 심사위원 선생님들 앞에서 최대한 예의를 차리고 싶은데.'

팔짱을 끼고 고민에 잠겨 있을 때 밖에서 부르는 소리가 들려왔다.

"오빠, 안에 있어요?"

목소리만 들어도 누군지 알 수 있었다.

드르륵.

문을 열자 송현주가 서 있었다.

"너 요즘 엄청 자주 올라온다?"

"그래서 싫어요?"

"싫긴, 나한테는 너무 부담스러운 사람이라서 그러지. 이러다가 괜히 파파라치나 그런 사람들한테 이상한 관계로 신문기사 같은 거 나면 어떡해, 나 그런 민폐 끼칠까 봐 걱정되는데."

송현주가 깔깔거리며 웃음을 터뜨렸다.

"제발 나 좀 파파라치 하라고 해요. 그런 쓸데없는 걱정하지 말고 잠깐 들어가도 돼요?"

송현주가 방 안을 기웃거리며 몸을 들이밀기에 태수가 저도 모르게 얼른 앞을 가로막았다.

지금까지 송현주가 옥상에 올라온 적은 많지만 옥탑방에

들어온 적은 없다.

송현주가 멈칫하고 물었다.

"왜요? 내가 들어가는 거 싫어요?"

"아니, 그게 아니라. 지금 방 안이 엉망이라서."

"치이, 동생한테 뭐 그런 걸 신경 써요?"

송현주가 웃으며 태수를 밀어 내고 안을 살폈다.

"그럴 줄 알았다. 내일 시상식 때 입을 옷 고르고 있었죠?"

"어? 그거 어떻게 알았어?"

"참 나, 지난번에 술 마실 때 오빠가 몇 번이나 걱정했잖아요. 시상식 때 뭘 입고 가야 할지 모르겠다고."

"내가?"

"엥? 자기가 한 말도 기억 못 해요?"

아무리 생각해도 그런 기억은 없는데 송현주가 그랬다고 하니 그런 모양이다.

송현주가 태수를 가만히 응시하다가 툭 내뱉듯 말했다.

"쓰읍, 왠지 사람이 살짝 교만해진 것 같은데."

"내가 교만해졌다고?"

"설마 신문에 얼굴 한번 나왔다고 벌써부터 초심을 잃은 건 아니죠?"

"설마."

"나도 농담이에요."

송현주가 피식 웃었지만 태수는 잠깐 진지하게 자신을 돌아봤다. 정말 저도 모르는 사이에 초심을 잃은 건 아닌지 걱정하며.

태수가 세상에서 가장 싫어하는 인간이 그런 인간이기 때문에. 바로 이명호 같은 인간.

"어디 봐 봐요."

"뭘?"

"내일 뭐 입고 갈 건지 고른 옷 좀 보자고요."

마치 여친처럼 챙겨 주는 송현주의 관심이 부담스러우면서도 엄청 기분이 좋았다.

태수가 옆으로 비켜서자 송현주가 방 안으로 들어서서 침대 위에 널브러진 옷들을 훑어봤다.

"아무리 봐도 적당한 옷이 없더라고. 평소에 그런 자리에 가 봤어야지."

송현주가 옷들을 살피곤 한숨을 내쉬었다.

"내가 이럴 줄 알았다니까. 잠깐 밖으로 나와 봐요."

"밖에는 왜?"

태수는 송현주를 따라 옥상으로 나갔다. 송현주가 평상에 있던 뭔가를 들어 보였다. 캐주얼한 남성 재킷과 하늘색 셔츠 세트였다.

"이거 어때요?"

딱 보자마자 마음에 들었다. 옷을 보기 전까지는 자신이 어떤 스타일을 좋아하는지 알지 못했는데, 눈으로 보니 '이거다.'라는 생각이 들었던 것이다. 정장 느낌이 나면서도 무겁지 않은 분위기였다.

"한번 입어 봐요"

태수가 셔츠를 집어 들고 입으려고 하자 송현주가 말했다.

"티셔츠 벗고 입어야죠."

"어? 아참 그렇지. 잠깐만."

태수가 셔츠를 벗으려고 옥탑 방으로 들어가려는데 송현주가 말했다.

"어디 가요? 그냥 여기서 갈아입어요."

"어?"

"돌아서 있을게요."

송현주가 돌아섰고 태수가 망설이다가 입고 있던 라운드 반팔 티를 얼른 벗었다.

비록 돌아서 있긴 했지만 여자 옆에서 알몸을 드러내는 게 기분이 이상했다.

운동이라곤 해 본 적이 없는 저질 체형이라 혹시라도 송현주가 돌아설까 봐 재빨리 셔츠를 걸쳤다. 하늘거리는 소재의 셔츠가 몸에 착 감기는 것처럼 촉감이 좋았다.

"입었어요?"

"응."

돌아서서 태수를 바라보는 현주의 입꼬리가 살짝 올라갔다.

"뭐, 옷이 워낙 좋아서 대충 입어도 괜찮네. 이것도 입어 봐요."

송현주가 이번엔 재킷을 들고 흔들었다. 태수가 쑥스러운 얼굴로 팔을 껴서 옷을 입었다.

"돌아 봐요."

말잘 듣는 어린애처럼 송현주의 말대로 움직였다. 송현주의 눈빛에 장난스러운 웃음기가 떠올랐다.

"방에 들어가서 봐 봐요."

방으로 들어가 거울 앞에 섰다.

고등학교 때부터 알바를 뛰었고 졸업 후엔 치킨 배달원. 자신의 스타일과 분위기는 늘 아재였고 후줄근했다. 멋을 낼 기회도 없었고 굳이 멋 내려고 신경을 쓰지도 않았다.

거울 속 모습이 낯설었지만 마음에 들었다. 게다가 어떻게 사이즈를 이렇게 정확히 맞춰서 가져왔는지 놀라웠다.

태수는 자신의 옷을 고를 때도 반드시 직접 입어 봐야만 몸에 맞는 옷을 고를 수가 있는데.

어느새 옥탑방 입구에 와 있던 송현주가 말했다.

"머리도 좀 해야 할 것 같고. 음, 스타일링이 좀 필요하겠네요."

태수가 마구 손을 내저었다.

"아냐, 됐어. 이 정도면 충분해."

송현주가 뚫어지게 태수를 보다가 말했다.

"좀 아깝긴 하다."

"뭐가?"

"조금만 몸을 만들면 꽤 괜찮을 것 같은데."

"무슨, 내가 연예인도 아니고."

말은 그렇게 했지만 송현주의 말이 은근 신경 쓰였다.

'내일부터 헬스라도 끊어서 다녀 볼까?'

"근데 이 옷들은 어디서 난 거야?"

딱 보니 산 옷은 아닌 것 같았다.

"아, 제가 아는 선배한테서 빌린 거예요. 그 선배 체형이 오빠랑 비슷하거든요. 유명하진 않아도 그 오빠도 배우예요."

"배우? 배우면 다른 사람한테 옷 빌려주는 거 싫어하지 않아?"

"당연히 싫어하죠. 제가 저녁까지 사 주면서 부탁해서 빌린 거라고요. 있는 소리 없는 소리 다 해 가면서."

"그게 무슨 말이야?"

"앞으로 유명 작가가 될 사람이니까 친하게 지내면 나중에 도움이 될 거라고."

"야, 그게 말이 돼?"

"왜 말이 안 돼요? 오빠가 쓴 소설이 영화 원작 계약이라도 할지 누가 알아요? 그럼 뭐…… 모른 척하진 않겠죠. 나도 그렇고, 헤헤."

"만에 하나 그런 일이 일어난다고 해도 캐스팅은 감독 권한 아닌가?"

"감독을 잘 설득하면 되죠. 연기 잘하고 괜찮은 배우 있다고."

"어, 그래도 돼?"

"어휴, 정말, 농담이에요, 농담. 내가 오빠 앞길에 꽃을 뿌리면 뿌렸지 설마 그런 짐이 되겠어요? 아무튼 오빠는 쓸데없이 진지한 구석이 있다니까."

"그런가?"

태수가 머리를 긁적이며 웃었다.

평생 불운과 불행에 시달리며 살다 보면 늘 신중하고 진지해질 수밖에 없다. 그래야만 살아남을 수 있으니까.

태수는 옷을 정리하는 송현주를 바라보며 살짝 감동했다.

물론 오디션 때 도움을 주긴 했지만 송현주처럼 이제 막 배우로서 발돋움하는 사람은 흔히 변하기 마련이다.

예전에 만나던 사람한테 연락도 끊고 신세를 졌던 일도 잊어버리고.

눈앞에 펼쳐진 꽃길만 바라보며 걷는 게 보통이다. 그런 사람들은 대부분 자신이 어떤 길을 걸어왔는지 돌아보는 걸 잊어버리고 살아간다.

근데 송현주는 달랐다. 이렇게 기억해서 챙겨 주려면 정말 신경을 많이 써야만 한다.

송현주의 입장에서 볼 때 태수는 아무것도 가진 게 없는 백수에 불과하고 딱히 얼굴이 잘생긴 것도 아니다.

그런데도 이렇게 챙기는 걸 보면 송현주는 인성 자체가 좋은 사람 같았다.

의리가 있다고나 할까.

태수는 자신도 잘되면 꼭 송현주를 챙겨 주고 싶었다.

이성이 아닌 순수한 남자 사람 친구의 의리로.

내 방식대로 산다

　시상식이 끝나고 심사위원들과 함께하게 된 식사 자리.

　파스타와 스테이크 전문점인데, 주최 측에서 홀을 통째로 빌린 모양이었다.

　각 테이블 자리에는 앉을 사람의 이름이 적인 종이 카드가 놓여 있었다.

　태수가 앉은 테이블에는 세 명의 수상자들이 함께 앉았다.

　박효성, 조소영, 장태수 그리고 한정호 교수라고 적힌 종이 카드가 놓여 있었다. 아마도 한강대학교 문창과 한정호 교수 자리인 모양.

　한정호 교수는 오늘 급한 사정이 있어 시상식엔 참석을 못하고 식사 자리만 참석한다고 들었다.

나머지 수상자인 박찬성과 김영일은 다른 테이블에 배치가 되어 있었다.

　사실 태수도 마음은 그쪽으로 자리를 옮기고 싶었다.

　태수의 앞에 앉은 박효성, 조소영 작가는 이미 데뷔해서 독자들한테도 이름이 꽤 알려진 기성작가들.

　특히 조소영 작가의 작품은 태수도 꽤 재미있게 읽었다. 실제로 보니 소설가가 맞나 싶을 만큼 미인이었다.

　둘은 평소에도 잘 알고 지내는 사이인 듯했다. 쉼 없이 재미있는 대화를 나누며 까르르 웃는 모습이 부러울 정도.

　둘 다 작가라 그런지 처음 간단히 인사만 나눈 후로는 딱히 말을 걸어오진 않았다.

　덕분에 태수는 뻘쭘하게 앉아 식사만 할 수밖에 없었다.

　"아이고, 내가 많이 늦었네."

　굵직한 중저음의 목소리에 박효성, 조소영 두 작가가 자리에서 벌떡 일어나 고개를 숙였다.

　"선생님 오셨어요?"

　태수도 엉겁결에 일어나 돌아보니 검은 뿔테 안경을 낀 중년의 남자가 웃으며 말했다.

　"괜찮아, 앉아서 식사들 하게."

　중년의 남자가 테이블에 비어 있는 나머지 한 자리에 앉았다. 그의 앞에 놓인 이름 카드는 한정호 교수.

　비로소 그가 한강대학교 문창과 한정호 교수라는 걸 알았다. 어정쩡하게 서 있던 태수는 뒤늦게 교수님을 향해 고개를 넙죽 숙였다.

한정호 교수가 태수 앞에 놓인 이름표를 보고는 눈을 빛내며 물었다.

"그쪽이 장태수 작가?"

"예, 선생님."

교수님이 손을 내밀었다.

"반가워요."

태수가 몸을 반쯤 일으켜서 손을 맞잡으며 말했다.

"영광입니다, 선생님. 편하게 말씀하십시오."

정문호 선생님이 한강대학교 한정호 교수 얘기를 잠깐 한 적이 있다. 같은 학교 동료 교수이자 경쟁자이며 어릴 적부터 알고 지내 온 친구라고.

그래서 그런가, 한정호 교수가 그리 낯설지가 않았다.

"제일 만나고 싶었던 사람이었는데, 같은 테이블이라서 잘 됐네. 먼저 대상 축하해요."

"감사합니다, 선생님."

조소영이 농담처럼 웃으며 말했다.

"와, 교수님이 원래 저렇게 부드러우신 분이셨나?"

"내가 뭘 어쨌는데?"

한정호 교수가 의아하게 반문하자 조소영이 태수를 돌아보고 말했다.

"장태수 씨, 부러워요. 우리 한정호 교수님, 웬만해서는 신인 작가한테 저렇게 부드럽게 대하지 않으시거든요. 저 학교 다니던 4년 동안 교수님한테 혼나서 우느라고 항상 눈 퉁퉁 부어 다녔던 거 알아요?"

그러고 보니 조소영도 한강대학교 문창과 출신인 모양.

옆에 앉아 있던 박효성도 한마디 거들었다.

"너 다닐 때만 해도 교수님이 많이 봐주신 거야. 우리 때는 중편소설 일주일 만에 써 오라고 과제 내 주셔서 다들 멘붕에 빠졌다니까."

조소영이 눈을 동그랗게 뜨고 되물었다.

"일주일 만에 중편을 써 오라고 하셨다고요?"

'이제 보니 박효성도 한강대 문창과 출신이구나. 조소영은 후배인 모양이고. 그래서 둘이 그렇게 친했구나.'

그러고 보니 요즘 잘나가는 신인 작가들은 한강대학교 문창과 출신이 대부분이다. 새삼 한강대학교의 명성에 주눅이 들었다.

얘기를 듣고 있던 한정호 교수가 너털웃음을 지었다.

"이 녀석들이 날 아주 몹쓸 스승으로 만드네, 허허."

'세상에, 일주일에 중편 한 편이라니.'

박효성, 조소영 같은 작가들도 한정호 교수의 수업이 그토록 힘들었다면, 자신은 어떡하라는 건지.

한강대학교에 입학해도 수업을 따라가기가 쉽지 않으리란

생각이 들었다.

조소영이 물었다.

"민영사 박홍구 편집장님이 그러는데 교수님이 장태수 작가를 노골적으로 미셨다면서요? 교수님 아니었으면 장태수 작가 쉽지 않았다고 하던데."

이건 전혀 예상하지 못한 얘기였다. 묘하게 한정호 교수님 얼굴에서 자꾸만 정문호 선생님 얼굴이 오버랩됐다.

"박홍구 부장이 그렇게 말해? 허허, 누가 들으면 내가 장태수 작가하고 무슨 특별한 사이라도 되는 줄 알겠군."

이후에는 이런저런 가벼운 얘기들이 오갔다. 교수님이 따라 줘서 생전 처음으로 화이트 와인도 마셔 보고.

한정호 교수가 와인을 한 모금 삼킨 후 물었다.

"이력을 보니까 드림실용예술전문대학 휴학 중이라고 되어 있던데."

"예, 개인적인 사정이 있어서 1학년 1학기 마치고 휴학했습니다."

조소영이 눈을 빛내며 끼어들었다.

"드림실용예술전문대학? 들어는 봤는데, 어디 있는 학교예요?"

"그게…… 서울에 있습니다."

"서울에요?"

조소영이 몰랐다는 듯 눈을 동그랗게 뜨자 박효성이 아는

체를 했다.

"아, 들어 본 거 같다. 그 학교 생긴 지 얼마 안 됐죠?"

"예. 이제 생긴 지 4년째라서 작년에 첫 졸업생을 배출했습니다."

조소영이 물었다.

"아…… 그럼 3년제예요?"

"네."

잠시 어색한 침묵이 이어졌다.

태수는 자꾸만 두 작가의 표정이 신경 쓰였다.

혹시라도 듣보잡 대학에 다니는 신인 작가한테 자신들이 밀렸다고 자존심 상해하지 않을까 싶어서. 그건 곧 자신을 밀어준 한정호 교수에 대한 불신으로 이어질 수도 있으니까.

한정호 교수가 입을 뗐다.

"가만, 드림실용예술전문대학 문창과면 고민석이 교수로 있는 학교 아닌가?"

기가 죽어 있던 태수는 아는 교수님 이름이 나오자 반가워서 얼른 대답했다.

"맞습니다. 고민석 교수님이 저희 학교 교수님이세요."

태수의 대답에 박효성이 되물었다.

"고민석 교수님이라면 혹시 ≪세월≫ 쓴 고민석 선배님 말씀하시는 거예요? 교수님 밑에서 조교로 있었다고 하던데."

"아, 효성이는 알 수도 있겠네. 그래, 맞아. 그 괴짜 친구야."

조소영이 궁금한 듯 물었다.

"≪세월≫? 그거 나도 들어 봤는데. 혹시 중편소설 아니에
요?"

"어, 맞아. 그 소설 쓴 선배야."

고민석 교수.

드림실용예술전문대학에서 가장 괴짜 교수 중 한 명으로
알려져 있다. 태수도 고민석 교수님의 3학점짜리 소설 창작
수업을 들었다.

그나마 교수들 중에서 열정적으로 학생들을 가르치려는
의욕이 느껴졌던 젊은 교수님이었다.

'근데 고민석 교수님이 왜 유명한 거지?'

박효성이 물었다.

"제가 듣기로는 선배 소설 ≪세월≫을 영화화하는 도중에
고민석 선배가 다 엎었다고 하던데 맞나요?"

조소영이 놀라서 물었다.

"영화를 엎었다고? 왜?"

태수도 언뜻 이해가 가지 않았다.

소설가들은 당연히 자신의 소설이 영화화되거나 다른 2차
저작물로 탄생하는 걸 반긴다. 근데 자신이 나서서 영화화되
는 걸 뒤집어엎다니.

한정호 교수가 고개를 끄덕였다.

"≪세월≫은 척박한 한국 미스터리 장르에서 태어난 보석 같은 작품이었어. 작품의 진가를 알아본 영화 제작사에서 영화 판권 계약을 제안해서 영화화가 진행됐지. 근데 시나리오를 본 고민석이 이건 자신의 작품이 아니라면서 엎어 버린 거야."

"말도 안 돼. 계약을 했는데 어떻게 그럴 수가 있나요?"

조소영의 질문에 한정호 교수가 대답했다.

태수는 고민석 교수에 대해 얘기하는 한정호 교수의 목소리가 호의적이지 않아서 바늘방석에라도 앉아 있는 것처럼 마음이 불편했다.

"그 녀석이 처음 계약을 할 때 계약 조건에 원작자가 시나리오를 오케이해야만 한다는 조항을 넣었거든."

"제작사에서 그런 조건을 받아들였어요?"

한정호 교수의 얼굴에 짜증스러운 표정이 떠올랐다.

"그놈은 그 조항을 넣는 조건으로 영화 판권료를 포기했어. 대신 영화가 흥행할 경우 인센티브를 30퍼센트 받는 조건이었지."

"와, 자신의 작품에 대한 자신감이 대단했던 모양이네요."

조소영의 말에 한정호 교수가 경멸의 표정을 지으며 고개를 흔들었다.

"아무리 자신의 작품이라고 해도 소설과 시나리오는 전혀 다른 영역인데 그 차이를 인정했어야지. 지가 시나리오를 뭘 볼 줄 안다고? 결국 멋대로 고집을 피우다가 영화도 엎어지고 학교 이미지에도 좋지 않은 선례를 남긴 거야."

조소영이 물었다.

"그럼 그렇게 좋은 작품이 왜 출간도 되지 않은 거예요? 중편이면 단편 서너 편 묶어서 출간할 수 있었을 텐데."

한정호 교수가 이번에도 징그럽다는 표정으로 고개를 흔들었다.

"무슨 억하심정이 있었는지 작품이 쓰레기라서 책으로 내는 건 종이 낭비라며 출간을 하지 않겠다고 하더군. 그것 때문에 당시 다른 학생들한테도 욕을 많이 먹었지. 고민석이 그놈은 겸손한 게 아니라 교만한 거야."

조소영도 아쉬운 듯 말했다.

"너무 안타깝네요. 만약 출간되고 영화로도 만들어졌다면 책도 많이 팔렸을 테고, 그렇게 됐으면 본인이나 학교 입장에서도 좋았을 텐데."

박효성이 고개를 끄덕이곤 말했다.

"일반적으로 생각하면 그렇겠지만 고민석 선배라면 충분히 그랬을 거야. 미스터리 소설에 대해서는 병적으로 완벽성을 추구했으니까. 고민석 선배가 드림실용예술전문대학으로 갔다니까 의외네요. 거긴 취업 위주로 수업한다고 하던데. 아닌가?"

처음엔 자신에게 물어보는지 모르던 태수가 한 타임 늦게 대답했다.

"아, 예. 맞습니다. 취업을 목표로 한 실기 수업이 대부분입니다."

한정호 교수가 물었다.

"혹시 고민석의 수업도 들어 봤나?"

"예. 한 학기 3학점 수업 들었습니다."

"수업은 어땠나?"

대답을 하려니 괜히 부담이 됐다. 사실 문창과 수업 중에서 고민석 교수의 수업이 가장 마음에 들었으니까.

고민석 교수에 대해 안 좋은 감정을 가진 한정호 교수한테 그런 얘기를 그대로 전하기도 불편하고.

"뭐 무난하게 수업하시는 것 같았습니다."

태수가 짧게 대답하고 입을 닫자 뭔가 아쉬운 듯 한정호 교수가 대놓고 욕을 했다.

"교만한 자식, 결국엔 그따위 듣보잡 학교나 갈 거면서 주제를 모르고."

듣보잡 학교란 말에 태수는 물론 조소영과 박효성도 당황한 표정을 지었다. 뒤늦게 한정호 교수도 실언을 했다는 걸 알아차린 듯 서둘러 말했다.

"자, 우리 건배나 하지."

다들 어색한 분위기로 와인 잔을 들고 건배를 했다.

아무리 허접한 학교라도 교수라는 사람의 입에서 나올 얘기는 아니었다.

게다가 태수는 아직 드림실용예술전문대학 휴학생이고, 좋아하는 동생들도 그 학교를 다니고 있기에 기분이 좋을 리가 없다.

확실한 건 시간이 흐를수록 한정호 교수에 대한 인상이 점점 부정적으로 변해 간다는 것.

박효성이 슬쩍 한정호 교수의 눈치를 살피고는 말했다.

"교수님, 저희는 잠깐 다른 테이블 다녀올게요. 앞으로 애제자가 될 장태수 작가하고 따로 말씀 나누세요."

한정호 교수가 대답했다.

"어, 그렇게 해."

두 사람이 멀어지자 한정호 교수가 기다렸다는 듯 물었다.

"자네 혹시…… 정문호 작가라고 아나?"

정문호 선생의 이름이 나오자 태수가 저도 모르게 긴장하며 대답했다.

"아, 네. 제가 가장 좋아하고 존경하는 작가님이십니다."

"역시 그랬구먼."

한정호 교수가 무슨 의미로 그런 질문을 했는지는 대충 짐작이 갔다.

"혹시 문장이나 문체에 대한 것 때문에?"

한정호 교수가 고개를 끄덕였다.

"사실 제가 작가님 작품을 워낙 좋아해서 닮으려고 노력하다 보니 문장과 문체가 많이 닮았다는 소리를 듣곤 합니다."

"음."

한정호 교수가 고개를 끄덕이며 물었다.

"학교를 휴학했다고?"

"예, 그렇습니다."

"학교는 왜 휴학을 한 건가? 혹시 집이 어렵나?"

물론 집이 어려운 이유도 있지만 학교에 실망한 이유가 더 컸다.

하지만 한정호 교수한테는 왠지 솔직하게 말하고 싶지 않았다.

"예. 제가 학비와 생활비를 벌어야 하는 입장이라서. 저희 어머니가 치킨 가게를 하는데 거기서 배달을 도와드려야 했거든요."

"쯧쯧, 부모 잘 만나는 것도 복이지. 소위 말하는 흙수저 집안이구먼."

한정호 교수는 농담이라고 한 모양인데 듣는 태수는 순간적으로 울분이 솟구쳤다. 결국 엄마를 잘못 만났다는 소리가 아닌가.

박효성과 조소영 작가가 있을 때는 조심스럽던 한정호 교수가 태수에겐 함부로 말을 툭툭 던지는 느낌이었다. 상대를 배려한다거나 조심하는 기색은 보이지 않았다.

태수를 함부로 대해도 되는 사람인 것처럼 여기는 느낌.

퇴마하는 톱스타

그러면서도 표정은 시종일관 근엄했다. 상대를 배려하는 따스한 마음이 느껴지던 정문호 선생과는 달라도 너무 달랐다.

　"이번에 수상을 했으니 계속 치킨 배달을 하면서 살 건 아니겠지?"

　한정호 교수는 농담처럼 말했지만 태수는 이번에도 기분이 상했다. 그렇다고 상한 기분을 드러낼 수도 없었다.

　상대가 누군가.

　한강대학교 한정호 교수다.

　한국 문단에서 절대적인 권력을 휘두르는 한강대학교 문창과 학과장이기도 하다.

　태수는 감정을 억누르고 공손하게 대답했다.

　"예, 학교 들어가야죠. 상금도 탔으니까 앞으로는 공부에 더 매진하고 싶습니다."

　"그럼 뭐 얘기할 것도 없군. 설마 드림인가 하는 그 듣보잡으로 다시 돌아가진 않을 테고. 입학하면 처음부터 다시 배운다는 기분으로 공부를 하도록 해. 글은 절대로 작가의 생각이나 감정대로 쓰는 게 아니야."

　'그럼 어떻게 쓴단 말인가?'

　태수는 이해가 되지 않아 고개를 들고 반문했다.

　"무슨 말씀이신지?"

　한정호 교수가 그럴 줄 알았다는 듯 혀를 차며 말했다.

"팔리는 글이 왜 팔리는지 아나?"

태수가 고개를 저었다.

"예를 들어 더러운 시궁창 같은 현실에 대한 글을 쓴다고 쳐. 소설의 주인공을 진짜 시궁창에 빠진 인물로 그리면 어떻게 되겠나? 아무도 책을 사서 보지 않아."

"……."

"소설의 주인공은 현실이 아무리 시궁창이라도 품위를 잃어선 안 돼. 독자에게 지적 허영을 심어 줘야 하니까. 그게 소설이고 바로 그런 기술을 가르치는 게 내 역할이야."

태수는 살짝 충격을 받았다. 그동안 자신이 알고 있던 소설에 대한 생각하고는 너무도 달랐기 때문이다.

한정호 교수가 계속 말을 이어 갔다.

"우리 학교 문창과가 왜 유명한지 아나? 도제 교육으로 작가를 육성하기 때문이야."

"그건 알고 있습니다."

"교수들이 자기 학생을 전담해서 교육하는 도제 교육이 우리 학교 출신들이 문단에서 경쟁력을 가지게 된 가장 큰 이유야. 난 내가 생각하는 방식으로 자네에게 소설을 가르치게 될 거야. 자네는 앞으로 내 문하생으로 공부하게 될 테고."

"……아, 예."

태수는 지금 이 순간이 앞으로 자신의 인생을 좌지우지할 수 있는 중요한 결정의 순간이라는 걸 알았고 그래서 긴장할 수밖에 없었다.

더불어 정문호 교수가 있었다면 얼마나 좋았을까 하는 아쉬움이 진하게 남았다.

한강대학교의 도제 교육은 교수가 학생 몇 명을 맡아서 문하생처럼 교육하는 시스템이다. 심지어 정규 커리큘럼보다 교수가 짠 프로그램을 우선할 정도다.

그로 인해 생기는 폐해들도 많지만 지금까지 결과가 좋았기에 과정은 문제가 되지 않았다.

덕분에 한강대학교 출신 작가들은 학과보다 어느 선생님 제자라는 말을 더 자주하고 다녔다. 문단의 평론가들 역시 한강대학교 출신이 많아서 서로 공생 관계가 성립했다.

순문학은 물론이고 장르 문학 역시 평론가들의 평론이 작품의 수준을 가늠하는 잣대가 되고 나아가 최고의 마케팅 수단이 된다.

문제는 그런 한강대학교의 장점들이 태수에겐 도리어 치명적인 독으로 작용할 것 같다는 점이었다.

도제 교육에서 스승을 거역한다는 건 상상조차 할 수가 없으니까.

'과연 이런 사람 밑에서 제대로 된 글을 배울 수 있을까?'

태수는 일찍부터 사회에 나가 알바를 했고 수많은 인간 군상 을 겪었다. 덕분에 어린 나이에도 불구하고 사람을 보는 안목이 있다고 자부한다.

한정호 교수하고 자신은 맞지 않을 것이란 예감이 강하게 들었다.

소설을 공부하는 건 단순히 문장과 문체를 공부하며 지식만 얻는 게 아니다.

어느 철학자는 예술의 목적이 인간 영혼을 구원하는 것이라고 했다.

사회에선 듣보잡 지잡대를 다니고 치킨 배달 알바를 하는 보잘것없는 청년이, 소설 속에서는 세상을 움직이는 주인공이 될 수도 있다. 그런 주인공에겐 진심이 느껴져야만 한다.

소설은 그런 것이다.

태수는 좋은 작가가 되려면 시련을 많이 겪어서 세상에 하고 싶은 이야기가 많아야 한다는 베스트셀러 작가의 인터뷰를 보고 글을 쓰기 시작했다.

자신이 누구보다 많은 시련을 겪었고 하고 싶은 얘기가 많다고 생각했기 때문이다.

그런데 한강대학교에 들어가면 그런 글을 쓸 수 있을 것 같지가 않다.

한정호 교수가 말하는 소설은 진심을 담는 글이 아닌 기술적인 글이다. 그런 방식의 옳고 그름을 떠나서 태수는 그런 글을 쓰고 싶진 않았다.

도제 교육에서는 스승의 생각은 물론 사회를 바라보는 관점까지 닮아야만 한다.

한정호 교수는 편견과 선입견이 강할 뿐 아니라 자신의 생각만 옳다고 여기는 사람이다. 타협이 불가능하다.

한정호 교수 밑에서는 자신이 원하는 대로 글을 절대로 쓸 수 있을 것 같지가 않았다. 스승의 지지를 받지 못한다면 한강대학교에 입학하는 의미도 없다.

'어쩌면 고민석 교수도 이런 식으로 미움을 받게 된 건 아닐까?'

한정호 교수가 거만한 표정으로 선심 쓰듯 말했다.

"참, 내가 이 말을 안 했군. 사실은 어제 나한테 영화사에서 연락이 왔네. ≪비가 오면≫을 영화로 제작하고 싶다고 말이야."

'뭐? 영화라고?'

영화라는 소리에 머릿속에 가득하던 잡념들이 순식간에 날아갔다.

태수가 눈을 번쩍 뜨고 물었다.

"그게 정말입니까?"

요즘은 이상하게 소설을 쓰는 것보다 영화를 만들고 싶다는 열망이 더 강하게 들었다.

아니, 영화에 대한 열망은 예전부터 있었다. 사실 학교에서 미스터리클럽을 만들었던 것도 영화가 하고 싶었기 때문이고.

명호가 영화감독이 되어 해외 영화제에서 수상하는 모습

을 보고, 송현주의 오디션을 도와주면서 영화에 대한 열망이 점점 커졌다.

신기한 건 영화 중에서도 특히 공포 영화에 대한 열망이 커졌다는 점.

예전에도 공포 영화를 좋아하긴 했지만 그건 어디까지나 관객의 입장이었다.

근데 최근엔 이상할 정도로 공포 영화가 좋아졌다.

혹시 그런 마음의 변화가 퇴마사의 영능력과 관련이 있는 게 아닌가 싶은 생각이 들었다.

요즘엔 공포 영화를 보면 온갖 아이디어들이 머릿속에 떠올라 영화를 보기 힘들 정도였다. 물론 그런 아이디어들이 정말 쓸모가 있는 것인지는 별개의 문제지만.

그런 태수의 눈치를 슬쩍 살피며 한정호 교수가 은근한 투로 말을 이어 나갔다.

"제작사는 블루스톰이라는 곳이네. 얼마 전에 5백만 관객을 넘긴 영화 〈화려한 날〉이라고 아는지 모르겠네. 그 영화 만든 제작사거든."

블루스톰은 잘 모르지만 〈화려한 날〉은 태수가 본 영화다. 대단히 잘 만든 영화는 아니지만 만듦새가 나쁘진 않았다.

그런 유명 제작사에서 ≪비가 오면≫을 영화로 만들고 싶어 한다니, 몸이 10센티 정도는 허공으로 붕 뜨는 느낌이었다.

한정호 교수가 은근한 목소리로 말을 이어 갔다.

"블루스톰은 오랫동안 영화를 제작해 온 중견 영화산데, 거기 대표가 내 후배거든. 얼마 전에 혹시 몰라서 내가 자네 소설을 보냈더니 어제 연락이 왔더라고. 원작 판권 계약을 하고 싶다면서."

태수가 입술을 깨물었다.

순간 드는 생각은 역시 한강대학교는 다르다는 것.

다른 학교 같으면 이런 일들이 이렇게 쉽게 진행이 될까 싶었던 것이다. 더불어 지금까지 자신의 생각이 너무도 철없고 감상적이었다는 자책이 들었다.

한강대학교에 입학했다고 그토록 좋아하던 가족들에게 실망감을 주지 않아도 된다는 안도감이 찾아들었다.

'세상에, 내 소설이 영화로 만들어진다니!'

태수가 뒤늦게 마음을 다잡고 계약을 하고 싶다는 의사를 전하려는 순간 한정호 교수가 입을 열었다.

"이번에 예감이 좋아. 모든 게 일사천리로 일이 아주 잘 풀려 나간단 말이야."

"예, 저도 이렇게 빨리 좋은 일이 생길 줄은……."

"혹시 이명호 감독이라고 알고 있나?"

"예?"

한정호 교수의 입에서 이명호라는 이름이 나오자 잠깐 사고가 정지됐다.

"현재 우리 학교 연영과 4학년에 재학 중인 친구야. 〈꿈속에서〉라는 독립 영화로 해외 영화제에서 수상하고 이번에 〈오래된 기억〉이라는 상업 장편영화 연출로 데뷔를 앞두고 있지. 현재 한국 영화계에서 가장 촉망받는 신인 감독이기도 하고 말이야."

그러고 보니 명호가 한강대학교 연영과 4학년에 재학 중이란 사실을 잠시 잊고 있었다.

태수의 머릿속이 다시 복잡해졌다.

'한정호 교수가 왜 명호의 이름을 입에 올렸을까?'

태수는 저도 모르게 마른침을 꿀꺽 삼키고 한정호 교수의 다음 얘기를 기다렸다.

"≪비가 오면≫을 이명호 감독한테 연출을 맡길 생각이야."

순간 뒤통수를 세게 얻어맞은 것처럼 머릿속이 하얗게 변했다.

태수는 이해할 수가 없었다. 자신의 작품이 왜 자신의 의사와 관계없이 이렇게 제멋대로 운명이 결정되고 여기저기 떠돌아다니는지.

아무리 한정호 교수라고 해도 어떻게 원작자인 자신한테 한마디 상의도 없이 이렇게 일을 벌일 수가 있는지.

태수가 마음을 가다듬은 후 최대한 차분하게 애쓰며 물었다.

"이명호 감독은 지금 연출하는 영화가 있는데 어떻게 ≪비가 오면≫까지 연출을?"

"그건 걱정하지 말게. 지금 촬영이 중반을 넘어서서 아마 다음 달 초에는 크랭크업이 될 거야. 후반 작업 마치고 여름쯤 개봉한다고 하니까, 그 이후에 프리 프로덕션 들어가면 돼. 왜, 어서 영화로 만들어졌으면 좋겠나?"

태수는 너무 기가 막혀서 대답을 하지 못했다.

잠시 호흡을 들이쉬며 마음을 진정시키려고 했지만 저도 모르게 목소리가 떨려나왔다.

"그럼 이명호 감독이 제 소설을 읽어 봤나요?"

"당연히 읽어 봤지."

"정말로 연출을 하겠다고 했나요?"

"그럼 내가 없는 말을 지어내겠나? 이명호가 붙으면 투자도 수월하게 진행이 될 거야. 학교 입장에서도 아주 바람직한 일이고 말이야."

도무지 이해가 되지 않는 점이 있었다.

명호는 연영과고 한정호 교수는 문창과다.

근데 둘이 어떻게 연결이 되었을까.

"이명호 감독하고는 원래 아시는 사이셨나요?"

"실은 명호가 내 외조카야."

"예?"

"우리 누님 아들이라고. 그러니 그 녀석 지금 유명 감독이 됐어도 내 부탁은 거절을 못 하지."

태수는 순간 자제력을 잃을 뻔했다.

'부탁이라니? 그럼 명호한테 ≪비가 오면≫을 연출해 달라고 매달리기라도 했단 말인가.'

그야말로 헤어 나올 수 없는 늪에 빠진 기분이었다.

한정호 교수가 명호의 외삼촌이었다니.

그러고 보니 명호가 어릴 때부터 자신의 집안이 얼마나 대단한지 자랑을 하던 기억이 났다. 그중에 한강대학교 교수 어쩌고 하던 얘기도 있었다.

그땐 그러려니 하고 들어 넘겼는데, 그 친척이 한정호 교수일 줄이야.

처음부터 거부감이 들더니 악연도 이런 악연이 없다.

분노인지 뭔지 모를 감정 때문에 자꾸만 목소리가 떨려 나왔다.

"이명호 감독이 제 소설을 읽고 뭐라고 하면서 연출을 하겠다고 했나요?"

"2퍼센트 부족한 부분이 있지만 자기가 시나리오로 보완을 하면 괜찮은 작품이 나올 거라면서 해 보겠다고 하더군. 혹시라도 그 녀석이 거절할까 봐 얼마나 마음을 졸였는지."

태수는 하마터면 실소를 터뜨릴 뻔했다.

분명 태수의 소설이란 걸 알았을 텐데 시치미를 떼고 말하는 명호의 얼굴이 떠올라 토악질이 올라왔다.

소설 감상을 부탁했을 때 명호가 쏟아 냈던 모욕의 말들이 아직도 머릿속에 생생한데, 어떻게 그렇게 뻔뻔하게 연출을 하겠다는 소리를 할 수가 있는지.

한정호 교수가 근엄한 목소리로 말을 이어 갔다.

"이제 내 밑으로 들어오면 지금까지 자네가 어떻게 살아왔든 간에 전혀 다른 차원의 삶을 살 수가 있을 걸세. 더 이상 치킨 배달하는 흙수저가 아니라 사람들한테 선망이 되는 금수저로 살아갈 수 있는 거라고. 그리고 신분을 바꿔 주는 사다리가 지금 자네 눈앞에 놓여 있는 거야."

태수는 머릿속이 엉망진창으로 감정을 주체할 수가 없었다.

그때 마침 한정호 교수의 휴대폰이 울렸다. 한정호 교수가 휴대폰을 받더니 목소리를 낮추며 말했다.

"그래, 알았어. 잠시만."

한정호 교수가 자리에서 일어나며 말했다.

"나 전화 좀."

한정호 교수가 자리를 뜨자 저도 모르게 안도의 한숨이 흘러나왔다.

태수의 시야에 한정호 교수가 마시던 와인 잔이 들어왔다.

저도 모르게 와인 잔을 향해 손이 뻗어 나갔다.

보는 사람이 없는 걸 확인하고는 한정호 교수의 와인 잔을 앞으로 가져와 살짝 잡고는 사념을 읽었다.

'사이코메트리.'

화르르르륵.

공기가 흔들리며 한정호 교수의 생각들이 두서없이 들려오기 시작했다.

'뽑고 보니까 듣보잡이네. 치킨집 배달원이라니. 근데 어떻게 그런 글을 썼지?'

'영화 제작을 해 주겠다는데 왜 바로 대답을 안 해? 이놈도 고민석이처럼 말 안 듣고 멋대로 구는 놈 아냐? 명호 녀석 말이 맞는 모양이네. 이래서 너무 없는 집 애들은 쓸데없이 피곤한 구석이 있다니까.'

'아무튼 영화 제작까지만 두고 보고 영 아니다 싶으면 내치는 거지 뭐. 가까이하지 않는 게 좋을 거라는 명호의 당부도 있고 하니.'

예상은 했지만 그 예상까지도 훌쩍 벗어나는 충격적인 속마음이었다.

게다가 자신한테 거짓말까지 했다는 게 놀라웠다.

속마음을 읽어 보니 명호는 이미 자신에 대한 얘기를 모두 털어놓은 모양.

그런데 전혀 모른 척 얘기를 이어 나간 한정호 교수의 이중성에 기가 질렸다. 그 나물에 그 밥이라고, 그런 면에선 명호와 너무나 닮았다는 생각이 들었다.

이런 사람은 자신의 이익을 위해서는 어떤 짓이라도 서슴지 않고 할 만한 사람이다. 바로 이명호처럼 말이다.

그럼에도 불구하고 쉽게 결정을 내리기가 어려웠다.

어느 쪽이 올바른 판단인지.

'꼭 한강대학교에 입학해야만 좋은 글을 쓸 수가 있는 걸까? 정문호 선생의 필력을 전수받았으니 드림실용예술전문대학에서도 좋을 글을 쓸 수가 있지 않을까? 만약 한강대학교 입학을 거절하면 영화 제작은 없던 일이 되는 걸까? 아니, 영화 계약을 하는데 반드시 한정호 교수가 있어야 하나? 아무리 후배라도 블루스톰이라는 제작사가 정말로 내 소설로 영화를 만들고 싶어 한다면 한정호 교수가 없어도 계약을 하려고 하지 않을까? ≪비가 오면≫이 정말로 영화 원작으로서의 가치가 있다면 블루스톰이 아닌 다른 영화사들도 영화 제작을 하려고 들지 않을까?'

물론 태수는 영화 제작 쪽은 아는 게 거의 없기 때문에 확실한 결론을 얻을 수는 없었다.

하지만 한 가지는 확실했다.

절대로 이명호한테 ≪비가 오면≫의 연출을 맡기지 않으리라는 것.

혼란스러운 태수의 머릿속에 문득 떠오르는 인물이 있었다.

해리 포터 시리즈의 작가 조앤 롤링이다.

조앤 롤링은 영국의 작은 시골 마을에 위치한 엑시터 대학에서 불문학을 전공했다. 졸업 후에는 무명작가로 지내다가 아이에게 동화책을 사 줄 돈이 없어서 직접 글을 쓰기 시작했다.

당시 조앤 롤링이 아들에게 읽어 주기 위해 쓴 소설이 해리 포터 시리즈였다.

조앤 롤링은 명문대를 다니지도 않았고 인맥에 의지하지도 않았지만 세계적인 베스트셀러 작가가 됐다.

소설이니까 가능했던 것이다.

태수는 듣보잡 지잡대에 다니는 치킨 배달원도 세상을 움직이는 주인공이 될 수 있는 게 소설이라고 믿었다.

태수는 자신이 그런 주인공이 되고 싶었다.

비로소 마음의 정리가 됐다.

가족들에게 미안한 마음이 들었지만 한강대학교에 입학하겠다는 마음이 사라졌다. 그렇게 마음을 정하자 혼란스럽던 기분도 차분하게 가라앉았다.

자리로 돌아온 한정호 교수가 근엄하게 물었다.

"그래, 어떻게 할까? 블루스톰하고 약속을 잡도록 할까?"

태수가 조금의 망설임도 없이 대답했다.

"약속 잡지 않으셔도 됩니다."

"약속을 잡지 말라니?"

"영화 원작 계약을 하지 않겠습니다."

태수의 대답에 한정호 교수의 표정이 일그러졌다.

"그게 무슨 소리야? 자네 지금 제정신이야?"

"죄송합니다."

한정호 교수가 믿기지 않는다는 듯 태수를 노려보다가 물었다.

"이유가 뭐야?"

"성급하게 결정을 내리기보다는 제 스스로 좀 더 알아본 후에 결정을 하고 싶습니다."

한정호 교수가 노골적으로 짜증 섞인 표정을 지었다. 고민석 교수에 대한 얘기를 할 때 지었던 바로 그 표정이었다.

"알아보긴 뭘 알아봐? 내가 자네한테 손해날 일이라도 시킨다는 거야? 어려운 계약을 성사시켜 놨더니 기껏 한다는 소리가 뭐?"

한정호 교수의 목소리가 커졌고 얼굴도 벌겋게 달아올랐다. 다른 테이블에 있던 사람들의 시선이 느껴졌다.

"죄송하지만 만약 제가 이명호 감독이 제 작품을 연출하는 걸 원하지 않는다고 하면 어떡하실 겁니까?"

한정호 교수가 잠시 태수를 응시하다가 가소롭다는 듯 헛웃음을 흘렸다.

"자네가 영화에 대해 뭘 아나? 왜, 자네도 고민석이처럼 계약서에 특수 조항이라도 넣고 싶은 겐가? 이명호 감독은 절대로 안 된다고? 내가 그 녀석 외삼촌이라서 하는 말이 아니라, 명호가 붙어야만 쉽게 투자를 받을 수가 있어."

"전 싫습니다."

한정호 교수가 얼굴을 바싹 들이밀고는 협박처럼 말했다.

"난 말이야, 내 말을 거스르는 제자는 필요가 없어. 왜? 너무 쉽게 행운이 굴러 들어오니까 세상이 쉬워 보이나? 갑자기 자신이 대단한 작가라도 된 것 같아? 자네, 그런 태도로 내 밑에서 공부할 수 있겠어?"

정말 순식간에 태도가 돌변해서 당황스러울 정도였다.

하지만 이미 마음의 결정을 내린 마당에 자신만 계속 교수 대접을 하고 싶지는 않았다.

"≪비가 오면≫은 제 작품이고 제 작품은 제가 알아서 만들 겁니다. 아무도 저한테 이래라저래라 할 수는 없죠. 아, 그리고 전 한강대학교에 입학할 생각이 없습니다."

한정호 교수가 충격을 받은 듯 잠시 표정이 굳었다가 서서히 풀렸다.

정말로 세상에 악마가 있다면 그 악마에게 가장 어울릴 만한 표정을 지으며 한정호 교수가 말했다.

"그럼? 그 듣보잡 학교로 돌아갈 텐가? 꽃길을 버리고 스스로 진흙탕 길을 걷겠다고?"

어차피 자신은 아무것도 가진 게 없었다. 가진 게 없는 사람의 최대 강점은 잃을 것도 없다는 것이다.

영능력을 얻고 정문호 선생님의 필력을 이어받은 행운에, 공모전 대상까지 받았다. 그러고도 자존심까지 버리며 꽃길만 골라서 걷는다면 스스로에게 비겁하다는 생각이 들었다.

"진흙탕 길이라도 전 옳은 길을 가겠습니다."

한정호 교수가 목소리를 낮춰서 으르렁거렸다.

"내가 아니었으면 네 작품은 잘해야 장려상이나 탔을 거야. 넌 내가 밀어서 상을 탄 거야. 근데 뭐? 내 작품에 대해 이래라저래라 참견을 말라고? 진짜 세상이 어떤지 알지도 못하는 애송이가 건방지게."

태수는 세상을 모르는 건 당신이라고 말해 주고 싶은 충동을 가까스로 참았다.

평생 꽃길만 걸어온 당신이 진짜 진흙탕이 뭔지나 알겠냐고 말해 주고 싶었다.

미래를 생각해서 마지막 선은 지키고 싶었다. 그래서 최대한 공손하게 말했다.

"아무래도 전 교수님하고는 맞지 않을 것 같습니다. 그래서 교수님 밑에서 공부할 생각이 없습니다."

서늘한 웃음을 머금은 한정호 교수의 입꼬리가 서서히 올라갔다.

한정호 교수가 증오에 찬 눈빛으로 물었다.

"자네, 이 바닥이 얼마나 좁은지 알고 있나?"

'마침내 민낯을 드러내는구나.'

정말 시정잡배보다 못한 치졸한 협박이었다. 이렇게 되면 더 이상은 참을 필요가 없었다. 어차피 이 사람은 기회만 오면 끝까지 자신을 짓밟으려고 할 테니까.

태수 역시 목소리를 낮춰서 은근하게 물었다.

"교수님이 뽑은 대상 수상자가 듣보잡 치킨집 배달원이라서 살짝 당황하셨나요?"

한정호 교수의 눈이 휘둥그레졌다.

"이해하세요. 제가 너무 없는 집에서 자라 피곤한 구석이 좀 있거든요. 고민석 교수님처럼요."

이번에는 한정호 교수의 동공이 밖으로 튀어나올 것처럼 커졌다.

"그리고 명호하고 전 한때 친구였습니다. 교수님도 알고 계신 것 같은데 왜 모른 척을 하세요? 영화를 제작해서 성과를 내면 교수님 경력에 도움이 되는 모양이지만, 전 명호한테 제 영화를 맡길 생각 없고요. 어차피 교수님은 절 내칠 생각이시잖습니까? 근데 제가 뭐 하러 교수님 밑으로 들어가겠습니까?"

순간 한정호 교수가 너무 놀란 나머지 자신의 앞에 놓여 있던 와인 잔을 놓쳤다. 그 바람에 와인 잔이 바닥으로 떨어져 산산조각이 났다.

쨍그랑!

주위에 있던 사람들의 시선이 태수와 한정호 교수를 향했다.

이전까지 근엄하던 한정호 교수의 눈빛에 혼란과 두려움이 가득했다.

고구마를 억지로 삼킨 것처럼 답답하던 속이 비로소 뻥 뚫리는 기분이었다.

태수가 일어나며 한정호 교수의 면전에 대고 인사했다.

"나중에 ≪비가 오면≫이 영화로 제작되면 시사회에 꼭 교수님을 초청하겠습니다. 많이 응원해 주십시오. 그럼 안녕히 계십시오."

태수는 인사를 하고 돌아섰다.

마지막에 큰소리는 쳤지만 막상 한정호 교수와 최악의 분위기로 헤어지고 나니 마음이 편치가 않았다. 해서는 안 될 큰 잘못을 저지른 것처럼 불안한 기분도 들고.

지금쯤 행사장에서는 대상 수상자가 사라졌다는 걸 알았을 텐데 아무런 연락이 없는 걸 보면 그 또한 한정호 교수가 손을 쓴 모양.

보나 마나 한정호 교수는 지금쯤 자신을 대상으로 밀어준 걸 후회하며 이를 갈고 있을 것이다.

어쩌면 조소영, 박효성 작가를 불러 놓고 태수의 욕을 하고 있을지도 몰랐다.

출간되는 책에 들어갈 공모전 심사위원장의 추천사도 써 주지 않을 가능성이 높았다.

'후우, 모르겠다.'

심란하게 한숨을 내쉬는데 문득 떠오르는 얼굴이 있었다.

드림실용예술전문대학 고민석 교수님.

한정호 교수가 지독하게 싫어하는 사람이니 어쩐지 자신의 편이 되어 줄 것 같은 생각이 들었다.

어쨌든 지금의 허전하고 불안한 마음을 달래 줄 누군가의 위로와 조언이 필요했다.

고민석 교수한테는 학교 때 수업을 들으며 몇 번 고민 상담을 한 적이 있다. 어려운 형편에서 계속 글을 쓰는 게 옳은 건지.

한정호 교수와 달리 당시 고민석 교수는 어떠한 선입견도 없이 진지하게 조언을 해 주셨다.

'아직 날 기억하고 계시려나?'

시간을 보니 저녁 7시가 조금 넘은 시각.

아직도 학교에 계실지 장담할 수는 없지만 무작정 찾아가 보기로 했다.

휴학하고 처음으로 찾아간 학교.

교문을 들어서는데 눈을 의심케 하는 플래카드가 시야에 들어왔다.

축 장태수(문창과 16학번)학우, 한국 장르문학 공모대전 대상
수상!

플래카드를 보는 순간 이루 형언할 수 없는 뭉클한 감동이
밀려왔다.

한강대학교에서는 당연한 일이겠지만 드림실용예술대학
에서는 개교 이래 가장 큰 수상 실적이다.

비록 듣보잡이지만 플래카드와 함께 익숙한 건물들과 교
정의 모습이 보이면서 비로소 모교에 왔다는 반가운 마음이
들었다. 저절로 눈시울이 뜨거워졌다.

태수는 주위를 살핀 후 다른 사람 모르게 플래카드를 배경
으로 셀카를 찍었다.

엄마가 보면 얼마나 좋아할지 생각만으로도 기분이 좋아
졌다.

태수는 찍은 사진을 혜령의 카톡으로 보낸 후 톡을 보냈
다.

우리 학교 정문에 걸린 플래카드야. 엄마한테도 보여 줘.

처음 이 학교에 입학했을 때 얼마나 감격스러웠던가.

남들은 듣보잡이라고 해도, 고등학교조차 제대로 졸업하
지 못하고 검정고시로 들어온 태수에게는 그 누구보다 소중

한 모교였다.

사실 며칠 전에 학교 학보사 후배한테서 연락이 왔다.

공모전 대상을 수상한 태수를 인터뷰해서 자랑스러운 드림인으로 학교 홈페이지에 수상 소식과 함께 올리고 싶다는 요청이었다.

당시엔 당연히 한강대학교에 진학을 할 예정이어서 적당한 핑계를 대고 거절했다. 어차피 다른 학교로 갈 건데 인터뷰를 하는 게 의미가 없다는 생각이 들었던 것이다.

근데 지금 교문에 걸려 있는 플래카드를 보니 미안한 마음에 얼굴이 붉어졌다.

학교는 이토록 자신을 자랑스럽게 생각하는데 정작 자신은 학교를 부끄러워한 것이다.

혹시라도 자신의 거절 때문에 학보사 후배가 자괴감을 느끼진 않았을까.

인터뷰를 거절했을 때 그 후배는 보나 마나 태수가 학교를 그만두고 한강대학교로 입학하리라는 걸 짐작했을 것이다.

그런 생각들을 하자 한시라도 빨리 그 후배에게 연락을 해 줘야겠다는 마음이 들었다.

'가만있자. 그때 후배 연락처가 남아 있으려나?'

늦었지만 지금이라도 가능하다면 인터뷰 일정을 잡고 싶었다.

태수는 곧바로 휴대폰을 꺼내 번호를 검색했다.

"여기 있네."

다행히 학보사 정미경이라는 이름으로 저장해 놓은 번호가 남아 있었다.

"여보세요?"

태수의 전화에 휴대폰 너머에서 호들갑스러울 정도로 반가운 목소리가 들려왔다.

−안녕하세요, 선배님?

"아 예, 안녕하세요? 실은 지난번에 인터뷰 있잖아요."

−……네.

"미안해요, 그때 인터뷰를 못 해 줘서."

갑작스러운 태수의 사과에 후배가 당황하는 기색이 전해졌다.

−아, 아니에요. 어쩔 수 없죠, 뭐. 한강대학교 입학 염두에 두셔서 인터뷰 안 하신 거죠? 저 같아도 당연히 한강대학교로 갔을 거예요. 너무 신경 쓰지 마세요.

"좀 늦긴 했지만 지금이라도 인터뷰 가능할까요?"

−네?

"나 한강대학교 안 가요. 이번 학기에 우리 학교로 복학할 거예요."

−우리 학교요?

"네, 우리 학교. 드림실용예술전문대학."

−그, 그게 정말이세요, 선배님?

"당연하죠. 난 드림실용예술전문대학 학생인데 당연히 복학해야죠."

ㅡ아…… 그, 그럼 인터뷰 날짜 잡아도 될까요?

"그래요. 난 언제든 괜찮으니까."

ㅡ아…… 아, 네. 가만…… 그럼…… 인터뷰 날짜를…… 그러니까…… 내일 어떠세요? 아, 아니다. 죄송해요. 생각해 보니까 제가 이번 주는 다른 일이 있어서…… 저기 죄송한데 다음 주 어떠세요?

휴대폰 너머로 당황하며 우왕좌왕하는 후배의 모습이 그대로 전해져서 태수는 저도 모르게 미소를 지었다.

"다음 주 좋아요."

ㅡ아, 네. 고맙습니다. 선배님 댁이 어디세요? 다음 주에 저희가 찾아뵐게요.

"아뇨, 그럴 필요 없고 내가 학교로 올게요. 혹시 미스터리클럽이라는 동아리 알아요?"

ㅡ미스터리클럽요? 당연히 알죠. 저도 들어가고 싶었던 동아리예요. 올 초에 동아리 신청하려고 했는데 더 이상 신입 회원 받지 않는다고 해서 못 들어갔거든요. 그럼 혹시 선배님도 미스터리클럽 회원이세요?

태수는 자신이 미스터리클럽을 만들었다는 말이 목구멍까지 올라왔지만 억지로 삼켰다. 휴학하면서 미스터리클럽을 저버린 사람이 이제 와서 그런 공치사를 하는 게 도무지 염치가 없게 느껴졌던 것이다.

"네. 나도 미스터리클럽 회원이에요."

—와, 정말요? 선배님도 거기 회원이라니까 더 들어가고 싶어요. 들리는 말로는 동아리 만든 16학번 선배가 휴학하면서 활동을 하지 않게 됐다고 하던데…….

태수가 숨을 죽이고 있자 역시나 후배가 살짝 흥분한 음성으로 되물었다.

—가만. 16학번이고 휴학한 선배면? 혹시 선배님이 미스터리클럽 만드신……?

태수가 잠시 고민하다가 대답했다.

"네, 맞아요. 내가 미스터리클럽 만들고 제대로 이끌지 못한 못난 선배예요."

—와, 인터뷰 때 미스터리클럽 얘기도 좀 나눌 수 있어요?

"뭐, 그렇게 하죠. 그럼 다음 주에 미스터리클럽 동아리에서 인터뷰 진행하는 걸로 알고 있을게요."

—……아, 네네. 와, 세상에. 장태수 선배님이 미스터리클럽 회장이라니.

후배는 미스터리클럽에 대한 미련이 많았는지 여전히 혼잣말을 중얼거렸다.

"그럼 인터뷰는 다음 주 언제 진행할까요?"

—아참, 내 정신 좀 봐. 죄송해요, 선배님. 다음 주 화요일 2시 어떠세요?

"화요일 좋아요. 그럼 다음 주 화요일 2시에 미스터리클럽 동아리 방에서 만나요.

–네, 선배님. 정말 감사합니다.

휴대폰을 끊은 태수의 입꼬리가 어느새 위로 올라가 있었다.

후배와 통화를 끝내자 갑자기 예전처럼 동아리 활동을 하고 싶은 생각에 몸이 근질근질할 정도였다.

만약 지금 다시 미스터리클럽을 운영한다면 예전보다는 훨씬 잘할 자신이 있었다.

솔직히 예전엔 필력도 모자랐고 늘 알바에 대한 압박으로 후배들하고 오랜 시간 함께하지도 못했다. 회의를 하다가도 중간에 나와야 했고.

하지만 지금은 그때와는 확연히 다르다.

더 이상 알바도 할 필요가 없고 필력도 비교도 할 수 없을 정도로 좋아졌다.

다른 일은 모두 제쳐 놓고 모든 역량을 미스터리클럽에 쏟아부을 수가 있다. 그렇게 하다 보면 뭐라도 의미 있는 결과물을 만들어 낼 수가 있지 않을까?

그래서 재능 있는 친구들이 미스터리클럽 때문에 드림실용전문대학에 입학하려고 하고, 그로 인해 학교도 발전할 수 있다면 다른 어떤 일보다 보람을 느낄 수 있을 것이다.

그런 생각을 하자 어서 학교를 다니고 싶었고 용만과 미스터리클럽 멤버들도 보고 싶어졌다.

용만과 멤버들에게 얼른 이번 학기에 학교에 복학할 것이

란 소식을 전하고 싶었다. 또한 동아리 운영에 대한 얘기도
나눠 보고 싶었다.

다른 멤버들도 각자 사정이 있을 테니 각자의 생각도 만나
서 들어 보고 싶고.

태수가 휴대폰을 검색하며 중얼거렸다.

"용만이하고 미스터리클럽 멤버들이 이 시간에 학교에 있
으려나?"

이전에도 모든 연락은 용만을 통해서 했기 때문에 용만에
게 연락하면 다른 멤버들한테도 금방 연락이 닿을 것 같았다.

태수가 전화를 걸자마자 휴대폰 건너편에서 쩌렁쩌렁한
용만의 목소리가 들려왔다.

─와, 형! 요즘 엄청 바쁠 텐데 이 미천한 동생한테 전화를 다 주고. 이
게 무슨 일이래?

"내가 바쁘긴 뭘 바빠? 하여간 설레발은."

─설레발은 무슨 설레발? 그런 엄청난 상을 받았는데 당연히 바쁘겠
지, 헤헤.

"됐거든. 나 예전하고 똑같거든."

─에이, 설마. 근데 어쩐 일이야? 형이 나한테 전화를 다 주고?

"너 어디냐, 지금?"

─어디긴. 참새네지.

용만의 소리를 듣는 태수의 얼굴에 만면의 미소가 떠올랐
다.

참새네는 예전 학교 다닐 때 미스터리클럽 멤버들이 거의 매일 들러서 죽치던 학교 후문 쪽 단골 주점이었다.

참새네라는 말만 들어도 그리움이 스멀스멀 올라왔다.

"참새네? 거기 혼자 있어?"

─설마 혼자 있겠어? 여기 지금 미스터리클럽 멤버들 다 모였어. 형만 있었으면 완전체로 딱 예전 분위기 났을 텐데. 진짜 아쉽다.

"그래? 그럼 내가 참석해 줄까?"

─형이? 에이, 농담하지 말고. 지금 어딘데?

"나? 학교."

─학교라니?

"이 자식이, 내가 뭐 학교가 몇 개라도 되냐? 우리 학교. 지금 드림실용예술전문대학 문과대 앞에 와 있다고."

─뭐? 형이 지금 학교에 와 있다고?

"그렇다니까."

용만이 멤버들에게 하는 소리가 휴대폰 너머로 들려왔다.

─야, 태수 형 지금 학교에 와 있대!

갑자기 휴대폰 너머에서 샤워기를 틀어 놓은 것처럼 소란스러운 소리가 들려왔다.

─형! 지, 진짜야?

옆에서 다른 멤버들의 시끄러운 소리도 왁자하게 들려왔다.

─태수 선배가 지금 학교에 와 있다고?

-나도 좀 바꿔 줘 봐.

-어딘데? 우리가 간다고 해.

-선배, 보고 싶어요!

-야, 너희들 좀 가만있어 봐. 내가 먼저 얘기 좀 하고.

목소리만 들어도 예전 분위기가 떠올라 눈시울이 뜨거워
졌다.

용만이 물었다.

-형, 학교는 왜 왔는데?

"왜 오긴 인마, 너희들 보고 싶어서 왔지."

-구라를 칠 걸 쳐라.

예나 지금이나 거짓말에는 서툴다.

예전부터 용만은 태수가 하는 거짓말은 귀신같이 잡아냈
다.

"실은 고민석 교수님 만나러 온 거야."

-고민석 교수님? 교수님은 왜?

"상의할 일이 좀 있어서. 너희들 거기 언제까지 있을 건
데? 교수님 만나고 그쪽으로 갈게."

-에이, 미리 연락하고 오지. 오늘은 안 돼.

"왜?"

-오늘 연영과 애들하고 같이 과제 하기로 했거든.

"어, 그래? 아쉽네. 그럼 다음 주 화요일에 볼까? 나 그때
학교 오는데.

-어, 그럼 되겠다.

"그럼 다음 주 화요일 2시에 동아리방에서 보자. 나 그날 학보사하고 인터뷰하는데 미스터리클럽 얘기도 할 것 같거든."

-진짜? 잘됐네. 알았어.

"교수님은 지금 연구실에 있으시려나?"

-아마 있을걸. 고민석 교수님이야 연구실이 집이잖아.

"하긴, 그럼 다음 주에 보자."

용만과 통화를 끝냈을 때는 저절로 입꼬리가 올라가 있었다.

'아, 푸근하다. 그래, 여기가 내가 있을 자리야. 조금 낮은 자리라도 내가 편한 게 최고지.'

고민석 교수님의 연구실은 문과대 3층에 있었다.

교수 연구실 306호 앞 팻말에 '고민석 교수'라는 팻말이 작게 붙어 있었다.

똑똑.

안에서 특유의 칼칼한 음성이 들려왔다.

"들어오세요."

문을 열고 들어가자 교수님이 책상에서 업무를 보다가 고개를 들었다.

"안녕하세요, 교수님."

태수의 인사에 고민석 교수의 눈매가 가늘어졌다. 누군지 몰라서 기억을 더듬는 표정.

"저 문창과……."

"장태수. 장태수 맞지?"

교수님이 이름을 기억하고 있다는 사실에 살짝 감동했다.

"네, 교수님. 저 예전에 교수님 수업 들었던 장태수라고 합니다."

교수님이 자리에서 일어나 소파 쪽으로 걸어 나오며 대뜸 말했다.

"학보사 인터뷰 거절했다며?"

'어? 교수님이 그걸 어떻게?'

"일단 앉지."

태수가 엉거주춤 고민석 교수와 마주 앉았다.

고민석 교수가 물었다.

"널 인터뷰하러 갔던 학보사 기자가 문창과 17학번이야. 정미경이라고."

"아, 문창과 후배였어요?"

"왜? 그 녀석이 그런 말도 안 해?"

"아, 예. 그런 말은 안 하더라고요."

17학번이면 태수보다 1년 후배다.

"인터뷰 거절당했다는 소리 듣고 내가 걔한테 좀 미안하더라. 내 소개로 연락했는데."

"그게 정말이에요?"

순간 얼굴이 화끈거리고 죄송해서 어찌할 바를 몰랐다.

그제야 교수님이 이름은 물론 인터뷰 내용까지 알고 있는지 짐작이 갔다.

자신이 인터뷰를 거절하자 그 후배는 물론 교수님도 얼마나 당황하셨을까.

"죄송합니다, 교수님."

고민석 교수가 별것 아니라는 듯 손을 내저었다.

"뭐, 죄송할 것까지야. 인터뷰 안 한 게 잘못인가?"

"문창과 후배인지는 몰랐습니다."

"알았다면 인터뷰를 했을까?"

고민석 교수가 마음을 훤히 들여다보는 것처럼 빙그레 웃으며 태수를 건너다봤다.

"내가 그때 깜빡했어. 한국 장르문학 공모대전에서 대상을 수상하면 한강대학교에 입학하는 특전이 있다는 걸. 어차피 우리 학교에 복학할 것도 아닌데 인터뷰를 하는 것도 좀 웃기지."

"아닙니다. 저 복학할 겁니다."

고민석 교수가 눈을 부릅떴다.

"복학을 한다고?"

"네, 이번 학기에 복학할 겁니다."

고민석 교수가 재미있다는 듯 고개를 갸웃하며 물었다.

"한강대학교 안 가고?"

"예, 안 갑니다."

고민석 교수의 얼굴에 보일 듯 말 듯 한 미소가 잠시 떠올랐다 사라졌다.

"이유는?"

태수가 입을 열려는 순간 고민석 교수가 단호하게 말했다.

"솔직하게."

그렇잖아도 솔직하게 대답하려던 참이었다. 고민석 교수는 다른 사정이 있어서 한강대학교에 입학하지 못하게 된 게 아닌가 짐작한 모양이었다.

"저하고 맞지 않는 것 같았습니다."

"그게 무슨 소리야? 다녀 보지도 않고서."

"지금 한국 장르문학 공모대전 시상식 뒤풀이에서 오는 길입니다."

"그래?"

"거기서 한정호 교수님을 뵀습니다."

고민석 교수의 미간이 좁혀졌다. 아주 불쾌한 이름이라도 들은 것 같은 표정.

"한 교수님이 왜?"

"죄송하지만 교수님한테 궁금한 게 있는데 여쭤봐도 될까요?"

"나한테? 뭔데?"

한정호 교수에 대한 감정을 솔직하게 얘기하려면 먼저 확인할 게 있다.

"한정호 교수님하고는 사이가 왜 틀어지신 겁니까?"

고민석 교수의 입에서 침음이 흘러나왔다.

"누가 그런 소리를 해? 그 자리에서 왜 내 얘기가 나온 거야?"

"교수님 소설 ≪세월≫에 대한 얘기를 하다가…….'

고민석 교수의 얼굴에 잠시 곤혹스러운 빛이 스쳤다.

"그때 영화화되는 소설을 엎으셨다고 들었습니다. 혹시 제가 이유를 여쭤봐도 될까요? 정말 시나리오가 마음에 들지 않으셨던 겁니까?"

고민석 교수가 잠깐 눈을 감았다가 뜨더니 입을 열었다.

"그래, 마음에 들지 않았어. ≪세월≫은 미스터리 소설인데 시나리오는 스릴러에 가깝게 각색이 됐으니까."

"그럼 시나리오를 수정해 달라고 요구하셨으면…….'

"그럴 수가 없었어. 시나리오를 각색한 사람이 한정호 교수였거든."

"예?"

순간 태수는 뒤통수를 한 대 세게 얻어맞은 기분이 들었다.

그래서 한정호 교수가 그토록 고민석 교수를 미워했던 건가, 자신이 각색한 시나리오가 마음에 들지 않는다고 엎어버려서.

"한정호 교수님이 ≪세월≫을 각색했다는 게 정말인가요?"

"넌 잘 모르겠지만 한정호 교수는 영화에 대한 열망이 누구보다 강한 사람이야. 당시 ≪세월≫의 영화화 판권을 추진한 사람도 한정호 교수였고."

고민석 교수의 얘기에 태수는 깜짝 놀랐다.

≪세월≫도 ≪비가 오면≫처럼 한정호 교수가 직접 나서서 영화 판권 계약을 맺었다니.

고민석 교수는 기억을 떠올리는 것만으로도 불쾌한 듯 미간을 찌푸린 채 말을 이어 갔다.

"내가 진짜 황당했던 건 계약서에 시나리오 각색을 한정호 교수만 할 수 있다는 특약 조항을 나도 모르게 넣었다는 거야. 제작사가 블루스톰이라고 교수님 후배가 대표로 있는 곳이어서 가능했던 거지."

고민석 교수한테서 블루스톰이라는 단어가 나오자 황당한 기분마저 들었다.

"그래서요?"

"문제는 한정호 교수가 영화에는 별로 재능이 없다는 거야. 시나리오도 그렇고. 소설은 구성이 허술해도 묘사로 얼렁뚱땅 넘어갈 수 있지만 영화는 그렇지가 않아. 디테일이 살고 진정성이 느껴져야 하는데…….."

무슨 소리인지 알 것 같았다.

소설은 문자로 이어지는 이야기지만 영화는 인물이 직접 행동으로 연기를 해야만 한다.

시나리오에 정확한 디렉팅이 적혀 있지 않으면 영화적 완성도는 떨어질 수밖에 없다.

"한정호 교수님은 진정성 있는 글보다 기술적인 글쓰기를 강조하시더라고요."

태수의 말에 고민석 교수가 씁쓸하게 웃으며 말했다.

"이미 설교를 듣고 왔구나."

"물론 전 동의하지 않습니다."

고민석 교수도 고개를 끄덕였다.

"난 내 소설이 그런 식으로 망가지도록 놔둘 수가 없었어. 근데 한정호 교수는 나한테 모욕을 당했다고 생각한 거야. 자기가 각색한 시나리오를 거부했다는 거지."

태수 자신에게 한 행동으로 봐서 한정호 교수라면 충분히 그럴 수 있겠단 생각이 들었다.

"≪세월≫을 내기로 했던 출판사에서도 갑자기 출간이 어렵겠다고 말을 바꾸더라고."

"예? 출판사에서 말을 바꿨다고요? 교수님이 출간을 하지 않겠다고 한 게 아니고요?"

"누가 그런 소리를 해? 작가가 왜 자신의 작품을 출간하고 싶지 않겠어?"

이젠 황당한 기분을 넘어 소름이 끼쳤다.

한정호 교수는 분명 고민석 교수가 자신의 작품이 쓰레기라며 출간하지 않겠다는 식으로 말했다.

퇴마하는
톱스타

"한정호 교수가 그 일 이후로 노골적으로 날 짓밟기 시작하더군. 문제는 내가 한정호 교수의 조교였다는 거야."

"아."

"결국 난 학교를 떠날 수밖에 없었네."

이제야 전체적인 그림이 그려졌다.

고민석 교수는 한강대학교 문창과에서도 천재 소리를 듣던 사람이었다.

그런 사람이 한강대학교에 남지 못하고 우리 학교까지 밀려온 걸 보면 한정호 교수가 얼마나 집요하게 앞길을 막았을지 짐작이 갔다.

"근데 한정호 교수는 왜 그렇게 영화에 집착하시는 거예요? 문창과 교수시잖아요."

고민석 교수가 한숨과 함께 말했다.

"내년이면 한강대학교 문창과와 연극영화과가 합쳐질 거야. 좀 더 정확하게 말하면 문창과가 연영과에 흡수되는 구도지."

"아, 그런가요?"

그러고 보니 신문에서 비슷한 기사를 본 것 같았다.

고민석 교수가 그것과 관련해서 이면의 이야기를 들려줬다.

요 몇 년 사이 웹소설의 등장으로 문창과의 효용성이 많이 떨어졌다. 거기에 대학들이 취업을 위해 학과를 합치는 최근의 분위기도 한몫했고.

두 개의 학과가 합쳐지면 아무래도 문창과 교수들의 입지가 약화될 수밖에 없다.

문창과 학과장인 한정호 교수 입장에선 어떻게든 주도권을 놓고 싶지 않았던 것이다.

거기에 경쟁 관계에 있던 정문호 교수의 소설들이 대부분 영화로 만들어져 성공했다는 점도 한정호를 자극했다.

친구이기도 했던 정문호 교수는 한정호 교수에게 언제나 열등감을 심어 준 인물이었다.

한정호 교수는 자신이 직접 쓴 시나리오를 필명으로 제작사에 여러 번 투고했지만 한 번도 영화 제작으로 이어진 적이 없었다.

오리지널 시나리오를 쓸 자신이 없던 한정호가 할 수 있는 선택은 좋은 원작을 찾아 각색하는 것.

당연히 자신의 제자가 쓴 좋은 작품이 최우선 고려 대상이었다.

고민석 작가의 ≪세월≫도 그런 작품 중 하나였고.

태수는 조금 전 시상식 뒤풀이에서 겪은 얘기를 털어놓았다.

"한정호 교수님이 제게도 영화 판권 얘기를 하셨습니다."

고민석 교수의 얼굴에 놀랍다는 표정이 떠올랐다.

"네가 한정호 교수에 대해 물어보기에 예상은 했지만 생각

보다 더 빨리 움직이셨군. 보나 마나 제작사는 블루스톰이었
겠지?"

"예."

고민석 교수는 징글징글하다는 듯 고개를 흔들었다.

"공모전 수상작이다 보니 다른 영화사에서 접촉이 올까 봐
서둘렀을 거야. 사실 조심하라는 얘기를 해 주고 싶었지만
네가 오해할까 봐 말을 못 했거든."

고민석 교수가 그런 생각을 하고 있었다는 것만으로도 고
마운 마음이 들었다.

"감사합니다, 교수님. 모든 걸 솔직하게 말씀해 주셔서."

"글쎄, 고맙다는 소릴 들을 일인지는 잘 모르겠네."

고민석 교수가 씁쓸하게 웃으며 몸을 뒤로 젖히고는 물었
다.

"그래, 학교에 복학하기로 확실히 결정은 한 거야?"

"네, 늦었지만 학보사 인터뷰도 다시 진행하기로 했습니
다."

고민석 교수가 피식 웃으며 물었다.

"그럼 복학 때까지 뭐 하냐?"

"뭐 딱히 할 일은 없습니다."

"그럼 그동안 노가다 좀 해 볼래?"

"노가다요?"

"너 그때 나랑 상담할 때 영화 좋아한다고 했지?"

"어? 그거 어떻게 기억하고 계세요?"

"나도 영화에 관심이 많으니까."

고민석 교수가 일어나더니 책상에서 제본된 책 한 권을 가져왔다. 교수님이 책을 앞으로 툭 던지며 말했다.

"영화 현장 경험 한번 해 볼래?"

"영화 현장요?"

"공포 영환데 네 소설이 시나리오로 각색이 될 수도 있으니까 한 번쯤 참여해 보면 좋은 경험이 될 거야."

태수가 고민석 교수가 던져 준 책을 집어 들었다.

제목은 〈모텔 파라다이스〉.

책을 펼치자 씬 표시와 함께 지문이 하나 가득 시야에 들어왔다.

"어? 이건?"

제목과 도입부만 봐도 공포 영화 시나리오라는 걸 알 수가 있었다.

태수는 설레는 기분으로 시나리오를 훑어보기 시작했다.

공포 영화답게 장소는 파라다이스 모텔이라는 하나의 공간에서 벌어지는 사건으로 한정이 되어 있다.

등장인물도 원혼을 제외하면 민수(아빠), 혜수(엄마), 영신(중2 누나), 호빈(초등 5학년)까지 네 명의 일가족이 사실상 전부다.

서울 반지하방에서 어렵게 살던 가족은 아빠가 사기를 당하면서 얼마 안 되는 월세방의 보증금조차 떼이고 길거리로

퇴마하는
톱스타

쫓겨날 운명에 처한다.

그러던 중 우연히 인터넷에서 버려진 모텔을 관리해 줄 관리인을 찾는다는 공고를 보게 된다.

모텔의 이름은 파라다이스.

그런데 조건이 조금 수상하다. 1년 동안 모텔에 들어가서 살기만 하면 된다는 것.

그럼 매달 백만 원의 돈을 주고, 손님을 받는 것도 알아서 하라는 것.

당장 길거리로 나앉게 된 일가족에게는 세상에 이보다 좋은 조건이 어디 있을까 싶을 정도로 환상적인 조건이다.

아빠인 민수는 인터넷에 나와 있는 모텔 주인의 연락처로 전화해서 통화한 후 상상리라는 산골에 위치한 그 모텔로 짐을 싸서 들어간다.

서울에서 학교를 다니던 영신과 호빈은 싫다고 하지만 당장 살 집이 없으니 선택의 여지가 없다.

처음에 도착해서 눈으로 본 파라다이스 모텔은 걱정했던 것보다 상태가 훨씬 양호했다.

처음에 오기 싫다던 아이들도 모텔의 수많은 방을 보고는 좋다고 펄쩍펄쩍 뛰었다.

아이 둘 다 지금까지 한 번도 자신의 방을 가져 본 적이 없었기 때문이다.

이제 이곳을 청소하고 1년 동안 매달 백만 원을 받으며 손님까지 받을 생각에 가족들의 마음은 희망으로 부풀었다.

하지만 모텔에 들어간 첫날부터 일가족한테 이상한 일이 벌어지기 시작한다.

특히 ADHD를 앓고 있는 아들 호빈에게 원혼이 나타나기 시작한다.

평소 과장이 심했던 호빈의 얘기를 가족들은 믿지 않는다. 그러다가 아빠인 민수도 원혼을 보게 된다.

하지만 민수는 원혼을 봤다는 걸 가족들에게 알리지 않고 비밀로 한다. 가족에게 알리면 이 모텔에서 나가야 하기 때문이다.

민수에겐 원혼이 있는 이 모텔보다 바깥세상이 더 무섭고 두렵기 때문이다.

태수는 민수가 모텔에서 처음으로 원혼의 존재를 감지하게 되는 장면을 시나리오로 읽었다.

+++++++

씬8. 모텔 계단 / 낮

민수, 손전등을 들고 지하실로 이어지는 계단을 내려간다.
낮인데도 밤처럼 어둡다.
계단을 내려가면 입구에 철문이 있다.

들고 있던 열쇠 뭉치를 뒤적거려서 지하실이라는 라벨이 붙은 열쇠를 찾아서 문을 연다.

철컥!

민수, 문을 열면 오랫동안 사용하지 않은 탓에 끼이익, 소리가 난다.

문이 열리며 안에서 오랫동안 갇혀 있던 공기가 밀려 나오는 것 같은 느낌.

민수, 안으로 들어간다.

씬9. 동 지하실 / 낮

민수, 어두컴컴한 지하실에 들어서서 손전등을 이리저리 비춘다.

벽면을 비추면서 배전판 상자를 찾는데, 벽에 걸린 낡은 달력이 불빛에 들어온다.

보면 식당에서 본 것과 똑같은 업소용 11월 달력이다.

상단에 십자가, 하단에 밝은 교회.

다만 연도가 2017년이 아니라 2016년이다.

역시 19일이 없다.

역시 19일이 십자가 모양으로 오려져 있다.

그때 등 뒤에서 쌓아 놓은 물건들이 움직이는 것 같은 끼기긱거리는 소리.

민수, 화들짝 놀라 돌아보면 아무것도 없다.

다시 벽면을 살피는데 한쪽에 배전판 상자가 보인다.

다가가서 배전판 커버를 열려고 하는 순간 또다시 등 뒤에서 들려오는 끼기긱 소리.

민수, 고개를 휙 돌려 불빛을 비추면 소복을 입고 머리가 하얀 노파의 형체(이하 원혼)가 쾅! 나타난다.

민수 : 으악!

민수, 놀라서 손전등을 놓치고 어둠 속 원혼의 눈이 푸른색으로 빛이 난다.

민수 : 으어어어!

바닥의 손전등을 짚어서 구석을 비추면 원혼이 사라졌다.

원혼이 서 있던 자리엔 안 쓰는 의자, 버려진 매트리스, 모텔의 비품들이 수북하게 쌓여 있다.

민수 : (이리저리 불빛을 비추고는) 후우, 뭐야?

민수, 내려져 있는 배전함의 차단기를 올린다.

발전기 돌아가는 소리와 함께 지하실의 백열등이 팟 들어

온다.

민수, 지하실 문으로 가서 문 옆의 스위치를 올리면 불이
켜진다.

흐릿하게 밝아 오는 지하실.

아무것도 없는 걸 확인한 후 불을 끈다.

민수, 지하실 문을 닫고 열쇠로 잠근다.

(……중략……)

++++++++

정말 순식간에 몰입해서 읽었다.

매끄러운 스토리 라인과 공포 영화답게 무서운 장면들이
많아서 역량 있는 감독의 작품이라는 고민석 교수의 말이 빈
말이 아님을 알 수가 있었다.

저예산 공포 영화답게 등장인물을 최소화했고 장소도 대
부분 모텔로 한정시켜 기획적인 면에서도 아주 영리한 시나
리오라는 걸 알 수가 있었다.

시나리오만 읽어도 머리가 쭈뼛 일어설 정도로 모텔 안에
서 일가족 네 사람에게 벌어지는 공포의 강도가 상당했다.

다만 아쉬운 점은 지나치게 공포에만 치중하다 보니 끈끈
한 가족애와 같은, 관객이 감정이입할 수 있는 부분이 부족

해서 여운이 약하다는 점.

그 부분만 보강이 되더라도 지금보다 훨씬 좋은 시나리오가 될 수 있을 텐데.

느낌이 예전에 송현주가 오디션을 봤던 〈최고의 사랑〉에서 희철과 지희 캐릭터의 경우와 비슷했다.

그럼에도 불구하고 태수는 자신도 모르는 사이 순식간에 시나리오에 빠져들었다.

더 놀라운 건 책장을 술술 넘길 정도의 빠른 속도로 읽었음에도 불구하도 모든 내용이 또렷하게 기억에 남는 것은 물론 등장인물의 감정까지 생생하게 느낄 수가 있다는 점이었다.

'대체 이게 무슨 일이지? 혹시 정문호 선생님의 영향 때문인가?'

정문호 선생은 소설뿐만 아니라 시나리오 각색도 여러 편한 걸로 알고 있다.

정문호 선생의 필력을 이어받았으니 소설 필력뿐만 아니라 시나리오의 필력도 어느 정도 전수를 받았을 테지.

그래도 이번 경험은 단순히 필력을 전수받았다는 사실만으로 설명할 수가 없는 부분이 있었다.

시나리오 속 등장인물들의 생생한 감정이 느껴진다든가, 촬영 현장인 파라다이스 모텔의 모습이 구체적으로 머릿속에 그려진다든가 하는 것들은 마치 사이코메트리로 잔류사념을 읽을 때의 느낌과 매우 흡사했다.

물론 태수가 머릿속에 그린 모텔의 모습이 촬영 현장의 진짜 모텔하고 똑같을 수는 없을 것이다. 하지만 그런 공간이 머릿속에 구체적으로 그려진다는 사실만으로도 놀라운 일이 아닐 수가 없었다.

"너 이 자리에서 그걸 다 읽으려고?"

정신없이 시나리오를 읽던 태수는 고민석 교수님 목소리에 고개를 번쩍 들었다.

처음엔 이곳이 어딘지, 시간이 얼마나 흘렀는지조차 생각이 나지 않았다. 그만큼 시나리오에 완전히 빠져 있었던 것이다.

입을 반쯤 벌리고 멍한 얼굴을 하고 있는 태수를 바라보며 고민석 교수가 의아하게 물었다.

"표정이 왜 그래?"

"예? 아, 아뇨. 아무것도 아닙니다."

지금 느낀 감정을 사실대로 말할 수는 없었다. 그런 얘기를 들으면 아무리 고민석 교수라도 태수를 이상하게 바라볼 테니까.

"어때, 생각 있어?"

망설일 이유가 없었다. 어서 영화 촬영 현장으로 달려가서 파라다이스 호텔을 눈으로 직접 확인하고 싶었고 배우들의 연기하는 모습도 보고 싶었다.

"어떤 일이라도 상관없습니다. 무조건 참여만 시켜 주십시오. 뭐든 가리지 않고 열심히 하겠습니다."

태수가 예상외로 적극적으로 나와서 그런지 고민석 교수가 살짝 당황한 표정으로 너털웃음을 지었다.

"너 그러다가 이참에 전과하는 거 아냐?"

"에이, 교수님도. 아니에요."

그렇잖아도 요즘 영화 공부를 하고 싶다는 열망이 많았는데, 공포 영화인 데다 시나리오까지 마음에 드니 마음이 급했던 것이다.

게다가 국내에서 공포 영화는 제작 편 수가 워낙 적어서 그 현장을 경험할 기회가 흔치 않았다.

"그렇게 영화 하고 싶은 놈이 왜 문창과를 왔어? 연영과를 갔어야지."

태수가 멋쩍게 머리를 긁적였다.

"하긴 뭐 소설이나 영화나 다 이웃사촌이지. 뭐가 됐든 근사한 걸로 작품 하나 써 봐. 맨날 듣보잡 소리 듣는 우리 학교 체면 좀 세워 보게."

"제가 그런 능력이 있을지 모르겠습니다."

"한국 장르문학 공모대전에서 대상을 수상한다는 게 그리 쉬운 일이 아니야. 넌 이미 그만한 능력을 인정받은 셈이고. 혹시라도 내 도움이 필요하면 언제든 얘기해. 도울 수 있으면 언제든 도와줄 테니까."

"감사합니다. 열심히 해 보겠습니다. 아, 그리고…… 뭐 한 가지 여쭤봐도 될까요?"

"물어봐, 뭐든."

"혹시 이 영화에 어떤 배우들이 캐스팅됐는지 알고 계세요?"

고민석 교수가 피식 웃으며 물었다.

"갑자기 배우는 왜?"

"그냥 시나리오를 읽다 보니까 갑자기 좀 궁금해서요."

"그거야 휴대폰 검색하면 나와. 파라다이스 모텔로 검색해 봐."

"아, 맞다, 그렇지. 죄송해요."

이미 크랭크인 들어간 영화라면 네이바 영화 검색 정보에 배우들에 대한 정보가 나와 있을 것이다.

제목이 낯선 걸 보면 워낙 저예산 영화라서 홍보가 많이 되지 않은 모양.

캐스팅된 배우가 누군지 확인하고 싶었던 건 시나리오를 읽으면서 머릿속에 각 캐릭터의 이미지가 생생하게 떠올랐기 때문이다.

그것도 아주 구체적인 배우들의 이미지가 눈앞에서 어른거렸다.

아빠 역할인 민수 역에는 연기파 중견 배우 이갑수가 떠올랐고 혜수 역할에는 현재 국내 최고의 여배우라고 할 수 있는 손예지가 생각났다.

아역인 영신과 호빈은 이미지가 떠오르긴 했지만 배우들의 이름은 알 수가 없었다.

이미지가 떠오른 배우들은 주연인 가족 네 명뿐이었고 의문의 여자 희정을 비롯한 나머지 등장인물들은 딱히 떠오르는 이미지가 없었다.

물론 그 배우들이 실제로 캐스팅됐다는 생각은 들지 않았다. 그건 정말 말도 안 되는 일이니까.

특히나 손예지 같은 경우는 로맨스의 여왕이자 현재 국내에서 가장 톱인 여배우라고 할 수 있다. 그런 손예지가 저예산 공포 영화에 출연한다는 건 말이 되지 않았다.

하지만 머릿속에 떠오른 이미지들이 너무도 생생해서 실제 영화에서는 어떤 배우들이 캐스팅됐는지 너무도 궁금했던 것이다.

마음 같아서는 휴대폰을 꺼내서 당장 확인하고 싶었지만 앞에 교수님이 있어서 충동을 억눌러야만 했다.

"영화 하는 게 목표면 지금도 늦지 않았어. 전과해. 문창과에서 연영과로 전과하는 거 그렇게 어렵지 않아. 특히 너 정도라면 연영과에서 두 팔 들어 환영할걸."

그렇게 말해 주는 고민석 교수가 은근 고마웠다.

고민석 교수 역시 마음으로는 태수를 문창과에 잡아 두고 싶을 테니까.

고민석 교수 말대로 태수가 연영과로 가길 원하면 지금이라도 전과를 하면 된다.

한강대학교와 마찬가지로 드림실용예술전문대학도 문창과와 연영과가 함께 들을 수 있는 수업이 꾸준히 늘어나는 추세다. 거기에 태수의 수상 이력이라면 전과는 문제가 되지 않는다.

다만 지금은 때가 아니란 생각이 들었다.

"당장은 소설이나 시나리오 공부에 더 매진하고 싶습니다. 영화 연출은 꼭 해 보고 싶긴 한데, 실력을 좀 더 다진 후에 도전해 보려고요."

정문호 선생한테 물려받은 능력은 영화 연출에 대한 능력이 아니라 소설과 시나리오를 쓸 수 있는 필력이다. 괜히 잘 알지도 못하는 분야에 욕심을 부리다가 후회할 일은 하고 싶지 않았다.

어차피 시간이 급한 건 아니니까 차근차근 단계를 밟아 간다면 원하는 바를 이룰 수 있을 것이다.

영화 한 편 말아먹고 영화판 떠나는 감독들이 얼마나 많은가.

"하긴, 배우라면 몰라도 감독은 시나리오 능력이 우선이지. 국내에선 자기 시나리오 없으면 감독 데뷔하기도 어려우니까. 이 녀석 생각보다 욕심이 많네?"

"저도 제가 욕심이 많다는 걸 요즘 와서 깨달았어요."

태수가 배시시 웃자 고민석 교수가 말했다.

"아무튼 기대할게. 공모전에서 대상 탄 실력으로 네가 우리 문창과에 새로운 바람 좀 불어넣어 봐. 요즘은 녀석들이 다들 의욕을 잃었는지 학교 캠퍼스 보면 워킹데드 촬영장인 줄 착각할 정도야."

고민석 교수의 농담에 태수가 쿡 하고 웃음을 터뜨렸다. 워킹데드는 태수도 환장을 하고 보는 미드인데, 고민석 교수도 좋아하는 모양이었다.

고민석 교수가 손뼉을 짝 치고는 말했다.

"알았어. 그럼 내가 감독한테 한번 얘기를 해 볼게."

"예? 감독이라니 누구요?"

"누구긴 누구야? 파라다이스 모텔 감독이지. 박홍식이라고 작년에 한강대학교 연영과 졸업한 젊은 신인 감독인데, 내 고등학교 후배야."

"와, 정말요?"

"시나리오 쓰는 능력도 있고 연출 능력도 있어서 앞으로 기대가 되는 친구긴 한데, 워낙 저예산이다 보니 현장 상황이 그리 좋지는 않은 모양이야. 이런저런 사고도 많고. 만약 영화에 뜻이 있다면 오히려 저예산 영화 현장에서 배울 게 많이 있을 거야."

처음 고민석 교수가 영화 현장 경험 얘기를 했을 때 그냥 지나가는 말인 줄 알았는데 그게 아닌 모양이었다.

"전 영화 현장을 전혀 모르는데 괜찮을까요?"

고민석 교수가 손을 내저으며 신경 쓰지 말라는 투로 말했다.

"거기도 상업 영화로는 저예산 영화라서 분명 일손이 부족할 거야. 영화에 대해 전혀 몰라도 할 수 있는 허드렛일 많으니까 힘쓸 생각이나 하라고."

고민석 교수가 피식 웃고는 즉석에서 전화를 걸었다.

고민석 교수의 말대로 공포 영화는 대규모 예산을 투입할수가 없다는 기사를 읽은 적이 있었다.

보통 투자사에서 공포 영화를 보는 관객의 규모는 일정 부분 정해져 있다고 생각하기 때문이다.

"어, 흥식아, 지금 촬영 중이야? 통화 괜찮아? 어."

분위기를 보니 이미 크랭크인해서 촬영이 시작된 모양.

"다름이 아니라 너희 제작부 인원 부족하지 않아?"

혹시라도 거절하면 어쩌나 걱정하며 지켜보는데 고민석 교수가 손가락으로 오케이 사인을 보내 줘서 마음이 놓였다.

"그렇지? 그래, 부족할 거야. 아니, 우리 학과 학생 한 명이 영화 공부를 하고 싶다는데, 현장 경험을 시켜 주고 싶어서……. 그러니까, 그럴 거면 연영과를 가야지 왜 문창과를 오냐고, 하하."

고민석 교수가 찡긋 윙크를 했고 태수도 쑥스럽게 웃었다.

"어, 다른 건 몰라도 빠릿빠릿하긴 할 거야……. 그럼 언제가라고 할까? 아무 때나? 오케이. 나? 글쎄, 시간 맞으면 같이 가서 얼굴이나 보든가. 그래, 알았다. 수고."

고민석 교수가 통화를 끝내고는 태수를 돌아봤다.

"얼른 와서 노가다 좀 하란다."

태수가 허리를 폴더로 접으며 진심으로 감사 인사를 했다.

"정말 감사합니다, 교수님."

"나한테 감사할 건 아니고, 괜히 나중에 원망이나 하지 마. 이렇게 힘들 줄 몰랐다는 둥. 영화 현장이 절대 만만한 곳이 아니거든."

"상관없습니다. 저도 어릴 때부터 안 해 본 알바가 없을 정도로 나름 빡세게 살았으니까요."

"어, 그랬어? 그럼 뭐 잘 적응하겠네. 그럼 언제부터 할래?"

마음은 지금 당장이라도 촬영 현장으로 달려가고 싶었다.

"전 가능한 빨리 현장에 가 보고 싶습니다. 가능하면 지금 당장이라도……."

솔직한 심정이었다.

"녀석 성질 급하네. 지금 당장은 곤란하고. 가만있자, 너 그럼 ≪비가 오면≫은 어떡할 거야? 블루스톰 쪽하고 개인적으로 진행할 거니?"

아직은 스스로 ≪비가 오면≫이 영화적인 소재로 괜찮은지 확신이 서지 않았다.

시나리오와 영화에 대한 이해가 없으면 판권만 팔고 강 건너 불구경하듯 영화가 제작되는 과정을 지켜볼 수밖에 없다.

다행히 영화가 잘 만들어진다면 모르지만 그렇지 않다면 두고두고 후회할 일이 될 수도 있다.

또한 한정호 교수가 자신이 없는 자리에서 블루스톰과 계약을 하려고 할지도 모르고. 그래서인지 블루스톰에서는 원작자인 자신에게 아직까지 연락이 없었다.

여러 면을 봐도 이번 〈모텔 파라다이스〉의 현장 경험은 중요했다. 영화에 대해 좀 더 알고 잘못된 판단을 내리지 않기 위해.

"블루스톰 쪽은 조금 더 고민을 해 보겠습니다. 아직까지 저한테 연락이 없는데 제가 먼저 연락하고 싶진 않거든요."

"그래, 그렇게 해. 사실 블루스톰이 규모가 있는 제작사긴 하지만 원작자한테 직접 연락을 하지 않았다는 건 문제가 있는 거야. 작품이 좋으면 블루스톰 아닌 다른 제작사에서라도 연락은 올 거야. 어차피 책으로도 나올 거 아냐?"

"네."

"됐네, 그럼. 요즘 영화 제작사들마다 아이템이 없어서 원작이 될 만한 장르 소설을 막 뒤지고 다닌다니까, 책 나오면 분명히 어디선가 연락이 올 거야."

"그랬으면 좋겠네요."

사실 말은 그렇게 했지만 대단한 욕심은 없었다.

자신의 이름으로 책이 나오는 것만으로도 꿈만 같을 테니까.

만약 정말로 책을 읽고 영화 제작사에서 연락이 온다면 그건 꿈이 현실이 되는 셈이다.

≪비가 오면≫이 시나리오로 바뀌고 등장인물들에 대해 캐스팅이 이루어져서 배우들이 연기를 하는 상상을 잠깐 하는 것만으로도 힐링이 됐다.

"그리고 촬영 현장은 조금 있다가 제작부에서 문자로 알려 줄 거야. 내일 오후에 어떠니? 내일은 나도 시간이 되니까 한 번 가 보려고 하는데. 괜찮으면 같이 가든가."

"그럼 저는 좋죠."

고민석 교수를 찾아와서 생각지도 않은 선물을 받은 느낌이었다.

"참, 교수님, 혹시 시나리오 한 부 더 얻을 수 있을까요?"

시나리오를 확실하게 분석하지 않고 현장에 가면 배울 수 있는 것도 한계가 있다. 촬영하는 장면을 봐도 어느 장면인지 알 수도 없고.

할 수만 있다면 집에 가서 꼼꼼히 시나리오를 다시 읽어 보고 싶었다. 머릿속에서 계속 여운이 가시지 않았던 것이다.

혹시 여분의 시나리오가 있을까 해서 물어본 것이지만 큰 기대는 하지 않았다. 촬영 중인 시나리오는 외부에 유출이 되지 않도록 보안이 철저하기 때문이다.

뜻밖에도 고민석 교수가 본인의 시나리오를 건네며 말했다.

"내 거 가져가서 읽어. 난 다 읽었으니까."

"어? 정말 가져가도 돼요?"

"그래. 대신 절대 외부에 유출되지 않도록 조심하고."

"명심하겠습니다. 감사합니다, 교수님."

태수가 진심을 담아 인사를 꾸벅하고 연구실을 나설 때였다. 고민석 교수가 태수를 불렀다.

"잠깐만."

"예?"

"이번에 수상한 네 작품 나한테 이메일로 좀 보내 줄 수 있니?"

"그럼요."

"그래, 그럼 부탁할게. 한번 읽어 보고 싶어서."

"저야 영광이죠. 나중에 꼭 감상 부탁드릴게요."

"그래, 알았다."

〈모텔 파라다이스〉의 시나리오를 품에 안고 연구실을 나오는데 잊고 있던 기억이 떠올랐다.

'아참, 배우들 검색을 해 봐야지.'

태수는 휴대폰을 꺼내 '영화 모텔 파라다이스'로 검색어를 넣어 영화를 검색했다.

아직 개봉 전이라서 정보가 많지는 않았지만 감독과 출연진에 대한 정보는 나와 있었다.

출연진을 확인하던 태수는 순간 온몸에 소름이 돋는 것 같은 전율을 느꼈다.

'이럴 수가!'

영화 정보에 나타난 〈모텔 파라다이스〉의 출연진은 다음과 같았다.

아빠 역할인 민수 역에는 연기파 중견 배우 이갑수, 엄마인 혜수 역할에는 공포 영화에 자주 나오는 소영희.

아역인 영신 역할에는 강민지, 호빈은 김동우로 되어 있었다.

엄마 역할인 소영희를 제외하고는 모두 태수가 머릿속에 이미지로 떠올렸던 배우들과 캐스팅이 완벽하게 일치했다.

처음엔 단순한 우연이 아닌가 생각했지만 아역 배우들까지 맞춘 건 도무지 이해할 수가 없는 일이었다.

영신 역할의 강민지나 호빈 역할의 김동우라는 아역 배우는 태수가 이전에 알지도 못했던 배우들이다. 근데 아역 배우들의 사진을 보니 자신이 떠올렸던 이미지와 정확하게 일치하는 것이다.

'말도 안 돼. 어떻게 이런 일이 있을 수가 있지?'

혹시 자신이 어딘가에서 〈모텔 파라다이스〉에 대한 정보를 미리 본 건 아닌지 의심이 들었지만 그건 확실히 아니었다.

이 놀라운 현상을 영능력 말고는 설명할 방법이 없었다.

'어르신?'

한동안 몸 안에서 노인의 존재가 거의 느껴지지 않아서 초조한 기분이 들었다. 혹시 노인의 영혼이 태수의 몸을 떠난 건 아닐까 하고.

아직은 궁금한 것도 많고 배울 것도 많을 것 같은데.

'어르신? 어르신 제 말 들리세요? 거기 계세요?'

다행히 오랜만에 노인의 목소리가 들려왔다.

─듣고 있으니 말하게.

태수가 안도의 숨을 내쉬며 말했다.

'전 또 어디로 사라지신 줄 알았어요.'

─언젠간 그렇게 되겠지. 자네가 날 필요로 하지 않는 때가 오면. 그래, 궁금한 게 뭔가? 날 불렀으니 물어보고 싶은 게 생겼을 테지.

'예, 실은 아까 시나리오를 읽을 때 좀 신기한 경험을 해서요. 혹시 제가 느낀 기분을 어르신도 느끼셨는지요?'

─아까 책을 읽을 때 자네 머릿속에 떠올랐던 영상과 감정들 말인가?

'네, 그거요. 예전에는 그런 일이 없었거든요. 뭔가 영능력과 관련이 있는 것 같은데 혹시 이유를 아시나 해서요.'

─그게 아마도…… 귀기 때문일 걸세.

'귀기요?'

─아까 책의 내용을 보니 영혼이나 귀신 이야기가 나오는 것

같던데.

'예, 맞습니다.'

－그런 이야기가 나오면 귀기가 작용해서 집중력을 끌어올리고, 더 나아가서 신기를 발휘할 수가 있다네.

'신기라고요?'

－신기를 모르는가?

신기라면 점쟁이들이나 무당들이 미래에 일어날 일을 미리 알아맞히는 능력 같은 걸 일컫는 말이 아니던가.

사람들은 보통 그런 예지력을 발휘하는 모습을 보고 신기가 있다고 말들을 하지 않던가.

'그럼 제가 신내림이라도 받았다는 소립니까?'

－그게 아니라 귀기 때문이라니까. 귀기가 몸에 흐르면 그런 신기를 발휘할 수가 있다네.

생각해 보면 놀라운 소리였다. 노인의 말대로라면 귀기를 많이 쌓으면 미래에 일어날 일을 예견하거나 알 수도 있다는 말이 아닌가.

'그럼 귀기가 많으면 사이코메트리 말고 다른 능력을 발휘할 수도 있다는 말씀인가요?'

－그렇지. 귀기를 많이 모으면 자네가 생각지도 못한 여러 능력을 얻을 수가 있을 걸세.

태수는 잠시 눈을 감고 생각과 감정을 정리했다. 지금도 충분하다고 생각하는데 또 다른 능력을 얻을 수 있다니.

어떤 능력들일지 궁금했고 당장이라도 얻고 싶은 욕심에 조바심이 날 지경이었다.

'다른 능력이라면 예를 들어 어떤 능력이 있을까요?'

―그건 한마디로 말하기 어려워. 일테면 자네가 간절하게 원하는 어떤 욕망이 있다면 귀기가 그 욕망을 이룰 수 있도록 도움을 줄 수 있을 걸세.

너무 모호한 답변이라서 무슨 뜻인지 잘 이해가 가지 않았다.

'구체적인 예로 제가 잘생겨지고 싶다고 소망하면 귀기가 잘생겨지도록 도와줄 수도 있다는 말인가요?'

정말 그렇게 되리라 생각하고 물어본 게 아니라 혹시 하고 물어본 질문이다.

그런데 돌아온 노인의 대답은 놀라웠다.

―아마도 가능할 걸세.

지금까지 노인의 말은 틀린 적이 없다. 그건 곧 귀기가 지금까지 생각했던 단순한 기능이 아니라 마법처럼 놀라운 힘을 발휘할 수도 있다는 말이었다.

'그럼 제가 연기를 잘하고 싶다고 소망하면 배우처럼 연기를 잘할 수도 있고요?'

―음, 그건 그렇게 단순하게 말하기는 어렵네.

'왜요?'

―그건 능력에 관련된 거니까.

노인이 간단하게 부연 설명을 했다.

귀기는 귀신의 기운이다. 말하자면 중세에서 마법사들이 사용하는 마나 같은 것이라고 할 수가 있다.

만약 잘생겨지고 싶다는 소망을 품고 원하는 누군가의 얼굴을 밤마다 떠올리면 귀기가 작용해서 점점 그 사람의 얼굴과 닮아 가도록 얼굴을 변형시킨다.

연기를 잘하고 싶어서 어떤 배우를 떠올리면 마찬가지로 그 배우의 연기력을 닮아 간다.

그렇다고 해서 그 배우와 똑같은 연기력을 가질 수는 없다.

즉 연기력처럼 능력에 관련된 부분은 소망하는 사람이 본래 가지고 있는 재능에 따라서 그 범주가 정해진다는 것.

재능이 없으면 연기력이 늘긴 하겠지만 한계가 있다는 얘기다. 정말 배우의 연기력을 얻고 싶다면 배우의 영혼을 찾아서 영혼흡수를 하는 수밖에 없다.

'그럼 최근에 제가 공포 장르에 대한 열망이 생긴 것도 귀기 때문인가요?'

ㅡ그렇다고 할 수 있지. 원래 자네가 공포에 관심이 있었던데다 몸속에 귀신의 기운인 귀기가 흐르고 있으니 서로 상승효과가 일어난 게야.

그제야 귀기가 어떤 힘을 가졌는지 어렴풋이 이해가 됐다.

ㅡ특히 이번에 영화에 나오는 배우까지 떠올릴 수 있을 정도

퇴마하는 톱스타

로 신기를 발휘할 수 있었던 건 자네가 본래부터 공포 장르에 대한 재능을 가지고 있었기 때문일세.

노인의 말을 부정할 수가 없는 게, 정말 어떤 씬에서는 시나리오보다 더 나은 아이디어가 마구 떠올라서 제대로 시나리오를 읽을 수가 없을 정도였다.

'그럼 제가 공포 장르로 소설이나 시나리오를 쓴다면 누구보다 잘 쓸 수 있다는 말씀이세요?'

-그렇다고 할 수 있지. 내가 보기에 자네는 공포에 관한 한 어느 분야에서 일을 하든 누구보다 뛰어난 능력을 발휘할 수가 있을 걸세. 하지만 신기를 발휘하기 위해서는 그만한 귀기를 모아야만 가능할 걸세.

'그럼 귀기를 빨리 많이 모으려면 어떻게 해야 하나요?'

-귀기를 많이 모을 수 있는 방법은 깊은 원한을 가진 영혼의 한을 풀어 주고 천도를 해 주거나 악행을 행하는 악귀를 제령하는 방법이 있지. 악귀는 악독할수록 귀기를 더 많이 가지고 있다네.

살짝 겁은 나지만 그만큼 욕심이 났다.

지금까지는 어떤 보상을 가진 영혼만 찾아서 한을 풀어 줬지만, 앞으로는 귀기 자체를 모으는 걸 목표로 해야 장기적으로 도움이 된다는 얘기다.

귀기를 모으기만 하면 능력과 외모는 물론 미래에 일어날 일까지도 알 수가 있다니까.

시나리오를 읽으면 영화가 보인다

　고민석 교수가 운전하는 차가 서울을 출발한 지 2시간쯤
지났다.
　차가 국도를 벗어나 울창한 숲속으로 이어지는 비포장 좁
은 길로 접어들었다.
　고민석 교수도 길을 몰라 내비게이션을 확인하며 힘들게
길을 찾아갔다.
　차량 한 대가 겨우 지나갈 정도의 좁은 길.
　맞은편에서 다른 차라도 만나면 낭패일 것 같았다.
　고민석 교수가 흔들리는 차체 때문에 연신 돌아가는 운전
대를 움켜잡으며 물었다.
　"시나리오는 읽어 봤어?"

"예, 읽어 봤어요."

"어땠어?"

시나리오에 아쉬운 부분들이 많았지만 감상을 있는 그대로 말하기가 망설여졌다.

감독이 고민석 교수의 후배인 데다 투자를 받아 촬영까지 들어간 시나리오를 영화에 대해 잘 모르는 자신이 함부로 평가를 하는 게 맞지 않을 것 같았다.

물론 고민석 교수도 진지하게 물어본 게 아니라 딱히 할 말이 없어서 지나가는 말로 물었을 것 같지만.

태수는 형식적인 감상만 짧게 얘기했다.

"무섭던데요?"

"그게 다야? 무슨 감상이 그렇게 짧아? 공포 영화는 무섭기만 하면 된다는 건가?"

"아뇨. 그게 아니라 이미 촬영까지 들어간 영화의 시나리오를 제가 함부로 평가하는 건 좀 아닌 것 같아서요."

하지만 태수의 생각과 달리 고민석 교수가 꽤나 진지하게 물었다.

"아냐, 그런 거 신경 쓰지 말고 솔직하게 말해 봐. 어떤 말이든 괜찮으니까."

솔직히 좀 의아했다.

자신이 뭐라고 교수님이 이렇게까지 진지하게 물어보는 것인지.

그런 태수의 마음을 읽은 것처럼 고민석 교수가 말했다.

"한정호 교수가 네 소설을 영화화하려고 했다는 건 곧 네 소설이 영화적으로 충분히 좋은 구조를 가지고 있었다는 소리야. 그리고 어제 네가 보내 준 ≪비가 오면≫을 읽었는데, 한 교수가 왜 욕심을 냈는지 알겠더라."

태수가 놀라서 눈을 휘둥그레 떴다.

"≪비가 오면≫을 벌써 다 읽으셨어요?"

"그래."

태수가 메일로 원고를 보낸 시각이 오늘 새벽 1시가 넘어서였다. 단행본 한 권 분량의 장편소설을 그 짧은 시간에 다 읽다니.

고민석 교수가 소설 읽는 속도가 빠르기도 했겠지만 그만큼 소설이 재미가 있었다는 방증이 아닌가.

고민석 교수가 말했다.

"솔직히 어제 ≪비가 오면≫을 읽어 보고 살짝 놀랐다. 네가 그 정도의 필력이 있을 줄은 몰랐어. 휴학한 사이에 무슨 짓을 했기에 필력이 그렇게 좋아진 거야?"

"그냥…… 저도 잘 모르겠어요."

고민석 교수가 고개를 끄덕이고는 말했다.

"≪비가 오면≫은 미스터리 구조라서 소설적으로도 충분히 재미가 있지만, 영화적인 구성을 취하고 있어서 각색하는 것도 별로 어렵지가 않을 것 같아."

"그런가요? 사실 전 쓰면서도 시나리오로 각색이 된다는 생각은 못 했거든요."

"시나리오가 뭐 별건가? 영상으로 풀어 갈 수 있는 구조면 어떤 이야기든 시나리오가 될 수 있는 거야. 내가 보기에 넌 시나리오도 꽤 잘 쓸 수 있을 것 같아."

송현주의 대본을 보고 캐릭터를 살렸을 때만 해도 그저 우연이려니 생각했는데, 이 모든 게 우연이 아니었다.

이제는 확신할 수가 있었다. 시나리오나 대본을 보는 안목이 생긴 건 정문호 선생님의 필력 덕분이다.

정문호 선생님은 소설 못지않게 영화 시나리오에서도 뛰어난 작품을 여러 편 남기셨으니까.

거기에 귀기가 작용해서 신기라는 놀라운 능력까지 생긴 것이고.

"그러니까 빼지 말고 솔직하게 감상을 말해 봐."

"그럼 제가 느낀 점을 말씀드릴게요."

사실 어제 고민석 교수와 헤어진 후 새벽까지 시나리오를 읽고 또 읽었다. 처음 시나리오를 읽었을 때는 막연하게 배우들의 이미지가 떠오른 정도였다.

근데 시나리오를 여러 번 반복해서 읽다 보니 신기한 일이 일어났다.

배우들의 이미지가 점점 또렷해지는 건 물론이고 그 배우들의 연기까지 구체적으로 머릿속에 그려졌던 것이다.

마치 영화 한 편을 보는 것처럼 배우들이 머릿속에서 연기를 하는 게 아닌가.

보통 시나리오만 보고 영화가 재미있을지 확신하기는 어렵다.

촬영 과정에서 감독의 연출력이라든가, 배우의 연기라든가 여러 가지 요소들이 첨가되니까.

하지만 완성된 영화를 보면 재미가 있는지 없는지, 어느 부분이 부족한지 금방 알아낼 수가 있다.

태수가 시나리오를 읽으며 느낀 게 바로 그런 감정이었다.

물론 배우들이 정말로 그렇게 연기를 했을 리는 없을 것이다. 단지 기존에 그 배우들이 가진 이미지가 투영돼서 그런 영상을 떠올렸을 것이다.

엄마 역할도 현재 캐스팅 된 배우는 소영희인데 영상에서는 손예지가 연기하는 모습이 떠올랐으니까.

어쨌든 그렇게 영상으로 본 결과 〈모텔 파라다이스〉의 약점은 끈끈한 가족애가 부족하다는 점이었다.

예를 들어 시나리오에선 악귀에게 괴롭힘을 당하는 아들 호빈을 엄마가 구하려고 애를 쓰는 장면이 나오지만 생각만큼 엄마의 애틋함이 마음에 와닿지 않는다.

이유는 엄마가 호빈을 얼마나 애틋하게 생각하는지 이전에 보여 주는 장면이 부족하기 때문이다.

또한 아빠와 엄마와의 사이에 관계에서도 좀 더 끈끈한 모습을 보여 줄 필요가 있다.

그래야만 관객들이 이 네 가족을 걱정할 수가 있다.

호빈에 대한 엄마의 애정이 커질수록 관객들도 좀 더 영화에 몰입할 수 있고 공포도 커질 수가 있다.

태수는 자신이 느낀 시나리오의 문제점을 조목조목 고민석 교수에게 말했다.

얘기를 모두 들은 고민석 교수가 말했다.

"너 그러지 말고 소설 쓰면서 시나리오도 한번 써 봐."

"예?"

"아니, ≪비가 오면≫의 각색을 네가 직접 한번 해 봐."

"예에?"

태수가 놀라서 고민석 교수를 바라봤다.

"네가 시나리오의 문제점을 정확하게 짚었어. 맞아, 그 부분이 〈모텔 파라다이스〉의 가장 큰 약점이야."

자신의 생각과 고민석 교수의 생각이 같다니 살짝 감동이 몰려왔다.

고민석 교수도 시나리오를 꽤 잘 쓴다고 알고 있다. ≪세월≫도 영화화될 뻔하지 않았던가.

"그럼 왜 감독님한테 그런 점을 말씀하지 않으셨어요?"

만약 그랬다면 지금의 시나리오가 수정이 됐을 테니까.

고민석 교수가 한숨을 내쉬며 말했다.

"그러게 말이다. 내가 조금만 일찍 알았으면 어떻게든 수정을 하라고 했을 텐데, 내가 일이 바빠서 시나리오를 좀 늦게 읽었거든. 문제점을 알았을 때는 이미 촬영이 들어갔더라고. 그땐 내가 얘기한다고 해서 수정이 될 것 같지도 않았고."

"늦게라도 수정하면 되지 않나요?"

"저예산 영화라서 시간이 너무 촉박하거든. 시나리오를 수정하면 제작 기간이 늘어나고 그럼 예산이 추가로 들어가야 해. 게다가 시나리오는 투자사하고 합의가 된 사항인데 그걸 멋대로 바꾸는 게 쉽지가 않지."

짧은 대화였지만 영화에 대해 모르는 영역도 많고 여러 복잡한 사정들도 있다는 건 처음으로 알았다.

"거기 모텔에서 일어난 사건들 전부 실화인 건 아니?"

"예? 정말요?"

"인터넷에 찾아보면 나와 있어. 13년 전에 한 모텔에서 일가족이 의문의 죽음을 당한 사건이 일어났는데, 그 사건을 모티브로 삼은 거야."

실화라고 하니까 더 오싹한 기분이 들었다. 게다가 일가족이 모두 죽었다고 하니 더더욱.

"지금 촬영을 하고 있는 건물도 실제 사건이 일어났던 그 건물이라고 하던데?"

"예에?"

"저긴가 보다."

고민석 교수의 말에 앞을 보니 색이 바랜 낡은 건물이 시야에 들어왔다.

건물 전면에 '모텔 파라다이스'라는 간판이 위태롭게 걸려 있었다.

건물을 보는 순간 태수는 전율을 느꼈다. 건물의 모습이 시나리오를 읽을 때 머릿속에 떠올랐던 그 모텔의 모습과 너무도 완벽하게 일치했던 것이다.

'세상에, 이럴 수가.'

물론 태수는 이곳에 와 본 적도, 인터넷에서 이런 곳을 본 적도 없다.

게다가 저 건물에서 실제로 일가족의 변사체가 발견이 됐다고 하니 왠지 모르게 오싹한 기분이 들었다.

고민석 교수가 모텔 앞에 차를 세웠다.

모텔 앞마당엔 스태프와 배우 들의 차가 빼곡하게 들어차 있었다.

고민석 교수가 모텔의 전경 사진을 몇 장 찍는 동안 태수는 서늘하게 자신을 휘감는 정체 모를 기운을 느끼며 몸을 움츠렸다.

가만 보니 고민석 교수는 전혀 그런 기운을 느끼지 못하는 모양.

'뭐지? 이 이상한 느낌은?'

고민석 교수가 말했다.

"지금은 실내 촬영 중인가 보네. 들어가 보자."

고민석 교수가 먼저 모텔 안으로 들어갔고 태수가 뒤를 따라 들어갔다.

모텔 내부에 들어서는 순간 태수는 온몸을 찌르는 것 같은 따가운 기운에 저도 모르게 침음을 뱉어 냈다.

"으으으."

뭔지 모르지만 이 건물 안에 좋지 않은 기운이 있다는 걸 알 수가 있었다.

게다가 모텔 내부의 모습도 전혀 낯설지가 않았다. 아니, 낯설지 않은 정도가 아니라 잘 아는 공간인 것처럼 너무도 익숙했다.

시나리오를 읽으면서 머릿속에 떠올랐던 그 모습과 완벽하게 똑같았기 때문이다.

당장 눈을 감고도 어디가 어딘지 찾아갈 수 있을 정도였다.

'여기 뭐가 있는지 한번 확인을 해 볼까? 영혼탐색.'

화르르르륵.

허공이 흔들리며 모텔의 평면도 같은 지도가 나타났다.

만약 영이 있다면 그 지도에 붉은 점이 나타나야 할 텐데 그런 게 보이지 않았다. 대신 정체를 알 수 없는 검은 기운이 곰팡이처럼 곳곳에 배어 있는 게 보였다.

'저게 뭐지?'

그때 반대편에서 소리가 들려왔다.

"형, 어서 와요. 힘들었죠?"

고개를 돌려 보니 고민석 교수와 박흥식 감독이 만나 악수를 나누는 모습이 보였다.

고민석 교수가 태수를 불렀다.

"태수야, 잠깐 이리로 와."

태수가 다가가자 고민석 교수가 박흥식 감독을 소개시켜 줬다.

"인사해. 이쪽은 박흥식 감독."

"안녕하세요, 장태수입니다."

사전에 인터넷으로 감독에 대한 정보를 미리 살펴봤다.

나이는 34세였고 한강대학교 연영과 출신이었다.

이번 작품이 데뷔작이고, 이전에 독립 영화들도 주로 공포 영화를 작업한 감독이었다.

"이번 한국 장르문학 공모대전에서 대상 탄 친구야."

고민석 교수의 소개에 박흥식 감독의 표정이 살짝 변했다.

"와, 정말이요? 대박이네, 드림학교에서 한국 장르문학 공모대전 대상이 나오다니."

"야, 너 지금 우리 학교 무시하냐?"

"에이, 그럴 리가요. 저도 한국 장르문학 공모대전에 몇 번 응모했다가 번번이 미역국 먹었거든요."

"그게 정말이야?"

"예. 쪽팔려서 아무한테도 얘기 안 했어요."

"그래, 잘 생각했어. 넌 소설 쪽 아니고 영화가 맞아."

다음 촬영을 위해 스태프들이 장비를 세팅하는 동안 태수는 고민석 교수, 박홍식 감독과 함께 모텔의 1층 쉼터로 들어가서 잠시 대화를 나눴다.

모텔의 쉼터는 주방 겸 카페처럼 꾸며져 있었는데, 이 공간 역시 태수가 상상 속에서 봤던 공간이었다.

박홍식 감독이 말했다.

"그럼 앞으로 장 작가라고 부르면 되겠네. 근데 허드렛일할 친구 데려온다더니, 작가를 데려오셨어요?"

"너, 미스터리 공포 하고 싶다고 했지? 태수 잘 꼬셔서 ≪비가 오면≫ 각색해서 연출해 봐. 아주 죽인다."

"와, 정말이에요? 형이 그렇게 말할 정도면 진짜 재밌다는 건데. 촬영 끝나면 꼭 읽어 봐야겠네요."

박홍식 감독이 한숨을 내쉬며 말했다.

"그나저나 걱정이에요."

"왜?"

"이상하게 크고 작은 사고가 자꾸 터지네요. 스태프들도 다치고. 그러니까 배우들도 예민해지는 것 같고. 공포 영화 촬영장에 원래 사고가 많긴 하지만, 이번엔 좀 심한 것 같아요."

"저예산인데 그렇게 되면 제작비도 늘어나는 거 아냐?"

"그러니까요. 잘 마무리해야 할 텐데."

박홍식 감독이 태수를 돌아보고 물었다.

"공포 영화는 좋아하는지 모르겠네요?"

"제일 좋아하는 게 공포 영화예요. 그리고 편하게 말 놓으세요. 영화 배우러 온 거니까."

고민석 교수가 거들었다.

"그래, 편하게 막 부려 먹어. 그래야 일을 배우지."

그때 조감독이 쉼터로 들어와서 말했다.

"감독님, 준비됐습니다."

고민석 교수가 일어나며 말했다.

"그럼 난 이만 갈 테니까 촬영 잘하라고."

"왜요? 이따가 저녁에 술 한잔하고 가요."

"술 마시면 오늘 못 가지. 나 내일 강의 있어. 촬영 다 끝나면 그때 한잔하자. 태수는 열심히 배워라."

"그럼요. 감사합니다, 교수님."

고민석 교수가 모텔을 나가자 박홍식 감독이 아쉬운 듯 입맛을 다시더니 태수를 돌아보고 물었다.

"나이가 어떻게 돼?"

"스물넷이에요."

"학교를 늦게 들어간 거야, 아니면 군대를 갔다 온 거야? 민석이 형 얘기 들으니까 1학년 복학이라고 하던데?"

"제가 검정고시 출신이라서 학교를 늦게 들어갔습니다."

"아, 검정고시? 그럼 어떡할까, 배우고 싶은 게 뭐야?"

그렇게 물으니까 딱히 대답할 말이 떠오르지 않았다.

"그냥 연출부에서 허드렛일하면서 눈치껏 배우겠습니다."

박홍식 감독이 고개를 흔들었다.

"허드렛일해 봐야 별로 배울 것도 없어. 그냥 편하게 구경한다 생각하고 내 옆에 붙어 있어. 아마 그게 제일 도움이 될거야."

"제가 감독님 옆에요?"

"장 작가도 어차피 연출 생각하는 거 아닌가?"

아직은 그렇게 구체적으로 생각해 보진 않았다. 하지만막상 박홍식 감독이 그렇게 물어보자 굳이 부정하고 싶진않았다.

"예, 최종적으로는 그렇게 되고 싶은데, 그냥 바람이죠."

"음, 시나리오는 읽어 봤어?"

"어제 고민석 교수님이 읽어 보라고 주셔서 새벽에 읽고왔습니다."

"어제 시나리오 받았으면 제대로 읽지도 못했겠네. 일단이번에 촬영할 씬의 시나리오부터 먼저 읽어 봐. 지금 촬영할 분량은 7씬이니까……."

"모텔 2층에서 영신이가 호빈이 찾아다니는 씬인가요?"

박홍식 감독이 의아해하며 돌아봤다.

"어? 설마 시나리오를 다 외운 거야?"

"그냥 재미있어서 어제 새벽까지 서너 번 정도 읽었더니저절로 머릿속에 남더라고요."

박홍식 감독이 새삼스러운 눈으로 태수를 바라보고는 말했다.

"시나리오를 그 짧은 시간에 세 번이나 반복해서 봤다고? 와, 이 친구 만만치가 않네? 좋았어, 그 정도 열정이면 도전해 볼 만하지."

박홍식 감독의 칭찬에도 태수의 마음은 온통 7씬을 촬영하는 모텔 2층으로 달려가고 있었다.

시나리오를 그저 외우기만 한 게 아니라 배우들의 연기까지 머릿속에 생생하게 살아 있었다.

태수는 얼른 촬영장으로 가서 자신이 머릿속에 떠올렸던 장면과 실제 배우의 연기가 얼마나 일치하는지 확인하고 싶어서 조바심이 날 지경이었다.

모텔 2층에서 촬영을 시작할 7씬은 누나인 영신이 동생 호빈을 찾으려고 모텔 객실을 뒤지고 다니는 장면이다. 그러다가 영신이 210호에서 이상한 기운을 발견한다는 내용.

스태프들이 바닥에 레일을 깔고 그 위에 카메라 감독이 올라타는 달리를 올려놓았다.

달리는 인물의 무빙을 카메라가 일정 속도로 쫓아가며 촬영하기 위한 장비다.

태수는 어젯밤 시나리오를 보며 머릿속에 떠올렸던 7씬의 장면을 상상했다.

영신 역을 맡은 강민지가 201호부터 모텔의 방문을 하나씩 열면서 호빈을 부르는 장면이다. 어스름한 어둠이 드리운 기다란 복도를 울리며 걸어가는 영신의 발소리.

방문을 열 때마다 삐걱거리고 들려오는 효과음.

그리고 마지막 210호의 방문을 열었을 때, 어두컴컴한 방 안에서 검은 기운이 꿈틀거리는 걸 영신이 발견하게 된다.

태수는 이미 영화 한 편을 다 본 거나 다름없기에 현실의 강민지는 어떻게 연기를 할지, 감독은 어떤 앵글과 어떤 호흡으로 연출을 할지 자못 궁금했다.

메이크업을 마친 강민지가 복도에 나타났다.

강민지의 실제 나이는 중학교 3학년이지만 극 중 나이는 중학교 2학년이다.

상상 속에서만 그리던 예쁘장한 얼굴에 다소 차가운 이미지를 가진 강민지를 현실에서 보니 기분이 이상했다.

박홍식 감독은 태수를 촬영장으로 데려가서 주위의 스태프들이 다 들리도록 말했다.

"장 작가는 여기 내 옆에 앉아서 시나리오 체크 좀 해 줘."

원래 감독의 옆자리는 제작사 대표나 주연배우 그리고 스크립터 정도를 제외하고는 아무나 앉을 수가 없는 자리다.

다들 태수가 누군지 궁금해하며 힐끗거리는 시선이 느껴졌다.

감독 앞에는 긴 테이블이 있었는데, 그 위에 카메라와 연결된 모니터가 놓여 있었다. 촬영한 영상을 체크하는 모니터다.

카메라가 켜져 있는지 모니터에 불이 들어와 있었다.

카메라는 2층의 텅 빈 복도를 비추고 있었다.

중간에 몇몇의 스태프들이 바쁘게 오가는 모습이 잡혔고 그 사이에 검은 아지랑이 같은 흐릿한 형체가 보였다. 언뜻 보면 흐릿한 사람의 형체처럼 보였다.

태수가 모니터에서 시선을 떼고 앞을 바라봤다.

모니터에 비친 것과 같은 2층의 복도가 눈앞에 길게 이어져 있었다. 하지만 모니터에서 봤던 이상한 형체는 보이지 않았다.

'모니터에 뭐가 묻은 건가?'

태수가 다시 모니터를 바라보니 방금 전 그 이상한 형체는 보이질 않았다.

'내가 잘못 본 건가?'

모니터를 주시하는 태수를 보고 박홍식 감독이 말했다.

"장 작가, 인사해."

태수가 고개를 들어 보니 눈앞에 수염이 덥수룩한 남자가 서 있었다.

"한상훈 피디야. 한 피디, 인사해. 여긴 내가 아끼는 후배 장태수 작가."

박홍식 감독이 아끼는 후배라고 소개를 해 주니 왠지 마음이 푸근했다.

"영화 현장 공부하고 싶다고 해서 내가 오라고 했어. 저녁에 숙소 좀 부탁해."

"알겠습니다."

영화에서 제작 전반을 관리하는 사람이 피디다. 현장에서 감독 다음으로 큰 권한을 가진 사람이기도 하고.

현장에 있는 스태프들이 대부분 무표정하고 불친절한 편이지만 한상훈 피디는 특히 더 그랬다. 많이 힘든지 얼굴에 피곤이 덕지덕지 붙어 있기도 했고.

"안녕하세요, 장태수라고 합니다. 이번에 영화 현장 좀 배우려고 왔습니다. 뭐든 시켜 주시면 열심히 하겠습니다."

"예, 한상훈입니다. 필요한 거 있으면 얘기해요."

한상훈 피디는 형식적으로 고개만 까딱했고 곧바로 제작부의 호출을 받고는 어딘가로 급히 달려갔다.

태수는 감독 옆에 앉아 있는 스크립터 민자영과 인사를 나눴다.

영신 외에 아빠 역할인 이갑수와 엄마 역할의 소영희 같은 다른 배우들은 휴식을 취하는지 현장에선 모습을 볼 수가 없었다.

카메라와 조명 등이 모두 세팅된 후 강민지와 카메라가 무빙과 동선을 맞추며 몇 차례 리허설을 진행했다.

마침내 강민지가 2층으로 올라오는 계단 중간에 서서 사인을 기다렸다.

박홍식 감독과 스크립터 민자영이 긴 테이블에 앉아서 체크 모니터를 들여다봤다. 모니터에는 2층 계단 중간에서 대기하는 강민지의 모습이 바스트 샷으로 잡혀 있었다.

태수는 그들의 바로 뒷줄 의자에 앉아 모니터를 지켜봤다.

조감독의 우렁찬 외침이 텅 빈 복도를 울렸다.

"슛 들어갑니다!"

"카메라 롤!"

"씬 7-1!"

감독이 체크 모니터로 보이는 강민지를 지켜보며 외쳤다.

"레디…… 액션!"

강민지가 계단을 걸어서 2층으로 올라왔다.

가족들이 모텔로 이사 온 날 누나인 영신이 동생 호빈을 찾는 장면이었다.

강민지가 호빈의 이름을 부르며 201호부터 문을 열기 시작했다.

"야, 이호빈 어딨어? 이호빈!"

모든 스태프들이 숨소리 하나 내지 않고 지켜봤고, 강민지의 발소리와 목소리만 텅 빈 복도를 음산하게 울렸다.

카메라는 레일 위를 미끄러지며 그런 강민지를 팔로우했다.

일단 전체 씬을 끊지 않고 롱 테이크로 먼저 촬영을 하는 마스터 샷을 찍는 모양.

마스터 샷은 해당 씬의 전체 장면을 한 번에 촬영하는 샷을 말한다.

마스터 샷을 찍은 다음엔 앵글과 각도를 달리해서 커버리지 샷을 따로 찍는다.

감독에 따라서는 아예 마스터 샷을 찍지 않고 커버리지 샷으로 바로 들어가는 감독들도 많다.

촬영을 하는 동안 호빈을 부르는 강민지의 목소리가 복도를 울렸다.

"이호빈, 너 자꾸 장난칠래? 어딨어?"

강민지의 목소리를 제외하면 숨소리조차 들리지 않는 현장.

끼이이이익.

아까부터 자꾸 태수의 귀에 들려오는 소음이다.

마치 손톱으로 문을 긁는 것 같은 기분 나쁘고 꺼림칙한 소리.

처음엔 혹시 스태프들이 일부러 효과음을 내는 것인가 생각했지만 그건 아닌 것 같았다.

더 이상한 점은 다른 스태프들은 그 소리를 듣지 못하는 것처럼 보인다는 것.

소리는 2층 맨 끝 방인 210호에서 들려오고 있었다.

210호는 이제 곧 강민지가 방문을 열면 그 안에서 이상한 기운을 보고 놀라는 장면을 찍을 방이다.

태수가 상상 속에서 본 장면에선 강민지가 210호의 방문을 열고 놀라며 뒤로 엉덩방아를 찧은 후 반대편 벽까지 물러났다.

거기에 후반 작업에서 효과음을 더한다면 도입부의 공포치고는 꽤 괜찮을 것 같았다.

태수가 숨을 죽이고 지켜보는데, 강민지가 마침내 210호의 방문 앞에 섰다.

강민지가 방문 손잡이를 잡으며 대사를 했다.

"호빈이 너 여기있어?"

그러자 방문 안에서 손톱으로 방문을 긁는 것 같은 바로 그 소음이 다시 들려왔다.

끼이이이익.

'어떡하지? 촬영을 못 하게 막을 수도 없고.'

만약 달려 나가서 촬영을 막았다가 아무런 일도 일어나지 않는다면 상황이 난처해질 수 있었다. 그렇잖아도 다들 피곤하고 예민한 상황인데.

일단은 별일이 없길 바라며 지켜보는 수밖에.

강민지가 천천히 210호의 방문을 열었다.

-하아아아아.

이상한 숨소리와 함께 방 안에서 정체를 알 수 없는 검은 기운이 밀려 나왔다. 마치 아지랑이처럼 꿈틀거리는 기운이 강민지를 휘감았다.

'저게 뭐지?'

태수가 마음으로 주문을 읊조렸다.

'영혼탐색.'

화르르르륵.

허공이 흔들리며 모텔 2층의 공간을 보여 주는 지도가 나타났다.

210호 안에 검은 곰팡이 같은 기운이 뭉쳐 있는 게 보였다.

'영은 아닌 것 같은데?'

강민지는 뒷걸음질을 치며 시나리오에 적힌 대로 놀라는 연기를 무사히 마쳤다.

"컷!"

근데 감독의 컷 소리에도 강민지가 잠시 멍하니 서서 210호의 어둠을 응시했다. 마치 그 안에 강민지만 볼 수 있는 뭔가가 있는 것처럼.

조감독이 다가가서 말했다.

"민지야, 컷이야."

그제야 강민지가 조감독을 돌아보며 묘한 표정으로 웃었다.

강민지가 박홍식 감독 옆으로 와서 자신이 연기한 부분을 모니터로 체크했다.

그사이 태수는 210호로 걸어가서 안을 기웃거렸다. 짙은 어둠이 자리하고 있는 210호. 육안으로는 딱히 별다른 이상을 발견할 수가 없었다.

영혼탐색으로도 뭔지 정체를 알 수가 없고.

'일단 좀 더 지켜보자.'

태수는 산만하게 흩어졌던 마음을 영화 촬영에 좀 더 집중
했다. 이렇게 감독의 바로 옆에서 모든 지시 사항을 듣고 진
행 상황을 볼 수 있는 게 어디 흔한 기회인가.

모니터를 보며 강민지의 연기를 체크하던 박홍식 감독이
고개를 갸웃하며 중얼거렸다.

"민지야, 여기 이 부분에서 뭔가 임팩트가 부족한 것 같
아."

"부족하다고요? 그럼 어떻게 해요?"

"음, 210호 앞에서 놀라는 액션을 좀 크게 해 볼래?"

"네, 그럴게요."

박홍식 감독은 일단 강민지에게 좀 더 과감한 연기를 요구
했다. 마스터 샷은 그대로 두고 210호 앞에서의 커버리지 샷
만 따로 찍도록 했다.

강민지가 다시 210호 앞에 섰고 카메라가 돌아갔다.

태수는 감독이 보는 체크 모니터를 함께 보며 강민지의 연
기에 집중했다.

환상 속에서 봤던 강민지의 연기와 현실의 강민지 연기는
확실히 차이가 있었다.

적어도 태수가 보기엔 환상 속 강민지의 연기가 훨씬 좋았
다.

박흥식 감독이 고개를 갸웃하며 중얼거렸다.

"뭔가 좀 부족해."

박흥식 감독은 강민지의 연기가 마음에 들지 않는지 계속해서 테이크를 반복했다.

210호의 뭔가를 보고 놀라는 연기.

"레디…… 액션!"

강민지는 놀라서 뒤로 물러서기도 하고 그 자리에 주저앉기도 하면서 놀라는 연기를 반복했다.

박흥식 감독이 강민지에게 소리쳤다.

"민지야! 이번엔 짧게 비명을 질러 봐."

박흥식 감독의 주문에 민지가 '악!' 하고 비명을 지르며 뒷걸음질 쳤다.

"약해."

박흥식 감독이 고개를 갸웃하더니 다시 NG를 냈다.

태수가 보기에도 지금 강민지의 연기는 확실히 임팩트가 약했다.

파라다이스 모텔로 들어온 가족들에게 처음으로 원혼이 모습을 드러내는 장면이기에 강한 충격이 필요했던 것이다.

계속 NG를 내고 새로운 주문을 하는 걸 들어 보면 박흥식 감독도 태수와 생각이 비슷한 것 같았다. 오히려 지금의 연기보다 상상 속에서 봤던 강민지의 연기가 훨씬 임팩트 있고 인상적이었다.

그렇다고 감독한테 함부로 배우의 연기에 대해 얘기를 할 수는 없었다. 촬영장에서 감독의 관한에 관련된 부분을 얘기하는 건 금기나 마찬가지였다.

마침내 여덟 번째 테이크를 촬영한 후 박흥식 감독이 한숨과 함께 말했다.

"잠깐 쉬었다 갑시다."

촬영한 영상들을 모니터로 돌려 보던 박흥식 감독이 한숨을 내쉬자 옆에서 지켜보던 카메라 감독 송인수가 말했다.

"제가 보기엔 괜찮은 것 같은데요."

"그래요?"

태수는 저도 모르게 고개를 흔들었다.

지금 강민지의 연기가 괜찮게 보인다면 그건 작품 전체를 보지 못하기 때문이다.

작품 전체에서 저 장면이 차지하는 영향을 생각한다면 왜 부족한 연기인지 깨달을 수 있을 텐데.

박흥식 감독은 그런 부분까지 보고 있는 것이고.

확실히 연출하는 감독과 카메라 감독은 처음부터 작품을 대하는 자세부터가 다른 것 같았다.

카메라 감독은 당장의 장면만 보지만 감독은 항상 작품 전체를 생각해야만 하니까.

갑자기 박흥식 감독이 태수를 돌아보고 물었다.

"장 작가가 보기엔 어때?"

"예?"

"강민지 연기가 어떤 것 같아? 솔직하게 말해 봐."

별것 아닌 질문인데 분위기가 묘하게 변했다.

카메라 감독인 송인수가 괜찮다고 의견을 냈는데 감독은 그런 송인수 감독의 얘기를 무시하고 누군지도 모르는 태수에게 의견을 물은 것이다.

감독이 연출과 관련해서 스태프가 아닌 다른 누군가에게 의견을 묻는 경우는 매우 드문 상황.

태수가 정색을 하고 진지한 말투로 말했다.

"솔직히 제가 보기에도 임팩트가 좀 약한 것 같습니다. 그 장면은 원혼이 영신의 가족뿐만 아니라 관객에게도 처음 선을 보이는 장면이잖아요. 이 영화의 장르가 공포니까 대충 넘어가서는 안 될 것 같아요."

이전에 카메라 감독이 말했을 때와는 달리 박홍식 감독은 태수의 의견에 동의한다는 듯 크게 고개를 끄덕였다. 그러면서 자신의 답답한 마음을 드러냈다.

"그렇지. 근데 문제는 그 느낌을 살리는 게 쉽지가 않다는 거야."

태수는 강민지의 연기를 보면서 내내 품고 있던 자신의 생각을 털어놓았다. 바로 상상 속에서 봤던 강민지의 연기였다.

"이렇게 하면 어떨까요?"

"아이디어가 있어?"

태수가 상상 속에서 강민지가 하던 연기를 떠올리며 말했다.

"강민지가 그냥 제자리에서 주저앉을 게 아니라 주저앉으면서 뒤로 계속 물러나는 거죠. 반대편 복도 벽면에 닿은 후에도 계속 발을 버둥거리는 식으로."

어린 나이임에도 전율이 느껴지던 상상 속 강민지의 연기. 그대로만 실행된다면 충분히 임팩트가 있을 것 같았다.

다만 자신의 설명이 제대로 전달이 됐을지 걱정이 됐다. 그 느낌을 제대로 모르면 별로라고 생각할 수도 있으니까.

"주저앉은 채로 계속 뒤로 물러난다……."

박흥식 감독이 장면을 계속 생각하다가 말했다.

"미안하지만 장 작가가 직접 시범을 보여 줄 수 있을까?"

"예? 제가요?"

"괜찮은 것 같긴 한데, 좀 더 정확한 느낌을 알고 싶어서 말이야."

카메라 감독은 물론 스크립터 민자영까지도 흥미로운 표정으로 태수를 돌아봤다.

예상치 못한 박흥식 감독의 제안에 머리가 하얘졌다. 수많은 스태프들이 보는 앞에서 어색한 연기를 하려니까 엄두가 나지 않았던 것이다.

태수가 머리를 긁적이며 말했다.

"저 자신 없는데."

박흥식 감독이 재차 말했다.

"연기를 하라는 게 아냐. 그냥 동작을 정확하게 보고 싶어서 그래. 나중에 연출 하고 싶다며? 그럼 연기도 할 줄 알아야 해."

그 말은 맞다. 배우들의 연기가 마음에 들지 않으면 직접 나서서 연기를 지도하는 감독들도 많으니까.

수많은 스태프들의 시선이 일제히 태수를 향했다. 몇몇은 태수가 누군지 몰라 수군거리는 스태프들도 있었다.

"어…… 그럼 그냥 대충 동작만 보여 드릴게요."

어쩔 수 없이 태수가 210호 앞에 섰다.

감독과 스태프들은 물론 강민지까지 흥미로운 얼굴로 태수를 주시했다. 그리고 스태프들 사이에 익숙한 얼굴의 두 사람이 보였다.

'헐, 이갑수 씨와 소영희 씨잖아.'

촬영장에서 모습이 보이지 않던 아빠 역할의 중견 배우 이갑수와 엄마 역할의 소영희가 흥미로운 표정으로 태수를 바라보고 있었다.

대한민국에서 둘째가라면 서러울 정도로 연기를 잘하는 유명 배우 두 사람이 오히려 자신을 지켜보고 있다는 생각을 하자 몸이 굳고 머리가 어질했다.

아무리 연기를 보여 주는 건 아니라지만 단순히 동작만 보여 주면 한계가 있다. 나름 놀라는 표정도 하고 손을 허우적 거리는 액션도 해야만 한다.

그래야만 감독한테 좀 더 정확한 느낌을 전달할 수 있으니까.

'에라, 모르겠다. 지난번 오디션 연습할 때처럼 하자.'

박홍식 감독이 송인수 카메라 감독에게 말했다.

"감독님, 카메라 좀 녹화해 주세요."

"예, 알겠습니다."

송인수 카메라 감독이 카메라의 녹화 버튼을 누르며 말했다.

"카메라 롤."

'헉, 미치겠네. 녹화까지 해서 돌려 보려는 건가?'

이왕 이렇게 된 거 쪽팔리든 말든 상상 속에서 봤던 강민지 연기를 최대한 정확하게 전달하는 게 중요하다는 생각이 들었다.

태수는 210호 방문을 닫았다가 손잡이를 잡고 문을 여는 장면부터 연기를 했다.

문이 열리고 컴컴한 어둠 속에 악귀가 있다는 상상을 하면서 상상 속 강민지의 연기를 했다.

"으으으."

태수가 뒤로 주저앉은 후 계속 뒤로 물러났다. 반대편 벽에 등이 닿은 후에도 보이지 않는 악귀의 기운이 눈앞으로 달려드는 것처럼 계속해서 발을 버둥거렸다.

동공을 최대한 크게 하고 입은 반쯤 벌린 채 신음 소리를 내는 연기였다.

"으으으."

지켜보던 박홍식 감독이 웃으며 컷을 외쳤다. 이갑수와 소영희도 흐릿하게 미소를 머금은 얼굴이었다. 그 미소가 어떤 의미인지는 알 길이 없었다.

박홍식 감독은 카메라를 돌려서 태수의 연기를 다시 한번 보고는 고개를 끄덕였다.

민지가 했던 연기와 지금 태수의 연기는 둘 다 똑같이 210호에서 뭔가를 발견하고 놀라는 장면이다.

근데 둘 사이에 미묘한 차이가 있었다.

민지의 놀라는 연기는 그야말로 깜짝 공포로 감정이 끊어지지만 태수의 연기는 감정이 끊어지지 않았다.

다시 말해 민지의 연기는 악귀가 210호 안에만 머물러 있는 느낌이었다.

반면 뒤로 주저앉아 반대편 벽까지 물러나는 태수의 연기는 210호의 악귀가 방 밖으로 나와 계속해서 다가오는 느낌을 줬다.

공포의 강도 면에서 후자가 강한 건 당연했다.

마침내 박홍식 감독이 자리에서 일어나더니 말했다.

"민지야, 이쪽으로 와 봐. 장 작가도."

태수와 강민지가 박홍식 감독 자리로 와서 함께 모니터를 바라봤다. 모니터에 자신의 모습이 나오자 태수는 어색해서 어찌할 바를 몰랐다.

　그나마 다행인 건 상상 속 강민지의 연기를 비교적 잘 표현했다는 점이다.

　박홍식 감독이 연기하는 태수를 가리키며 말했다.

　"민지야, 봐 봐. 이 연기는 210호 안에 있던 악귀가 밖으로 나와서 계속 다가오는 느낌이 들지?"

　박홍식 감독의 설명에 태수도 새삼 고개를 끄덕였다.

　자신은 상상 속 강민지의 연기만 생각했는데 감독은 거기서 한 걸음 더 나아갔다.

　"그러니까 210호에서 악귀가 밖으로 나와 앞으로 계속 다가온다는 느낌으로 시선을 살짝 위쪽으로 주면, CG로 악귀의 형체를 보여 줄 수도 있겠지? 할 수 있겠어?"

　강민지도 이전과 달리 확신에 찬 표정으로 대답했다.

　"네, 어떤 느낌인지 알겠어요."

　박홍식 감독이 비로소 웃으면서 태수를 향해 엄지를 추켜세웠다.

　이윽고 촬영이 재개됐다.

　결국 테이크를 아홉 번이나 간 후에 7씬의 촬영이 끝났다. 마지막에 강민지가 한 연기는 태수의 상상 속 강민지가 했던 연기와 완벽하게 일치했다.

카메라 감독이 뒤늦게 변명처럼 박흥식 감독한테 말했다.

"이번 연기가 훨씬 낫네요."

다른 스태프들도 만족스러운 듯 모처럼 표정들이 밝았다.

하지만 태수는 강민지의 연기를 보고 살짝 혼란스러웠다. 자신이 신기로 미래를 본 건지 그게 아니라 자신이 미래를 바꾼 건지 헷갈렸던 것이다.

저녁 식사 시간.

산중이라 어둠이 빠르게 내려앉았다.

이런 외진 산속에서 이렇게 많은 스태프와 배우 들이 저녁을 어떻게 해결할까 궁금했는데, 생각지도 못한 해결책이 있었다.

바로 밥차였다.

'서울밥차'라고 적힌 트럭 앞에 스태프와 배우 들이 식판을 들고 길게 줄을 늘어섰다.

밥차에는 예닐곱 개의 드럼통에 밥과 반찬 들이 가득 담겨 있었다.

마음 좋게 생긴 밥차 부부가 김이 모락모락 나는 따뜻한 밥과 반찬을 스태프들의 식판 위에 듬뿍 담아 줬다.

예전에 텔레비전에서 이색 직업을 소개하는 프로그램이 있었다.

그때 영화 촬영 현장을 돌아다니며 밥차를 운영하는 부부가 출연한 적이 있었다. 바로 지금 스태프들에게 밥을 나눠 주고 있는 서울밥차 부부였다.

당시 텔레비전을 볼 때는 그저 신기한 구경거리로만 생각했는데, 자신이 직접 이렇게 스태프와 배우 들 사이에 섞여서 밥차의 밥을 먹게 될 줄은 상상도 하지 못했다.

이곳에선 배우든 스태프든 구별이 없었다.

유명 배우인 이갑수와 소영희도 식판에 밥을 받기 위해 스태프들과 똑같이 줄을 서서 기다렸다.

태수는 박흥식 감독과 같은 테이블에서 밥을 먹었다.

박흥식 감독이 말했다.

"장 작가는 연기에도 소질이 있는 것 같은데? 아까 보고 깜짝 놀랐어."

"에이, 왜 그러세요, 부끄럽게."

"아무튼 오늘 장 작가 덕분에 한 장면 건졌네, 아주 중요한 장면이었는데. 근데 그런 연기 아이디어는 어떻게 생각해 낸 거야?"

"어…… 그냥 갑자기 떠오르던데요?"

"그냥 떠올랐다고? 이야, 부럽네. 난 아무리 생각해도 안 떠오르던데."

"감독님이야 워낙 오랫동안 작품 속에 갇혀 있으셨으니까 오히려 새로운 아이디어가 안 떠오를 수도 있죠."

"그렇긴 해. 앞으로도 좋은 아이디어 있으면 주저 말고 의견을 내줘."

그때 옆에서 중저음의 굵직한 목소리가 들려왔다.

"합석해도 되겠습니까?"

소리가 난 방향을 돌아보던 태수는 숨이 턱 멎는 줄 알았다.

이갑수와 소영희가 나란히 식판을 들고 자신의 뒤에 서 있었던 것이다.

박홍식 감독이 웃으며 말했다.

"아유, 그럼요. 앉으세요."

'세상에나. 내가 이갑수, 소영희 씨와 함께 테이블에서 밥을 먹다니.'

두 사람 모두 태수가 좋아하는 연기파 배우들이었다.

티켓 파워를 가진 톱클래스의 배우는 아니지만 개성이 강한 연기로 항상 관객의 뇌리에 여운을 남기는 배우들이다.

이번 같은 저예산 공포 영화에서는 어차피 톱스타를 캐스팅할 수가 없다. 따라서 이 두 사람 정도면 최적의 캐스팅이라고 할 수 있었다.

4인 테이블이었는데, 이갑수가 박홍식 감독 옆에 앉았고 소영희는 태수의 옆자리로 다가왔다.

'미친, 소영희 씨와 옆에 나란히 앉아서 밥을 먹게 생겼네. 밥이 입으로 들어가는지, 코로 들어가는지 모르겠는걸.'

소영희가 테이블에 식판을 내려놓으며 태수를 보고 인사

했다.

"안녕하세요?"

"아, 예. 아, 안녕하세요."

인사를 하는 그 잠깐 사이에도 이마에 진땀이 송골송골 맺혔다.

소영희는 텔레비전으로 봤을 때 예쁘다기보다 연기파 배우라는 인상이 강했는데, 바로 코앞에서 직접 보니 미인이라는 말이 절로 나왔다.

주로 스릴러 영화에 많이 출연해서 개성 강한 연기를 하다 보니 오히려 미모가 묻힌 게 아닌가 싶을 정도. 배우 입장에서는 미인 이미지보다 지금의 이미지를 더 마음에 들어 할 수도 있겠지만.

이갑수는 딱 텔레비전에서 보던 그 모습 그대로였다.

게다가 듣기 좋은 중저음의 목소리로 말을 할 때마다 태수는 자신이 현실이 아닌 영화 속에 들어와 있는 착각이 들었다.

이갑수가 밥을 먹다가 말고 태수를 힐끗 쳐다보며 물었다.

"근데 이분은 뭐 하시는 분인가? 배우신가? 아까 보니까 연기도 곧잘 하시던데."

연기파 배우 이갑수에게 연기 잘한다는 소리를 듣다니. 물론 농담인 줄 알면서도 너무 부끄러워 쥐구멍이라도 찾고 싶은 심정이었다.

태수가 입안에 있던 밥을 씹지도 않고 그대로 꿀꺽 삼키고
는 황급히 손을 내저었다.

"아, 아닙니다. 전 그냥 영화 공부하러 온 학생이에요."

"학생?"

이갑수 씨가 반문하자 박홍식 감독이 대신 설명했다.

"저 친구 작가예요. 이름이 장태수라고."

이갑수 씨가 호기심을 드러내며 물었다.

"그럼 시나리오 쓰시는 분이신가?"

태수가 소설가라고 말을 하려는데, 박홍식 감독이 먼저 끼
어들었다.

"아뇨, 소설가예요. 한국 장르문학 공모대전이라고, 우리
나라에서 장르 문학으로는 가장 큰 공모전이 있거든요."

뜻밖에도 소영희가 아는 체를 했다.

"어? 저 그 공모전 알아요. 제가 요즘 김홍준 작가님의 ≪
천국의 하루≫라는 소설 읽고 있는데, 그 작품도 그 공모전
대상 받은 책인 것 같던데."

그렇다고 대답을 하려다가 그냥 가만히 있었더니, 소영희
가 태수의 얼굴을 똑바로 바라보며 말했다.

"그 공모전 맞죠?"

불과 1미터도 떨어지지 않은 거리에서 소영희가 태수를 똑
바로 바라보며 대답을 기다리고 있었다.

'이게 진짜 현실인가?'

태수가 살짝 떨리는 목소리로 대답했다.

"예, 맞아요. 천국의 하루는 재작년 대상작이에요."

김홍준 작가의 ≪천국의 하루≫는 재작년 공모전 대상 수상작으로, 2년이 지난 현재까지도 베스트셀러 목록에 당당히 자리하고 있는 작품이다.

소영희가 장르 소설을 좋아할 줄이야.

하긴, 소영희는 대한민국 여배우 중에서 스릴러 영화에 가장 많이 출연한 배우 중 한 명이다.

김홍준 작가의 ≪천국의 하루≫는 미스터리 스릴러 소설로 태수도 대단히 재미있게 읽은 작품이다.

이제 보니 소영희가 왜 스릴러 영화에 자주 출연하는지 알 것 같았다.

'혹시 ≪비가 오면≫이 출간되면 그 책도 소영희 씨가 사서 읽어 볼까?'

태수가 그런 상상을 하는 순간 눈앞 공기가 흔들리며 서늘한 기운이 찾아들었다. 시나리오를 읽을 때 신기가 발동하며 느껴지던 바로 그런 기분이었다.

화르르르륵.

주위 다른 시간의 흐름이 느려지면서 흐릿한 영상이 눈앞에 떠올랐다.

그 영상 속에서 소영희가 카페인지 집인지 모를 공간의 소파에 앉아 책을 읽고 있었다.

책은 파란색 바탕에 가운데가 찢어져서 틈이 벌어진 것 같은 그림이 그려진 표지였다.

표지 상단에 붉은색으로 ≪비가 오면≫이라는 책의 제목이 적혀 있었다.

태수가 책의 표지를 더 자세히 보려고 눈에 힘을 주는 순간 몸에서 서늘한 기운이 빠져나갔다. 더불어 느리게 흐르던 현실의 시간이 다시 정상적인 속도로 흐르기 시작했다.

'헉, 방금 그게 뭐였지? 설마 신기가 발동해서 미래를 본 건가? 아니면 환상인가?'

시나리오를 읽으며 환상을 떠올렸을 때와 거의 흡사한 기분.

'그건 곧 미래에 대한 예시라는 얘긴데?'

아무튼 태수는 ≪비가 오면≫의 책 표지를 머릿속에 또렷하게 기억해 뒀다.

평소 한국 장르 소설의 표지가 늘 촌스럽다고 생각했다. 근데 환상 속에서 본 ≪비가 오면≫의 표지는 세련되고 마음에 들었다.

책을 만들게 되면 출판사에 방금 본 표지로 만들어 달라고 얘기를 할 작정이었다.

신기가 사라지고 현실의 시간이 흐르면서 박홍식 감독의 목소리가 들려왔다.

"이번에 쓴 소설 제목이 뭐라고 했지?"

"제 소설요?"

"그래, 대상 탄 작품 말이야."

"≪비가 오면≫요."

"아, 그래. 비가 오면."

박흥식 감독이 이갑수와 소영희를 돌아보고 말했다.

"그 소설을 영화 원작 계약하려고 영화사들이 줄을 섰다고 하더라고요."

순간 태수는 얼굴이 확 달아오르는 것 같았다.

'헐, 그런 게 아닌데.'

태수가 뒤늦게 부인을 하려는데, 박흥식 감독이 그보다 더 빠르게 말했다.

"이 친구 소설뿐만 아니라 시나리오도 잘 쓴다고 하더라고요. 아마 조만간 시나리오 써서 감독 데뷔할지도 몰라요."

'맙소사.'

어떻게 손을 쓸 겨를도 없이 얘기가 감당할 수 없는 방향으로 흘러갔다.

'이걸 어디서부터 어떻게 수습해야 하나?'

그렇다고 전부 진짜가 아니라고 말을 하려니 혹시라도 고민석 교수가 난처할까 봐 입을 다물었다.

박흥식 감독이 전혀 생뚱맞은 얘기를 저렇게 할 리는 없고, 보나 마나 고민석 교수가 그렇게 얘기했을 것 같았다.

아마도 태수에게 좀 더 신경을 써 달라는 의미로 과장되게 소개를 했을 것이다.

그런 교수님을 실없는 사람으로 만들 수는 없었다.

이갑수가 태수를 돌아보고는 감탄하듯 말했다.

"아니, 학생이라면서 젊은 사람이 대단하네요."

소영희도 새삼스러운 눈으로 보면서 관심을 드러냈다.

"어머나, ≪비가 오면≫이라고 했죠? 책 나오면 꼭 사 볼게요. 죄송하지만 아까 성함이 뭐라고 하셨죠?"

"장태수라고 합니다."

"성함을 잘 기억해 놔야겠네."

"두 분 다 말 편하게 놓으세요. 저 이제 스물넷밖에 되지 않았거든요."

태수가 알기로 이갑수는 40대 후반, 소영희는 30대 초반이었다.

스물넷이라는 소리에 이갑수와 소영희 둘 다 많이 놀라는 눈치였다. 본인들이 생각했던 것보다 나이가 더 어렸던 것이다.

소영희가 장난치듯 말했다.

"앞으로 대단한 감독이 되실 분인데, 막 대하면 안 되죠. 나중에 캐스팅 안 해 주면 어떡해?"

태수는 너무 민망해서 무슨 말을 해야 할지 머리가 하얘졌다. 그저 고개를 푹 숙인 채 묵묵히 입안으로 밥을 밀어 넣었다.

박홍식 감독이 그런 태수를 놀리는 게 재밌는지 계속 장난을 쳤다.

　"장 작가, 먹방 찍으면 아주 대박이겠는데. 나중에 먹방 찍을 일 있으면 섭외할 테니까 꼭 출연해 줘야 돼."

　밥을 먹던 태수가 캑캑거리자 모두 웃음을 터뜨렸다.

　아무래도 박홍식 감독은 낮에 강민지의 놀라는 장면을 건진 것 때문에 태수가 무척 마음에 드는 모양이었다. 오늘 처음 만났는데 세심하게 챙겨 주는 게 느껴졌고, 말 한마디, 한마디에 애정이 묻어 있었다.

　하지만 태수는 밥을 어떻게 먹었는지도 모를 정도로 정신이 하나도 없었다.

　'감독들이 이런 맛에 영화를 하는구나.'

　이갑수와 소영희가 박홍식 감독과 앞으로 이어질 촬영에 대한 얘기를 나누는 사이 태수는 슬그머니 일어서서 자리를 빠져나왔다.

백귀가 사는 모텔

태수가 자리를 빠져나와 모텔 뒤편을 살피며 거닐 때였다.
목덜미에 차가운 눈송이가 닿은 것 같은 서늘한 감촉이 느껴
졌다.

영혼탐색으로 귀기를 접촉했을 때와 흡사한 느낌.

이전에 영혼탐색을 했을 때는 정체를 알 수 없는 검은 기
운 말고는 감지되는 영이 없었다.

'혹시 이 근처에 영이 있는 건가?'

태수가 정신을 집중해서 다시 주문을 외웠다.

"영혼탐색."

화르르르륵.

눈앞 허공이 흔들리며 태수를 중심으로 내비게이션 같은

지도가 펼쳐졌다.

하지만 이번에도 지도에 붉은 점으로 표시되는 영혼이나 악귀는 나타나질 않았다.

그때 노인의 목소리가 들려왔다.

ㅡ영혼탐색으로는 이곳의 악귀를 찾을 수가 없네.

'예? 왜요?'

ㅡ영혼탐색으로 찾을 수 있는 영혼은 주로 보상으로 한을 풀어 주기를 기다리는 영혼들이 대부분이야.

'그럼 악귀는 어떻게 찾나요?'

ㅡ악귀들은 주로 귀기의 형태로 존재하기 때문에 귀기를 탐색해야 해.

태수가 정신을 집중해서 다시 주문을 외웠다.

'귀기탐색.'

화르르르륵.

눈앞의 허공이 다시 흔들리며 지도가 펼쳐졌다.

지도를 따라서 주변을 둘러보던 태수의 입에서 침음이 흘러나왔다.

'엇? 저것들이 다 뭐지?'

파라다이스 모텔 위쪽의 어두컴컴한 하늘에 먹구름처럼 꿈틀거리고 있는 이상한 기운들이 보였던 것이다.

수십 갈래의 수상한 기운들이 살아 있는 듯 꿈틀거리며 서로 엉기기도 하고 흩어지기도 하며 모텔 위쪽에서 맴돌고 있었다.

기운의 크기가 지금껏 보지 못했던 무시무시한 규모인 데다 지난 두 번의 퇴마를 통해 만났던 기운들하고도 비교가되지 않았다.

고개를 들고 기운들을 올려다보던 태수가 갑자기 몸을 부르르 떨더니 침음을 흘리며 괴로워하기 시작했다.

"으으으."

영혼탐색이나 귀기탐색의 단점은 영능력을 사용하는 순간 귀기가 작동하기 때문에 영적인 존재들을 자극한다는 점이다.

모텔 하늘을 떠돌던 기운들이 귀기탐색에 자극을 받아 일제히 울부짖기 시작했다.

태수가 다급하게 양손으로 귀를 틀어막으며 몸을 웅크렸지만, 그 끔찍한 소리들을 모두 막을 수는 없었다.

"아아아…… 귀가 아파…… 저 고통스러운 비명 소리들…… 수많은 영혼이 동시에 내지르는 저 공포와 분노의 울부짖음들…….."

고막에 엄청난 압력이 가해지며 수많은 원혼의 귀곡성이덮쳐 왔다.

귀곡성은 인간에게 공포를 불러일으킨다는 초저주파로 구성된 소리다.

덕분에 태수는 이전에 느껴 보지 못한 두려움에 몸을 떨어야만 했다.

"으으으…… 귀곡성들이 너무 끔찍해요…… 더 이상 못 견디겠어요."

백귀의 원혼들이 뿜어내는 분노와 증오의 감정, 슬픔과 회한의 감정들이 태수의 내면을 파고들어 온몸을 찌르고 할퀴는 것 같았다.

－정신을 똑바로 차리고 지금부터 내가 하는 얘기에만 집중을 하게. 저건 백귀(百鬼)의 귀기가 뭉쳐 있는 기운들일세. 말하자면 수많은 원혼이 하나의 귀기로 뭉쳐 있는 형상이란 말이야. 그러니 그 귀기의 힘이 이전에 자네가 겪었던 것들하고는 비교가 되지 않아. 그러니 마음의 준비를 단단히 해야 하네.

"으으으……."

태수는 노인의 말에 대답조차 할 수가 없었다. 귀곡성이 심장을 움켜쥐고 쥐어짜는 것처럼 가슴으로 엄청난 통증이 몰려들고 있었다.

"수많은 원혼이 쏟아 내는 아우성과 울부짖는 소리들이…… 가슴을 후벼 파는 것만 같아요…… 저 비명들을 듣고 있으려니까 미쳐 버릴 것만 같아요."

예전에 영화에서 지옥에 빠진 영혼들이 고통에 울부짖는 장면을 본 적이 있다. 지금 들리는 영혼들의 울부짖음이 바로 그 지옥에서 들려오는 울부짖음 같았다.

－그럴수록 정신을 차리고 버텨야만 하네. 수많은 영혼의 원

한과 고통, 분노를 지금 자네가 한꺼번에 받아들이느라 그토록 힘든 것이야. 지금부터 모든 의식을 자네 안에 있는 내 존재에 집중하도록 하게.

노인의 말에 따라 태수는 자신의 내면 깊숙한 곳에 자리잡은 노인의 존재를 찾기 위해 의식을 집중시켰다.

"으으으으."

잠시 후 머릿속에 노인의 형상이 흐릿하게 떠올랐다.

노인의 형상이 태수를 향해 팔을 뻗자 따스하면서도 신비로운 기운이 전해지는 느낌이 들었고, 그나마 고통이 조금은 줄어들었다.

화르르르륵.

현기증과 함께 노인의 존재가 더욱 가깝고 강하게 느껴졌다.

—지금부터 자네와 나는 한 몸으로 생각하고 움직여야 하네. 내 생각과 의지가 곧 자네의 것이 되어야만 해. 그러니 모든 정신을 오로지 내게만 집중하도록 하게.

'알았어요.'

태수는 머릿속에 떠오른 노인의 형상에 몰입했다.

그러자 노인이 무슨 생각을 하고 지금부터 뭘 하려고 하는지 자신도 알 것 같았다.

노인은 지금 백귀들의 귀기에서 벗어나기 위해 결계를 쳐야만 한다고 생각하고 있었다.

태수는 노인의 생각과 의지를 받아들여서 결계를 치기 위한 수인을 맺었다.

사용할 술법은 밀교의 대표적 결계법 중 하나인 '피갑호신삼매야인'.

태수는 가부좌를 틀고 피갑호신삼매야인의 수인을 맺은 후 이마, 우측 어깨, 좌측 어깨, 심장, 목의 순서로 인(印)을 누른 후 노인과 함께 진언을 읊기 시작했다.

-암 파즈라얼 파아라쉽타야 스와하.

"암 파즈라얼 파아라쉽타야 스와하."

신기하게도 태수의 몸속에서 의식만 존재하는 노인의 목소리가 태수의 소리와 겹쳐졌다.

둘이 함께 읊는 진언의 소리가 하나로 어우러져 태수의 입 밖으로 흘러나왔다.

기묘한 어감을 가진 진언이 파동을 일으키며 공기 중으로 스며들었다.

공기가 흔들리며 결계의 기운이 만들어지기 시작했다.

-암 파즈라얼 파아라쉽타야 스와하.

"암 파즈라얼 파아라쉽타야 스와하."

반복적으로 진언을 읊자 태수의 몸을 감싸며 얇은 막 같은 결계가 쳐지기 시작했다.

결계가 태수를 완전히 감싸자 비로소 비명 소리가 멀어지고 마음의 고통도 빠르게 사라졌다.

"후우."

마침내 태수가 침음과 함께 안도의 한숨을 내쉬었다.

지금까지 살면서 이번처럼 무섭고 몸이 아팠던 적은 없었다. 처음 두 번의 퇴마행이 생각보다 쉬워서 퇴마를 너무 가볍게 생각했다는 자책이 일었다.

―이제 정신이 좀 드나?

노인의 물음에 태수는 대답할 기력조차 없어 고개만 끄덕였다.

다시 생각해도 너무나 끔찍한 순간이었다.

'어떻게 저토록 많은 영혼들이 떼를 지어 몰려다닐 수가 있는 걸까요?'

노인이 말했다.

―저런 현상을 백귀야행(百鬼夜行)이라고 부른다네.

'백귀야행요?'

태수가 저도 모르게 목소리를 높였다.

소설이나 만화 등에서 이따금 백귀야행이라는 말을 들어본 적이 있었다.

―백귀야행 현상이 보인다는 건 이곳에서 우리가 생각하는 것보다 훨씬 많은 사람들이 죽임을 당했다는 소리야. 즉 이곳 모텔에서 일가족과 투숙객 몇몇이 죽은 정도가 아닌, 과거에 그보다 훨씬 엄청난 사건이 있었다는 방증일세.

'그게 말이 되나요? 저렇게 엄청난 영혼의 숫자와 같은 숫

자의 사람이 죽었다면, 정말 많은 사람들이 죽었다는 얘긴데 그걸 모른다는 게 말이 되나요?'

 -나도 아직은 뭐라 장담하기가 어렵네. 그래서 이곳에서 무슨 일이 있었는지 알아봐야만 해. 저렇게 백귀들이 몰려다니는 걸 보면 저들이 한날한시에 같은 장소, 같은 원인에 의해 죽었을 가능성이 높아.

 노인의 말이 사실이라면 놀라운 일이 아닐 수가 없었다.

 요즘 같은 세상에 이곳에서 대량 학살이라도 일어났다는 말인가?

 -이 정도 규모의 백귀들이 무리를 지어 다니는 경우는 나도 오랜만에 본다네. 예전에 내가 퇴마행을 다닐 때 강원도의 한 산골에서 백귀를 만난 적이 있네. 나중에 알고 보니 그들은 6.25 때 인민군에 의해 집단으로 죽임을 당해 암매장당한 마을 주민들이었어.

 듣는 것만으로도 머리카락이 쭈뼛쭈뼛 서고 소름이 돋았다.

 -지금 저 모텔 위를 떠돌고 있는 백귀들의 규모도 그때의 백귀들에 못지않아. 저들이 한을 품었든 저주에 걸렸든 원인을 찾아서 천도를 해 주지 않으면, 정말 끔찍한 일이 벌어질 수가 있어.

 '그럼 지금 즉시 촬영 팀한테 모텔을 떠나라고 얘기를 해 줘야 하는 거 아닌가요?'

―그들이 떠나라고 한다고 떠나겠는가? 내가 잘은 몰라도 모텔을 떠나면 영화를 찍지 못하게 될 텐데. 그리고 자네가 아무리 백귀야행이니 뭐니 떠들어도 저들은 들은 체도 하지 않을 걸세.

노인의 말이 맞았다.

지금 모텔을 떠난다는 건 영화를 포기한다는 말과 다름없다.

그렇게 되면 제작비가 모두 허공으로 날아가고 제작사는 엄청난 손해배상책임을 져야 할 것이다.

어렵게 데뷔 준비를 한 박흥식 감독은 언제 다시 이런 기회를 잡을 수 있을지 기약조차 할 수 없을 테고.

그게 아니라고 해도 모텔 하늘 위에 수많은 원혼이 떼를 지어 몰려다니고 있다는 자신의 얘기를 누가 믿어 준단 말인가?

그렇다고 마냥 넋 놓고 있을 수도 없는 일이었다.

'그럼 어떡하죠? 이러다가 무슨 사고라도 나면?'

이번에는 노인도 분명한 대답을 내놓지 못했다.

잠시 후 노인이 무거운 목소리로 말했다.

―실은 자네도 이곳을 떠나는 게 옳아. 이곳을 떠도는 백귀들은 지금 자네의 힘으로는 버거운 존재들이야.

태수가 애써 밝은 목소리로 말했다. 겁이 나긴 했지만 오히려 기회라는 쪽으로 마음을 먹었다.

'좀 위험하긴 해도 이왕이면 더 강한 악귀를 퇴마해서 더

많은 귀기를 모으는 게 남는 장사 아닌가요?'

그런 생각을 하자 잠시도 머뭇거릴 이유가 없었다.

지금은 식사 시간인 데다 다음 촬영까지는 시간이 꽤 남아 있었다.

태수는 앞마당에 모여 있는 스태프들을 지나쳐서 모텔 안으로 들어갔다.

1층을 지나 2층으로 향하는 계단을 올라갔다.

2층에 올라가자 벽에 매달린 등에서 흐릿한 빛이 흘러나오는 긴 복도가 보였다.

어두침침한 복도에는 사람은 없고 촬영 팀의 장비들만 어지럽게 흩어져 있었다.

귀신이 무서운 건 눈에 보이질 않는 데다 어디에서 튀어나올지 모르기 때문이다.

하지만 태수는 영능력을 통해 귀신이 어디에 있는지, 또 모습이 어떻게 생겼는지 곧바로 확인이 가능하다.

태수가 2층 입구에 서서 주문을 외웠다.

'귀기탐색.'

화르르르륵.

허공에 지도가 나타났다. 파라다이스 모텔 2층이 평면도처럼 지도에 나타났다.

지도상의 2층에 붉은 점 두 개가 보였다.

귀기탐색을 했을 때 나타나는 점의 크기를 보면 상대가 어느 정도의 귀기를 가진 존재인지 알 수가 있다.

귀기가 강한 영일수록 악귀일 가능성이 높고 그 힘도 강력하다.

다행인지 불행인지 지도상에 나타난 점의 크기는 그리 크지 않았다.

잡귀의 위치를 보니 하나는 203호, 다른 하나는 205호에 둥지를 틀고 있었다.

귀기탐색으로 자극을 받았는지 203호와 205호에서 두 갈래의 검은 기운이 복도로 밀려 나왔다.

두 갈래의 기운이 바깥을 탐색하듯 이리저리 허공을 휘젓고 다녔다.

비록 낮에 촬영할 때는 사람들을 해코지하지 않았지만, 이들은 언제든 사고를 칠 위험이 있으니 제령을 해 주는 게 맞다.

사고를 방지하는 차원도 있고 귀기를 확보하기 위해서라도.

태수가 주변을 두리번거렸다.

'맨손으로 싸우는 건 좀 그렇고, 영력을 실을 수 있는 무기 같은 게 있으면 좋겠는데.'

그때 복도에 놔둔 촬영 팀의 박스 중에서 태수의 몸통만 한 알루미늄 박스 하나가 허공으로 둥실 떠올랐다.

"헉, 잡귀들이 염동력을 사용한다고? 그럼 귀기가 약하지 않다는 소린데?"

더불어 허공에 떠 있는 저 박스에 중요한 장비가 들어 있으면 어쩌나 하는 걱정이 들었다.

"저거 깨지면 골치 아픈데."

만에 하나 중요 장비가 든 박스가 깨지면 그 원망이 모두 자신에게 쏟아질 게 뻔했다. 그렇잖아도 사건 사고로 예민한데 자칫 촬영이 더 지연될 수도 있고.

그렇다고 악귀가 그랬다고 변명을 하면 미친놈 취급을 받을 게 뻔하다.

태수가 허공을 보며 다급하게 소리쳤다.

"야! 그거 내려…….'

태수의 말이 미처 끝나기도 전에 몸통만 한 알루미늄 박스가 허공을 가르며 날아왔다.

휘이이익!

얼마나 빠른 속도로 날아오는지 그대로 맞았다간 크게 다칠 정도의 위력.

기공력을 불어 넣은 손으로 날아오는 박스를 움켜잡았다. 손목에 반동이 느껴지며 박스를 붙잡은 몸이 4-5미터 뒤로 쭈욱 밀려 났다.

"아이 씨!"

손목이 얼얼하다 싶어서 흔드는데, 이번에는 또 다른 악귀가 조명 감독의 접이식 의자를 허공으로 띄웠다.

여기서 이렇게 싸우다간 촬영 장비가 남아나지 않을 판.

"야! 니들 둘 다 따라와!"

태수가 어쩔 수 없이 바로 옆에 있는 201호의 방문을 열고 안으로 뛰어 들어갔다. 그런 태수의 등 뒤로 의자가 날아와 벽에 부딪치는 소리가 났다.

'우씨, 부서졌으면 안 되는데.'

201호로 들어간 태수가 창문을 열자 모텔 뒤편으로 통하는 숲이 보였다.

─키악!

등 뒤에서 악귀의 서늘한 기운이 달려드는 순간, 창밖으로 몸을 날렸다.

마치 다른 사람이 육신을 조종하는 것처럼 허공에서 저절로 몸의 중심이 잡히며 바닥에 착지했다.

높은 곳에서 떨어졌는데 발에 충격이 느껴지지 않았다.

태수는 최대한 모텔에서 멀어지기 위해 숲 안쪽으로 달려간 후에 돌아섰다.

두 갈래의 기운들이 순식간에 태수를 에워싸며 빙빙 돌았다.

처음 생각했던 것보다 귀기가 강해서 경계심을 높여야만 했다.

주위를 돌던 두 줄기의 귀기 중에서 한 줄기가 먼저 태수를 향해 달려들었다.

-키악!

강력한 귀기가 공기를 밀어 내며 덮쳐 오는 게 느껴졌다.

손바닥에 영력과 기공을 실어 귀기가 달려드는 방향을 향해 후려쳤다.

촤악!

허공을 후려쳤는데 기공이 실린 손바닥의 영력을 맞은 악귀의 기운이 충격으로 응집력을 잃고 허공으로 흩어졌다.

-키악!

태수도 얼얼한 손바닥을 잡고 주물렀다.

허공으로 흩어졌던 악귀가 옆에 있던 나무의 나뭇가지로 스며들었다. 그 나뭇가지가 저절로 뚝 부러지더니 태수를 향해 칼처럼 날아들었다.

쉐액!

태수는 피하면서 바닥에 있던 나뭇가지를 집어 들어 기공과 영력을 밀어 넣었다. 다행히 나뭇가지가 부서지지 않고 기공력을 버텨 냈다.

귀기가 스며든 나뭇가지가 다시 선회해서 총알처럼 날아들었다.

"어딜!"

태수가 날아오는 나뭇가지를 영력을 실은 나뭇가지로 후려쳤다.

퍼억!

－키악!

나뭇가지가 부서지며 파란 불꽃이 튀는 것처럼 파편이 흩어졌다.

파편에서 튀어나온 검은 기운이 비명을 지르며 허공으로 솟구쳐 올랐다.

흩어졌던 기운이 꿈틀거리며 한 점으로 응집하기 시작했다. 이번에는 두 줄기의 귀기가 서로 합심하며 하나로 뭉치고 있었다.

둘이서 함께 달려들 모양.

태수의 눈이 휘둥그레졌다.

"둘이 합치니까 염동력이 훨씬 강력해졌네."

태수보다 무게가 더 나갈 것 같은 커다란 돌덩이가 허공으로 둥실 떠올랐던 것이다.

저런 돌덩이에 맞으면 아무리 기공으로 몸을 보호한다고 해도 어디 한 군데 크게 부러질 듯했다.

쇄액!

악귀들이 무슨 야구공 던지듯이 돌덩이를 집어 던졌다. 급하게 피한다고 피했지만, 워낙 큰 돌덩이라서 어깨를 스치고 말았다.

"으윽, 저것들이 진짜!"

어깨에 뻐근하게 통증이 느껴지는 것도 잠시, 태수 주변의 무수한 돌멩이들이 허공으로 떠오르기 시작했다.

"이런 미친."

차라리 커다란 돌덩이는 피하면 그만이다. 근데 사방에서 떠오른 수십 개의 돌멩이들은 퇴마 경험이 부족하다 보니 어떻게 막아야 할지 난감한 상황.

'이런 건 어떻게 막아야 하는 거야?'

그때 온몸이 화염에 휩싸인 무서운 형상의 부동명왕이 눈 앞에 떠올랐다.

오른손에 항마의 검을, 왼손에는 견삭을 움켜쥔 채 온몸에서 은은한 오오라를 뿜으며 화염에 휩싸여 있는 부동명왕.

부동명왕은 밀교 진언종의 본존인 대일여래의 사자로서 악마를 응징하고 수행자들을 보호하는 불교 오대존명왕의 하나다.

'그래, 부동명왕의 오오라로 막으면 되겠네.'

수십 개의 돌멩이들이 동시에 날아들었다.

휘리리리릭.

태수가 눈앞에 떠오른 부동명왕의 형상에 의식을 집중하며 주문을 외웠다.

"부동명왕의 오오라!"

그러자 부동명왕의 전신에서 오오라가 눈부신 빛을 뿌리며 분수처럼 앞으로 쏟아져 나왔다.

화르르르륵.

오오라가 막을 형성하며 앞에서 날아오는 돌멩이들을 막

아 냈다.

팟팟팟팟팟!

오오라에 부딪친 돌멩이들이 힘을 잃고 바닥으로 후드득 떨어져 내렸다.

악귀들이 귀기를 소진한 듯 움직임이 느려졌다.

노인과 태수의 목소리가 하나로 합쳐져서 일갈했다.

"부동명왕의 이름으로 명하노니 악귀들은 모습을 드러내라!"

허공에 떠 있는 부동명왕에게 정신을 집중하자 입에서 진언이 흘러나왔다.

부동명왕의 항마진언이었다.

"옴 싯디 싯디 수싯디……."

공기가 파동을 일으키며 흔들리기 시작했다. 바닥에 있던 낙엽들이 허공으로 솟구쳐 올랐고 나뭇가지가 세차게 흔들리며 작은 돌풍을 일으켰다.

악귀의 검은 기운들이 항마의 돌풍에 갇혀서 빠져나가질 못했다.

마침내 검은 기운이 뭉실뭉실 뭉쳐지면서 썩은 것 같은 악취와 함께 악귀 두 마리가 형상을 드러냈다.

몸이 절반쯤 썩은 것처럼 시커먼 모습이지만, 건장한 팔뚝에 새겨진 문신 자국은 여전히 선명하게 남아 있었다.

모텔에 투숙한 조폭들이 칼부림을 하다가 서로를 죽였다

는 기사를 본 기억이 났다.

딱 보자마자 이들이 모텔에서 서로 칼부림하다 죽었다는 조폭이란 걸 알 수가 있었다.

하나는 체형이 호리호리하고 머리가 짧은 조폭이었고 다른 하나는 체격이 건장하고 온몸이 문신으로 뒤덮인 조폭이었다.

조폭 악귀 둘이 나란히 서서 태수를 노려보았다. 그들의 눈빛에서 분노와 고통, 공포의 감정들이 차례로 전해졌다.

저들에게 무슨 일이 있었는지 너무도 궁금했다.

의사소통을 위해 태수가 영력을 실어서 목소리를 내보냈다.

영력이 실린 목소리는 방언처럼 보통 사람들이 들으면 전혀 알아들을 수가 없는 소리였다.

"너희들이 모텔에서 서로를 죽였다는 그 조폭들이냐?"

악귀 중에서 머리가 짧은 쪽이 입을 열었다.

―끄으으으…… 우린…… 서로를…… 죽이지…… 않았다.

"그럼 누가 죽였다는 거냐?"

―그건…… 말할 수가…… 없다.

의외로 조폭의 영들이 몸을 떨었고 그들한테서 두려움의 감정이 전해졌다.

대체 저런 흉악한 놈들을 공포로 몰아넣는 존재가 누구란 말인가?

아무래도 무슨 사정이 있는 모양.

태수는 저들에게 무슨 일이 일어났는지 알아내기 위해 앞으로 팔을 뻗었다.

영들은 물건이나 장소가 아닌 귀기에 잔류사념이 남아 있다.

"사이코메트리."

화르르르륵.

오래전에 죽은 악귀라도 생전의 기억이 일부는 남아 있기 마련이다. 특히 죽음의 순간에 겪었던 마지막 기억은 대부분 또렷하게 보존이 된다.

공기가 흔들리며 악귀들의 마지막 기억이 영상으로 허공에 떠올랐다.

파라다이스 모텔 307호의 모습이 눈앞에 펼쳐졌다. 그 안에서 술을 마시고 있는 조폭 두 명의 생전 모습이 보였다.

태수의 의식이 조폭 두 사람의 잔류사념 속으로 빨려 들어갔다.

조폭 둘은 '동두천식구파'라는 조직의 행동대원들이다. 이번에 조직에서 단합 대회를 개최한다고 해서 모텔까지 따라왔다.

둘은 앞으로 조직이 어떻게 흘러갈지에 대한 얘기를 나누며 주거니 받거니 술을 마시는 중이었다.

한창 취기가 올랐을 때 바깥에서 누군가 싸우는 소리와 함께 비명이 들려왔다.

"아, 존나 시끄럽네. 어떤 시발 놈들이 떠들고 지랄이야!"

방문을 벌컥 열고 나간 두 사람은 눈앞에 펼쳐진 광경을 보고 술이 확 깼다.

"우욱."

짧은 머리는 토악질까지 하며 허리를 꺾었다.

조폭 생활을 하면서 끔찍한 광경을 많이 봤지만, 이런 경우는 처음이다.

모텔 복도에 같은 조직원들 다섯 명이 난도질이 되어 널브러져 있었는데, 머리와 팔다리가 힘으로 뜯긴 것처럼 잘린 몸통도 있었다.

그 시체들 사이에 조직의 두목 강태식이 웃통을 벗은 채 중국집에서 사용하는 중식도를 들고 음산하게 서 있었다.

문신투성이인 강태식의 몸과 손은 피투성이였고 그가 들고 있는 중식도에서도 피가 줄줄 흐르고 있었다.

그 피가 누구의 것인지는 굳이 묻지 않아도 알 것 같았다.

더욱 기이한 건 강태식의 동공이 검은색으로 물들어서 도무지 사람 같지가 않다는 것이다.

짧은 머리가 겁먹은 말투로 물었다.

"혀, 형님, 이게 무슨 일입니까? 우리 애들이 왜?"

그러자 강태식의 입에서 음산한 소리가 흘러나왔다.

"크르르르르."

사람의 소리가 아닌 맹수가 으르렁거리는 소리 같았다.

강태식이 기계음 같은 이상한 목소리로 중얼거렸다.

"너희는…… 나의 제물이다…… 죽어야 한다……."

조폭 둘이 낯빛이 변한 채 뒷걸음질을 쳤다.

문신 조폭이 겁먹은 목소리로 말했다.

"혀, 형님, 왜 이러십니까? 저희 모르십니까?"

동공에서 검은 기운이 흘러나오며 강태식이 중얼거렸다.

"너는…… 나의 제물이다…… 죽어야 한다……."

짧은 머리가 소리쳤다.

"형님, 정신 차리십시오! 지금 무슨 소리 하시는 겁니까? 저희들 형님 부하들입니다. 저는 창수고 여기는 기철이고, 형님!"

하지만 강태식에겐 그런 소리가 들리지 않는 듯했다.

강태식의 입에서 다시 짐승의 소리가 흘러나왔다.

"크르르르르."

두 명의 조폭이 침음을 토해 냈다.

이제 강태식은 동공뿐만 아니라 온몸에서 정체를 알 수 없는 검은 기운을 뭉게뭉게 흘려보내고 있었다.

피가 뚝뚝 떨어지는 중식도를 든 강태식이 검은 기운에 휩싸인 채 두 사람을 향해 걸어갔다.

적막한 복도에 피 묻은 강태식의 발소리가 음산하게 울렸다.

철벅…… 철벅…… 철벅.

문신 조폭이 와들와들 떨면서 중얼거렸다.

"미치겠네 진짜. 대체 어떻게 된 거야?"

강태식을 휘감은 검은 기운이 그림자 괴물처럼 바닥에 길게 늘어져서는 꿈틀꿈틀 움직이며 강태식과 함께 두 사람을 향해 기어왔다.

"시발, 저, 저게 뭐야?"

문식 조폭이 소리쳤다.

"아무래도 형님이 제정신이 아닌 것 같아. 일단 방으로 피신하자."

조폭 둘이 307호로 들어가서 문을 닫아걸었다.

둘은 각각 방에 있던 자신들의 칼을 집어 들고 부들부들 몸을 떨며 문을 노려보았다.

307호 앞에 선 강태식이 방문을 노려보다가 발로 문짝을 걷어찼다.

쾅!

문짝이 판자 조각처럼 부서지며 파편이 사방으로 튀었다. 도무지 사람이라고는 믿어지지 않는 엄청난 괴력으로 문짝을 뜯어낸 강태식이 방 안으로 들어섰다.

조폭 둘은 저항할 생각도 하지 못한 채 부들부들 몸을 떨었다.

바닥에 늘어져 있던 검은 기운이 문 앞에 서 있는 강태식의 몸을 타고 위로 올라왔다.

강태식이 부하들을 노려보며 짐승처럼 으르렁거렸다.

"크르르르르."

조폭 둘이 칼을 들고 있는 손을 부들부들 떨면서 소리쳤다.

"형님, 제발 이러지 마십시오. 대체 왜 이러시는 겁니까?"

하지만 강태식은 같은 소리만 반복적으로 중얼거렸다.

"너희는…… 나의 제물이다…… 죽어야 한다……."

강태식이 중식도를 치켜들고 다가서자 짧은 머리가 악을 썼다.

"시발, 이판사판이다. 이제 형님이고 뭐고 없어. 죽어 버려!"

짧은 머리가 칼을 들고 강태식에게 달려들었다.

푸욱!

짧은 머리의 칼이 강태식의 배에 깊숙이 꽂혔다.

배에 칼이 꽂힌 강태식이 천천히 짧은 머리를 돌아봤다.

"혀, 형님……."

강태식이 부들부들 떨고 있는 짧은 머리의 목을 한 손으로 확 움켜잡고는 말했다.

"너는…… 나의 제물이다…… 죽어야 한다……."

강태식이 어마어마한 힘으로 짧은 머리의 목을 잡아 천천히 위로 들어 올렸다.

짧은 머리의 다리가 땅에서 떨어졌다. 짧은 머리가 입을 벌린 채 꺽꺽거리며 허공에서 발을 버둥거렸다.

"끄어어어억."

강태식의 까만 동공에서 뱀처럼 생긴 검은 기운이 흘러나와 짧은 머리의 입안으로 흘러 들어갔다.

이어서 차마 눈 뜨고 볼 수 없는 끔찍한 광경이 이어졌다.

강태식이 버둥거리는 짧은 머리를 바닥으로 집어 던졌다. 짧은 머리의 몸속에 뭔가가 있는 것처럼 피부가 꿈틀거렸다.

짧은 머리가 미친 듯이 비명을 질렀다. 이어서 짧은 머리의 피부가 논바닥처럼 쩍쩍 갈라지더니, 그 갈라진 사이로 검은 기운이 흘러나왔다.

검은 기운이 뿜어져 나오며 바닥에서 발버둥 치던 짧은 머리의 몸통이 폭발하듯 터졌다.

방 안이 피투성이로 변했고 짧은 머리의 신체 조각들이 여기저기 널브러져 있었다.

죽은 짧은 머리의 영혼이 검은 기운에 휩싸여서 사라졌다.

강태식이 히죽 웃으며 문신 조폭을 돌아봤다.

"으흑!"

문신 조폭은 공포로 인해 숨을 쉬는 것조차 힘들었다. 아무리 조폭이라도 그런 광경 앞에서는 저항할 생각조차 할 수 없었다.

문신 조폭이 다리를 휘청거리며 벽으로 물러났다.

강태식의 배에는 여전히 칼이 꽂혀 있었지만 별로 개의치
않는 표정이었다.

"으흐흑, 제발 살려 주십시오, 형님. 제발요."

문신 조폭이 흐느끼며 애원했다.

강태식이 문신 조폭을 노려보며 억양이 없는 음성으로 중
얼거렸다.

"너는…… 나의 제물이다…… 죽어야 한다……."

강태식의 중식도가 허공으로 치켜 올라갔다가 그대로 아
래로 내리꽂혔다.

퍽! 퍽! 퍽!

강태식의 얼굴이 점점 검붉은 핏방울로 물들어 갔다.

두 사람을 모두 도륙 내자 강태식을 휘감고 있는 검은 기
운이 이번에는 중식도를 들고 있는 강태식의 팔을 잡아서 목
으로 가져갔다.

강태식은 어떻게든 저항하려고 했지만 소용없었다.

강태식의 입에서 울음과 함께 다른 사람이 말하는 것처럼
소리가 새어 나왔다.

"너는…… 나의 제물이다…… 죽어야 한다……."

스윽.

중식도가 강태식의 목을 그었다.

잘린 강태식의 목에서 검은 기운이 계속 뿜어져 나오더니 급기야는 방을 가득 채웠다.

화르르르륵.
잔류사념의 영상이 끝나자마자 태수는 허리를 꺾고 토악질을 했다.

지금껏 살면서 이번처럼 끔찍한 광경은 난생처음이었다.

잔류사념은 단순히 과거의 영상만 보여 주는 게 아니라 당시의 공기라든가 냄새까지도 그대로 복원을 해 줬다.

덕분에 태수는 방 안을 가득 채웠던 피비린내까지 고스란히 맡고야 말았다.

태수가 몸을 떨면서 중얼거렸다.

"어떻게 이런 끔찍한 일이. 대체 그 검은 기운의 정체는 뭐였을까요?"

노인도 태수와 함께 잔류사념 속 영상을 모두 지켜본 후에 말했다.

–아무래도 마물의 짓인 것 같아.

"마물요?"

–예로부터 요괴나 사악한 힘을 가진 악귀들은 생명의 힘을 얻기 위해 사람을 죽이고 그들의 영혼을 잡아먹었네.

"생명의 힘이라는 게 뭔가요?"

–영적인 존재에겐 생명의 힘이 곧 귀기야.

"아…… 결국 저하고 목적은 똑같네요. 저도 귀기를 얻기 위해 퇴마를 하니까."

—목적은 같지만 그 목적을 이루는 과정은 딴판이지. 저렇게 악독한 방법으로 얻은 귀기는 다시 악한 일에 사용을 하게 되니까.

"마물의 정체가 뭔지 모르지만 정말 악독한 놈이네요. 촬영 팀이 괜찮을지……."

—나도 그게 걱정이 되는군.

노인과 대화를 나누는데, 앞쪽에 서 있던 문신 조폭의 영혼이 말했다.

—이곳에 들어온 자는…… 아무도…… 살아 돌아갈 수…… 없다.

태수가 돌아보니 두 조폭의 영체에서 검은 기운이 이글거리는 게 보였다.

"저들은 어떻게 할까요? 천도를 시켜야 할까요?"

—저들은 이미 오염된 영혼들이라 천도를 시킬 수가 없어.

"오염요?"

—저들의 영혼은 지금 마물과 연결되어 있어. 그래서 지금도 자신들의 의지대로 생각하고 행동할 수가 없는 거야. 말하자면 영혼의 노예인 셈이지.

비로소 조폭 영들이 뭔가를 두려워하고 하고 싶은 말을 제대로 못 하는 이유를 알 것 같았다.

"와, 정말 끔찍하네요. 영혼이 돼서도 자유롭지 못하다니."

노인의 말이 사실이라면 다른 방법이 없다.

저들은 존재하는 그 자체가 끔찍한 형벌이고 고통이다. 살아 있을 때처럼 스스로 목숨을 끊을 수도 없고.

태수는 노인에게 물어볼 필요도 없이 허공에 부적을 소환했다. 아마 저들도 속마음은 어서 소멸되기를 바라고 있을지도 몰랐다.

"내가 너희가 고통에서 벗어나도록 소멸시켜 줄 테니 저항하지 마라."

태수의 말대로 조폭 영들은 그 어떤 저항의 몸짓도 하지 않았다.

태수가 부적을 부르는 주문을 외웠다.

"화멸부."

화르르르륵.

허공에 공기가 흔들리며 노란 부적이 두 장 나타났다.

주문을 외우자 부적이 날아가 조폭 영들의 영체에 각각 한 장씩 달라붙었다.

자신들을 소멸시킬 부적이 몸에 달라붙었는데 조폭 영들의 표정이 의외로 편안해 보였다.

태수가 조폭들의 영을 참회시키기 위한 진언을 읊었다.

광명진언이었다.

"옴아모가 바이로차나 마하무드라……."

진언이 울려 퍼지자 조폭 영들이 참회하며 울기 시작했다. 비록 눈물은 흘리지 못했지만 그들의 입에서 애끓는 울음소리가 쉼 없이 흘러나왔다.

살아생전 자신들이 행한 악행들을 참회하고 죽어서는 원치 않는 악행을 저지른 일을 또한 참회하면서 조폭들은 계속해서 울었다.

화멸부가 점점 붉은색으로 변해 갈 때 태수가 일갈했다.

"불태워라!"

화아아아악.

부적에서 노란색과 파란색이 뒤섞인 불꽃이 일어나며 순식간에 화염으로 변해 조폭 영들을 휘감았다.

화염의 불길 속에서도 조폭 영들은 웃으면서 영체가 녹아 사라졌다.

그 모습을 지켜보는 태수의 마음도 먹먹하게 저려 왔다.

"아무리 악인이라도 소멸을 시키는 건 마음이 아프네요."

─환생의 기회조차 얻지 못하는 건 안타깝지만 악귀에게 사로잡혀 고통받는 것에 비하면 소멸되는 게 훨씬 고마운 일이지.

악귀들이 몰려오는 밤

스케줄 표를 확인한 태수가 서둘러 모텔 안으로 들어갔다. 모텔로 들어선 다음 왁자지껄한 소음이 들려오는 쉼터 쪽으로 걸음을 옮겼다.

쉼터는 모텔 손님들이 내려와서 커피도 마시고 식사도 하는 다용도 공간이었다.

쉼터 안에는 이미 많은 스태프들이 북적이고 있었고 각종 조명 기기와 카메라 장비들도 빼곡하게 자리를 잡고 있었다.

'감독님은 어디 가셨지?'

쉼터를 둘러보던 태수의 시야에 박홍식 감독의 모습이 보였다.

'어? 저기 있다.'

박홍식 감독 쪽으로 가려던 태수가 멈칫했다.

박홍식 감독이 주요 스태프, 피디, 배우들과 얘기를 나누고 있었는데, 왠지 모르게 분위기가 심각해 보였던 것이다.

'무슨 일이 있는 건가? 가만…… 민지가 보이질 않네?'

이갑수, 소영희, 김동우는 보이는데 영신 역할을 맡은 강민지는 모습이 보이지 않았다.

다른 사람도 아니고 강민지가 보이지 않는다는 게 왠지 신경이 쓰였다. 이전 촬영에서 민지 주위를 어른거리던 검은 기운 때문이었다.

태수가 스크립터 민자영에게 물었다.

"무슨 일 있어요? 분위기가 안 좋은 것 같은데."

"민지가 몸이 아프대요."

"아프다고요? 어디가요?"

"그건 잘 모르겠어요. 지금 민지 매니저가 민지 상태 확인하러 갔으니까 연락이 올 거예요."

강민지의 상태가 걱정스럽긴 하지만 아픈 정도로 끝난다면 그나마 다행일 것 같았다.

민주 주변을 맴돌던 검은 기운이 조폭들을 잔혹하게 살해한 그 검은 기운이라면, 앞으로 어떤 일이 벌어질지 모른다.

"혹시 누구랑 싸웠어요?"

"예?"

민자영이 눈을 동그랗게 뜨고 태수를 아래위로 훑어보며

퇴마하는 톱스타

말했다.

그제야 태수는 자신을 살펴봤다. 조폭 영들과 싸울 때 돌덩이에 맞아 티셔츠가 찢어졌고 어깨에서 피가 나고 있었다. 바지엔 돌멩이로 맞은 흔적들이 보이고.

"아, 별거 아니에요. 아까 산에 갔다가 구르는 바람에……."

태수는 히죽 웃어 보인 후 박홍식 감독과 배우들이 모여 있는 곳으로 옮겨 갔다.

박홍식 감독이 태수를 보고는 애써 웃음을 지어 보였다. 얼굴은 웃고 있었지만 속마음이 어떨지는 대충 짐작이 갔다.

"강민지가 아프다면서요?"

박홍식 감독이 땅이 꺼져라 한숨을 내쉬며 말했다.

"그러게. 감독 데뷔하기 정말 힘드네."

그때 입구 쪽에서 커다란 목소리가 들려왔다.

"박 감독 어딨어? 박 감독!"

박홍식 감독이 소리가 나는 쪽을 돌아보고 손을 들었다.

"여깁니다, 대표님."

머리가 희끗한 중년의 남자가 스태프들을 헤치고 급하게 오는 모습이 보였다.

딱 보니 모텔 파라다이스 제작사인 고스트라인의 조진호 대표였다. 인터넷에서 인터뷰와 사진을 봤기 때문에 금방 알아볼 수 있었다.

"어떻게 된 거야? 민지가 어디가 아프다는 거야?"

"아직은 저도 잘 모릅니다. 매니저가 알아보러 갔으니까 곧 연락이 올 겁니다."

"아, 진짜 미치겠네. 이번 영화는 왜 이렇게 일이 많냐?"

소영희가 걱정스럽게 말했다.

"만약 민지가 많이 아프면 12씬은 언제 촬영할지 알 수가 없는 거네요?"

조진호 대표가 어두운 표정으로 대답했다.

"아마도 그렇겠지."

"그럼 어떡하지? 다음 주부터 드라마 촬영 들어가는데."

"음."

조진호 대표가 속이 타는 듯 한숨만 푹푹 내쉬었다.

이갑수도 걱정스럽게 말했다.

"예산도 적은데 이렇게 일이 많아서 잘 끝낼 수 있을까 모르겠어요. 이제 초반인데."

조진호 대표가 눈을 번들거리며 말했다.

"끝내야죠. 무슨 일이 있어도 제작 기간 안에 끝낼 겁니다. 박 감독, 자신 있지? 이거 잘못되면 내 인생 종친다."

조진호 대표가 뒤늦게 태수를 발견하고는 물었다.

"이분은 누구신가? 스태프는 아닌 것 같은데."

"민석이 형이 보낸 친구예요. 장태수 작가라고……."

뜻밖에도 조진호 대표가 갑자기 반색을 하며 말했다.

"아, 이번에 한국 장르문학 공모대전에서 대상 탔다는 그 작가분?"

생각지도 못한 환대에 태수가 얼떨떨한 표정을 짓자 조진호 대표가 주머니에서 명함을 꺼내 건네며 말했다.

"반갑습니다. 고스트라인 조진호라고 합니다."

태수가 얼떨결에 명함을 받으며 고개를 숙였다.

조진호 대표는 박흥식 감독을 데리고 앞으로의 대책에 대한 논의를 했다.

'헐, 저게 뭐야?'

고개를 드는데 언제부터인가 쉼터의 천장 곳곳에 검은 기운이 곰팡이처럼 피어 있었다.

스태프들의 머리 위에서 검은 기운이 넓은 반경으로 점점 번져 가고 있었다.

아무래도 무슨 일이 일어날 징조 같았다.

'이젠 더 이상 망설이면 안 될 것 같아. 미친놈 소리를 듣든 촬영장에서 쫓겨나든, 오늘 하룻밤만이라도 스태프들이 모텔에서 철수하도록 얘기를 해야겠어.'

태수는 심각한 대화를 나누고 있는 조진호 대표와 박흥식 감독에게 다가갈 때였다.

"감독님 왔습니다. 강민지 왔습니다."

소리가 나는 방향을 돌아보니 한상훈 피디가 민지를 데리고 나타났다.

박홍식 감독이 물었다.

"민지, 너 이제 괜찮아? 촬영할 수 있겠어?"

민지가 고개를 끄덕이자 조진호 대표가 반갑게 소리쳤다.

"됐다, 됐어. 박 감독 어서 숏 가자고."

박홍식 감독도 한숨 돌렸다는 표정으로 소리쳤다.

"오케이, 됐어. 자, 숏 들어갑시다!"

표정이 어둡던 스태프들이 활기를 띠며 빠르게 움직였다.

스태프들이 모두 정 위치에 자리를 잡았고 배우들도 쉼터 가운데 테이블에 둘러앉았다.

테이블 위에는 소품 팀이 준비한 음식들이 차려져 있었다.

여느 집에서든 쉽게 볼 수 있는 저녁 식사 메뉴였다. 소품 팀이 밥차 부부한테 부탁해서 준비한 음식이었다.

태수는 식탁 위 음식을 보며 불안감을 떨칠 수가 없었다. 상상 속에서 봤던 그 음식들과 달랐기 때문이다.

그 말은 곧 이번 촬영이 제대로 마무리되지 못한다는 소리였다.

쉼터 천장을 올려다봤다. 검은 기운이 살아 있는 것처럼 꿈틀거리는 게 시야에 들어왔다.

'정말 이 장면을 무사히 촬영할 수 있을까? 한 번 더 확인해 봐야겠어.'

태수는 시나리오책을 펼쳐서 씬12의 장면을 다시 읽었다.

++++++++

씬12. 모텔 / 쉼터 / 밤

네 식구가 식탁에 앉아 식사하려는 중이다.
뭔가 의식을 행하는 것 같은 경건한 분위기.

혜수 : 오늘부터는 식사하기 전에 기도부터 할 거야.
민수 : 갑자기 왜? 그동안 성당도 안 나갔잖아.
혜수 : 안 나간 게 아니라 못 나간 거지.
       이런 때일수록 주님을 찾아야 돼.
       너희들 식사 기도 잊지 않았지?

영신과 호빈, 고개 끄덕인다.

혜수 : 자, 그럼 기도하자.

혜수, 두 손을 모으고 눈을 감으면 영신과 호빈도 두 손을
모으고 눈을 감는다.
민수는 무신론자라서 뻘쭘하게 셋을 바라본다.
그때 지하실에서 끼기기긱거리며 물건 움직이는 소리가
들려온다.

나머지 식구들은 눈을 감은 채 가만히 있다.

소리를 듣지 못하는 모양.

민수에게만 점점 증폭되어 들려오는 소리.

혜수 : 주님…… 은혜로이 내려 주신 이 음식과 저희에게 강복하소서. 우리 주 그리스도를 통하여…….

민수, 슬그머니 일어나서 나간다.

+++++++++

썬12의 영상이 떠올랐고 역시나 조금 전에 떠올렸을 때와 조금도 달라진 게 없었다.

식탁 위 음식도 달랐고 여전히 영상 속의 민지 얼굴은 모자이크 처리가 되어 알아보기가 힘들었다.

태수는 박홍식 감독의 뒷자리에 앉아 테이블 위 체크 모니터를 주의 깊게 응시했다.

이갑수, 소영희, 강민지, 김동우 네 명의 배우가 음식이 차려진 식탁에서 대기하고 있었다.

박홍식 감독이 말했다.

"마스터 샷 먼저 찍고 나머지 찍겠습니다. 한 번에 갑시다."

배우들이 고개를 끄덕였고 조감독이 소리쳤다.

"숏 들어갑니다!"

"카메라 롤!"

"씬 12-1!"

"레디…… 액션!"

큐 사인이 떨어지자 소영희가 먼저 기도를 하고 식사를 하자는 대사로 시작을 했다.

"주님…… 은혜로이 내려 주신 이 음식과 저희에게 강복하소서. 우리 주 그리스도를……."

소영희가 기도문을 외울 때 어디선가 소름 끼치는 웃음소리가 들려왔다.

ㅡ킥킥킥킥.

갑자기 시나리오에도 없는 웃음이 들려오자 이갑수 씨는 물론 모든 스태프들이 한순간 얼어붙었다.

잠시 동안 기묘한 정적이 흘렀다. 모든 사람들이 얼어붙은 것처럼 움직이질 못했다.

감독도 얼마간의 시간이 흐른 후에야 비로소 컷 사인을 낼 수가 있었다.

"컷."

박흥식 감독이 황당한 표정으로 물었다.

"방금 그 소리 뭐예요?"

카메라 감독이 오디오 감독을 돌아보고 물었다.

"오디오 감독님?"

오디오 감독이 당황한 표정으로 말했다.

"그거 웃음소리 같았어요."

"웃음소리라니, 누가 웃었나?"

하지만 아무도 본 사람이 없는지 대답을 하지 못했다.

태수는 자신이 본 걸 말해야 할지 말아야 할지 고민이 됐다.

소영희가 기도문을 외우는 순간 민지의 입에서 검은 기운이 아지랑이처럼 흘러나왔던 것이다. 그리고 보일 듯 말 듯 움직이던 민지의 입에서 웃음소리가 흘러나왔다.

―킥킥킥킥.

쉼터에 들어와 있는 모든 스태프와 배우 들이 당황하는 와중에도 강민지는 태연하게 앞을 바라보며 옅은 미소를 띠고 있었다.

박홍식 감독이 말했다.

"촬영분 한번 확인해 봅시다."

카메라 감독이 촬영한 영상을 되돌린 후 재생시켰다.

모니터에 촬영 영상이 흘러나왔다. 주요 스태프들이 모두 모니터 뒤로 돌아와서 숨을 삼킨 채 촬영 영상을 확인했다.

소영희가 기도문을 외우는 장면에서 강민지의 입이 아주 미세하게 움직였고 문제의 웃음소리가 흘러나왔다.

―킥킥킥킥.

박홍식 감독이 인상을 찌그리며 물었다.

"이게 어디서 나오는 웃음이야?"

그러자 오디오 감독이 말했다.

"민지 같은데?"

"뭐? 민지?"

스태프들의 시선이 일제히 강민지를 향했다.

그러고 보니 배우들까지 모두 감독의 뒤쪽으로 와서 모니터를 보고 있는데, 민지만 그대로 식탁에 가만히 앉아 있었다.

스태프들이 웅성거렸고 박홍식 감독이 물었다.

"민지야, 아까 네가 웃은 거 맞아?"

강민지가 고개를 들었다.

태수의 눈엔 강민지의 동공에 어른거리는 검은 기운이 뚜렷하게 보였다. 순간 머리가 쭈뼛 일어서고 소름이 돋았다.

바로 조폭들의 잔류사념 속에 등장하던 조폭 두목의 검은 눈동자와 똑같았던 것이다.

'악독한 놈. 하필이면 어린 민지에게 들어가다니.'

태수는 만일의 경우에 대비해서 팔을 아래로 늘어뜨린 후 나지막하게 주문을 외웠다.

"설호(雪虎)."

화르르르륵.

공기가 흔들리며 무형검, 설호가 손안에 잡혔다.

설호는 고려시대 살터라는 퇴마사가 눈 속에 살던 하얀 호랑이 요괴, 백호를 잡아서 봉인시킨 검이다.

살터는 호랑이의 영을 영원히 봉인시키기 위해 설호검을 아예 검기의 형태로만 존재하는 무형검으로 만들었다고 한다.

영력으로 만들어진 무형검이기에 일반 사람들의 눈에는 보이지 않는 검이다.

박흥식 감독이 멍하니 앉아 있는 민지에게 다시 물었다.

"정말로 민지 네가 웃은 거야?"

그러자 민지가 갑자기 부르르 떨다가 말했다.

"죄송해요, 갑자기 우스운 생각이 들어서 저도 모르게 그만…… 정말 죄송합니다."

여기저기서 '뭐야, 뭐야?' 하는 불만 섞인 소리들이 들려왔다.

이갑수가 화가 난 듯 말했다.

"민지 너 정신을 어디다 팔고 있는 거야? 그 장면이 웃음이 나올 장면이야? 연기에 몰입했다면 절대로 웃을 수가 없는 장면이잖아."

"죄송해요, 선생님. 제가 몸이 너무 안 좋아서 잠깐 이상해졌나 봐요. 솔직히 말씀드리면 저도 왜 웃었는지 잘 모르겠어요."

박흥식 감독이 손바닥을 치며 말했다.

"자 자, 됐어요. 민지 덕분에 다들 잠깐 오싹했죠? 민지가 귀신 역할 하면 정말 잘하지 않을까요? 웃음소리 진짜 대박이던데."

스태프들이 이구동성으로 말했다.

"맞아요. 진짜 소름 돋았어요."

"어떻게 그런 웃음을 웃을 수가 있지?"

"민지야, 아까처럼 한번 웃어 볼래?"

스태프들의 요청에 강민지의 얼굴이 빨개졌다. 곤란해하는 강민지가 걱정이 됐던지 박홍식 감독이 소리쳤다.

"자, 다시 갑시다."

박홍식 감독이 자리에 앉았고 촬영이 다시 시작됐다.

태수는 여전히 손안에 설호를 들고 천장에서 꿈틀대는 검은 기운과 강민지한테서 시선을 떼지 않았다.

12씬의 촬영이 재개됐고 소영희와 이갑수가 차례로 대사를 했다.

다시 소영희가 기도문을 외우는 장면.

소영희가 기도문을 외우자 강민지의 입에서 다시 검은 기운이 흘러나오는 모습이 모니터에 비쳤다. 물론 태수의 눈에만 보이는 현상이었다.

'별일 없이 잘 넘어가야 할 텐데.'

촬영이 다시 시작됐고 강민지가 이번에는 웃지 않았다.

대신 조명 팀의 전구들이 하나씩 터지며 깨지기 시작했다.

펑! 펑! 펑! 펑!

"꺄아아악!"

"무슨 일이야? 어떻게 된 거야? 조명 기구 콘센트 빼!"

전구의 유리 파편이 사방으로 튀었고 스태프들이 우왕좌왕하며 콘센트를 빼라고 소리를 질렀다.

나중에는 쉼터의 전등까지 깜빡거리다가 한꺼번에 불이 나갔다.

팟!

순식간에 실내가 암흑으로 변했다.

스태프들도 겁을 먹은 채 어둠 속에서 우왕좌왕하며 소리를 질러 댔다.

"어떻게 된 거야? 무슨 일이야?"

"아무것도 안 보여요."

한상훈 피디가 어둠 속에서 소리쳤다.

"불 켜! 랜턴!"

잠시 후 누군가 랜턴을 켰지만 그마저도 펑 하고 전구가 깨지며 불이 나갔다.

"휴대폰이라도 켜 봐."

다들 휴대폰을 꺼내 들었지만 어쩐 일인지 불이 들어오지 않았다.

누군가가 암담하게 소리쳤다.

"휴대폰에 배터리가 하나도 없어요!"

그러자 여기저기서 같은 대답이 튀어나왔다.

퇴마하는 톱스타

"나도 그래요."

"저도 배터리가 없어요."

모든 스태프들의 휴대폰 배터리가 방전된 상황. 절대 자연적으로 벌어질 수 있는 현상은 아니었다.

노인이 심각한 음성으로 말했다.

─마물이 보통 놈은 아닌 게 확실하네. 염동력으로 이런 정도의 혼란을 만들려면 귀기가 어마어마하게 필요하거든.

빛 한 점 없는 완벽한 어둠 속에서 불안해하는 스태프들의 혼란이 지속됐다.

─확실한 건 마물이 이곳에서 영화 촬영하는 걸 싫어할 뿐만 아니라 기도문 암송을 특히 싫어한다는 거야.

태수의 생각에도 그런 것 같았다.

두 번의 사건 모두 소영희가 식사 기도문을 외울 때 일어났으니까.

다만 걱정이 되는 건 이렇게 모든 스태프들을 어둠 속에 가둬 놓은 이유가 단지 촬영을 방해하기 위한 의도만은 아닐 것 같다는 것이다.

아무래도 무슨 다른 꿍꿍이가 있을 것 같았다.

만에 하나 이런 어둠 속에서 촬영 팀에게 해코지를 한다면 자칫 돌이킬 수 없는 사고가 일어날 수도 있었다.

노인이 말했다.

─야명주를 띄우게.

'야명주요?'

야명주(夜明珠)는 영력으로 만든, 영적인 빛을 밝히는 구슬을 일컫는다.

현실의 빛을 내는 모든 장치나 장비 들은 악귀가 염동력으로 망가트릴 수 있지만, 영력으로 만든 야명주는 염동력으로 막을 수 있는 빛이 아니다.

태수가 수인을 맺은 후 영력을 모아 주문을 읊었다.

'야명주.'

화르르르륵.

공기가 흔들리며 칠흑 같은 어둠 속에서 반딧불 같은 푸른 빛의 미세한 입자들이 무수히 나타났다.

입자들은 이내 한 지점으로 모여들어 서로 뭉치더니 둥근 구(球)의 형태를 만들어 냈다.

완벽한 구의 형태를 갖춘 야명주가 푸른 빛을 발하며 시야를 밝혔다.

물론 야명주의 빛은 영능력을 가진 태수만 볼 수 있는 빛이었다.

야간에 혼자만 적외선 안경을 쓰고 있는 것처럼 푸른색의 시야 너머로 우왕좌왕하는 스태프들의 모습이 고스란히 보였다.

'강민지가 어디에 있지?'

역시 가장 신경이 쓰이는 건 강민지의 행방.

지금 마물이 제물로 조종하고 있는 건 강민지니까.

'마물은 왜 직접 해코지를 하지 않고 저렇게 사람을 조종해서 이용하는 거죠?'

−운명의 반작용 때문일세.

노인의 설명은 이러했다.

모든 인간에겐 각자의 사주가 있고 정해진 운명이 있는데, 그 힘을 거스르는 저주가 가해지면 저주를 받는 모든 사람은 저도 모르는 사이에 저주를 막으려는 저항의 기운을 내보낸다는 것이다.

'저기 있다.'

야명주의 불빛에 강민지가 모습을 드러냈다.

강민지는 넋이 나간 사람처럼 흐느적거리며 주방을 향해 걸어가고 있었다.

강민지의 온몸에서 조폭 두목한테서 봤던 검은 기운이 뿜어져 나오는 모습이 보였다.

'쟤가 왜 저쪽으로 가는 거지?'

강민지가 주방에서 창고로 통하는 문을 열고 나가더니 커다란 플라스틱 통 하나를 들고 들어왔다.

왠지 예감이 좋지 않았다.

강민지가 통의 뚜껑을 열었다.

'헉, 저건?'

태수가 서 있는 곳까지 진한 석유 냄새가 확 풍겼다. 강민지가 플라스틱 통을 바닥에 눕혔다.

콸콸콸콸.

바닥에 석유가 쏟아지며 냄새가 더욱 짙어졌다.

노인이 탄식하듯 말했다.

-저놈이 왜 지금까지 사람들이 모이도록 기다렸는지 알겠네. 한꺼번에 좀 더 많은 사람들의 생명을 가져가기 위해서였어.

'이런 미친. 대체 어떤 마물이기에 그런 끔찍한 짓을 꾸밀 수가 있는 거죠?'

뒤늦게 석유 냄새를 맡은 다른 스태프들이 어둠 속에서 다급하게 소리쳤다.

"이게 무슨 냄새지? 이거 석유 냄새 아니에요?"

"석유 냄새다!"

그렇잖아도 불안하던 스태프들은 그때부터 밖으로 나가는 출구를 찾기 위해 발버둥을 치기 시작했다.

하지만 앞이 보이질 않으니 서로 부딪치고 넘어지면서 혼란이 극에 달했다.

태수가 다시 주문을 읊어 무형검을 불렀다.

'설호!'

화르르르륵.

설호를 손안에 들고 서둘러 강민지를 향해 다가갔다. 뭔가 끔찍한 일이 벌어질 것 같은 예감이 강하게 들었다.

쓰러진 플라스틱 통에서는 계속해서 석유가 콸콸 쏟아지

고 있었다.

돌아보니 어느새 강민지의 손에 라이터가 들려 있었다.

'미친.'

라이터의 불을 켜는 순간 끔찍한 재난이 일어날 것이다.

태수는 강민지가 라이터를 켜려고 팔을 들어 올리는 순간 설호를 던졌다.

'민지야, 안 돼!'

설호가 흰 빛을 뿌리며 어둠을 가르고 날아갔다.

쇄액! 파앗!

설호가 가슴에 꽂히며 흰 빛이 쏟아졌고 강민지가 비명을 질렀다.

"아악!"

강민지의 몸에서 검은 기운이 빠져나왔다.

키악!

그제야 쉼터에 전등이 깜빡거리며 불이 들어왔다. 쉼터를 빠져나가려던 스태프들도 어리둥절하게 주변을 돌아봤다.

태수는 얼른 달려가서 쓰러지는 강민지를 부축했다.

"여기 강민지 매니저 있나요?"

태수의 외침에 스태프들 사이에서 민지의 매니저가 달려 나왔다.

"조금 있으면 정신을 차릴 거예요. 일단 민지를 데리고 모텔 밖으로 나가세요."

어떻게 된 일인지 영문을 몰라 당황하는 스태프들을 향해 태수가 소리쳤다.

"모두 여기서 나가야만 합니다. 어서요!"

　태수의 말에 조진호 대표와 박흥식 감독이 놀란 얼굴로 다가왔다.

　박흥식 감독이 물었다.

"장 작가, 대체 지금 무슨 소리 하는 거야?"

"두 분 다 제 말 잘 들으세요. 방금 겪은 일은 이 모텔에 있는 악귀의 짓입니다. 악귀가 민지의 몸에 빙의되어 여기 있는 스태프들을 모두 죽이려고 했어요."

　태수의 말에 박흥식 감독의 미간이 좁혀졌다.

"방금 악귀라고 했어?"

"물론 믿어지지 않는다는 거 압니다. 하지만 사실이에요. 제가 영적인 걸 보는 눈이 있거든요. 여기 바닥을 보세요."

　조진호 대표와 박흥식 감독이 바닥에 쏟아진 석유를 보고는 낯빛이 변했다.

　태수가 강민지한테서 빼앗은 라이터를 보여 줬다.

"아까 불이 꺼졌을 때 민지가 석유통을 가져와서 부은 겁니다. 그리고 이 라이터로 불을 붙이려고 했고요. 이 모텔에 있는 악귀가 민지의 몸을 빌려서 이렇게 한 겁니다. 더 이상 여기 머물러서는 안 됩니다."

　그때 누군가 비명을 질렀다.

"꺄아아아악!"

다들 돌아보니 스태프 한 명이 팔을 들어 쉼터 구석을 가리키며 부들부들 떨고 있었다.

스태프가 가리킨 곳에 소영희가 있었다. 놀랍게도 소영희의 발이 바닥에 닿아 있지 않았다. 소영희의 몸이 허공에 떠 있었던 것이다.

게다가 조폭 두목처럼 소영희의 동공이 검게 변해 있었다.

조진호 대표가 넋이 나간 사람처럼 중얼거렸다.

"세상에."

그때 반대편에서 젊은 남자가 소영희를 향해 달려 나갔다. 소영희의 매니저였다.

"누나!"

"가지 말아요!"

태수가 소리쳤지만 늦었다.

"카악!"

소영희가 짐승 소리를 내며 팔을 뻗자 달려가던 매니저의 몸이 허공으로 붕 날아서 벽에 부딪혔다. 벽에 머리를 부딪친 남자가 피를 흘리며 쓰러졌다.

보고도 도무지 믿기지 않는 광경이었다.

소영희의 입에서 검은 기운이 흘러나왔고 이내 짐승의 소리가 흘러나왔다.

잔류사념 속 조폭 두목이 내뱉던 바로 그 소리였다.

"크르르르르."

태수가 다급하게 소리쳤다.

"저 사람 데리고 다들 여기서 나가세요. 어서요!"

쉼터의 벽 사이로 검은 기운이 밀려 들어왔고 쉼터 한가운데 있는 육중한 식탁이 흔들리기 시작했다.

드르르르륵.

식탁이 흔들리며 떨더니 천천히 허공으로 떠올랐다. 더불어 쉼터 안에 있는 나머지 물건들도 서서히 허공으로 떠올랐다.

물건들이 쉼터 안을 날아다니기 시작했다. 물건들이 벽에 부딪쳐 박살이 났고 어떤 물건은 스태프들에게 달려들었다.

"으악! 이게 뭐야?"

여기저기서 비명이 들렸고 물건에 맞아 다치는 스태프들이 속속 생겨났다.

스태프들이 다급하게 쉼터를 빠져나가기 시작했다.

조진호 대표와 박흥식 감독은 쓰러진 소영희 매니저를 부축해서 나갔다.

태수가 허공에 떠 있는 소영희를 노려봤다. 소영희의 몸을 검은 기운이 칭칭 휘감고 있는 게 보였다.

노인의 목소리가 들려왔다.

—크기를 가늠할 수 없는 무시무시한 귀기가 느껴져.

태수도 노인이 느끼는 것들을 똑같이 느낄 수가 있었다.

그사이에 쉼터를 날아다니던 물건들이 태수를 향해 날아들었다.

쾅쾅!

벽에 부딪친 조명 장비가 부서져서 박살이 났다.

식탁 의자가 눈앞으로 날아오자 태수가 저도 모르게 손에 기공을 실어서 후려쳤다.

퍼억!

의자가 파편을 뿌리며 박살이 났다.

태수는 부동명왕의 형상을 떠올린 후 그 형상에 집중하며 주문을 외웠다.

"부동명왕의 오오라!"

부동명왕의 전신에서 눈부신 오오라가 쏟아져 나왔다.

화르르르륵.

오오라가 막을 형성했고 태수를 향해 날아들던 물건들이 그곳에 부딪혀서 바닥으로 떨어졌다.

퍼퍼퍼퍽!

물건들이 연이어 바닥으로 떨어지자 일단 한숨을 돌렸지만 잠깐 시간을 번 것에 불과했다.

노인이 말했다.

ー자네 힘으로 저놈을 제령하려면 먼저 놈의 정체를 알아내야 해. 정체가 드러나면 놈의 힘이 급격하게 줄어들 것이네.

악귀든, 마물이든, 악령이든 악의 세력은 자신의 본모습을 드러내는 걸 극도로 싫어한다.

흉악한 자신의 모습을 드러내는 것도 싫어하고 자신의 이름이 알려지는 것도 거부한다.

그래서 악령을 퇴치하는 엑소시스트 의식을 거행할 때 구마사제가 거듭 악령의 이름을 물어보는 장면이 나오는 것이다.

'저놈은 기도문을 극도로 싫어하는 것 같던데, 차라리 기도문을 읊어 볼까요?'

─그 기도문은 자네가 가진 종교의 기도문인가?

'아뇨, 전 무교예요. 고등학교 자퇴하고 친구가 사귀고 싶어서 잠깐 교회에 다닌 적이 있거든요. 그때 주기도문과 한두 가지 기도문을 외운 거예요.'

─신을 믿지 않는 자가 기도문만 외우는 건 큰 도움이 되지 않을 걸세.

물건이 계속 날아와 부딪치는 바람에 오오라의 막도 점점 흐릿해져서 오래 버티지 못할 것 같았다.

쉼터를 날아다니는 물건들의 속도가 더욱 빨라졌고 마물이 부리는 힘도 증폭되는 게 느껴졌다.

창문이 덜덜거리며 흔들렸고 벽들도 흔들렸다.

지진이 난 것처럼 천장에선 콘크리트 조각과 먼지도 떨어져 내렸다.

─지금은 놈이 여자를 완전하게 자신의 소유로 만들지 못해

온전하게 힘을 다 쓰질 못하고 있어. 놈이 완전한 힘을 사용할 수 있게 되면 그땐 걷잡을 수가 없어질 거야.

태수가 허공에 떠 있는 부동명왕의 형상에 의식을 집중하며 주문을 읊었다.

"부동명왕의 이름으로 명하노니 마물은 모습을 드러내라."

부동명왕의 항마의 기운이 파도처럼 밀려가서 소영희를 덮쳤다.

소영희가 인상을 찡그리며 몸을 비틀었다.

태수와 노인이 연이어 한목소리로 부동명왕의 힘을 빌려 항마진언을 읊었다.

"옴 싯디 싯디 수싯디……."

부동명왕의 항마의 기운이 태수를 둘러싼 공기와 어울리며 회오리를 일으키기 시작했다.

태수와 노인이 점점 더 목소리를 높여 진언을 읊었다.

푸른빛의 회오리가 점점 커지며 앞으로 나아갔다. 쉼터를 날아다니던 물건들이 회오리에 휩쓸려 힘없이 바닥으로 떨어졌다.

휘이이이잉.

부동명왕의 항마 기운이 더욱 세차게 회오리를 일으키며 소영희를 향해 나아갔다.

소영희의 입에서도 더 많은 검은 기운이 흘러나오기 시작했다. 검은 기운 역시 서로 엉기고 뭉치며 회오리의 형태로 변해 갔다.

부동명왕의 항마 기운과 마물의 검은 기운이 회오리의 형태로 쉼터의 한가운데서 맹렬하게 부딪쳤다.

휘이이이잉.

푸른 기운과 검은 기운이 서로 뒤섞이고 밀어 내며 치열한 기세 싸움을 벌였다. 그러다 시간이 흐를수록 검은 회오리가 푸른 회오리를 압도하기 시작했다.

소영희의 입에서 예전 조폭 두목처럼 소리가 흘러나왔다.

"너는…… 나의 제물이다…… 죽어야 한다……."

검은 기운이 항마의 기운을 오히려 압도하며 태수를 향해 점점 다가왔다.

'놈의 귀기를 스캔해서 잔류사념을 읽어 보면 어떨까요?'

─글쎄. 힘의 우위 없이 잔류사념을 읽다가 도리어 놈의 사념에 당할 수도 있어.

'뭐든 시도는 해 봐야죠. 어차피 힘으로는 안 될 것 같고, 혹시 놈의 정체를 알 수 있는 단서를 얻을 수도 있으니까요.'

태수는 노인의 대답을 기다리지 않고 검은 회오리를 향해 팔을 뻗었다.

"사이코메트리."

화르르르륵.

공기가 흔들리며 허공에 영상이 떠올랐다.

어딘지도 모를 칠흑 같은 공간에 수많은 영혼이 갇혀서 울부짖고 있었다.

사방이 축축하게 젖어 있었고 물 냄새가 강하게 풍기는 공간이었다.

'여기가 어디지?'

검은 기운의 잔류사념은 마물의 것이 아닌 백귀의 원혼들 것이었다.

수많은 영혼의 원한이 바늘처럼 태수의 심장을 찌르며 파고들어 왔다. 마치 물속에 있는 것처럼 온몸이 차가웠고 숨이 막혔다.

"으으으, 숨을…… 쉴 수가…….."

태수가 마치 물속에 빠진 것처럼 허우적대며 비명을 질렀다.

이전에 백귀야행한테서 느꼈던 것보다 더 강력한 공포와 고통의 감정들이 내면으로 밀려들었다.

태수가 비명을 지르며 괴로워하자 항마 기운의 회오리도 빠르게 힘을 잃어 갔다.

노인이 힘찬 목소리로 일갈했다.

-정신을 차리고 내 목소리에 귀를 기울이게. 그리고 날 떠올려 환상에서 빠져나오게!

커다란 노인의 목소리에 귀를 기울이자 노인의 형상이 나타났다.

'어르신.'

─그래, 됐네.

노인의 말에 차가운 물의 감촉이 서서히 사라졌다.

태수가 겨우 정신을 차리자마자 이번에는 뭔지 모를 강력한 힘이 태수의 목을 움켜잡았다.

"으헉!"

검은 기운이 목을 휘감아서 태수를 점점 위로 들어 올렸다.

처음엔 안개처럼 보이던 검은 기운이 끈적거리는 젤처럼 변해 갔다.

목을 쥐고 있는 검은 기운을 손으로 잡으려고 했지만 젤의 형태여서 잡으면 손가락 사이로 빠져나갔다.

태수의 발이 바닥에서 떨어졌다. 두 발이 허공에서 버둥거렸다.

"으으으."

엄청난 압력이 가해져서 숨을 쉴 수도 말을 할 수도 없었다.

그때 태수의 안에서 진언을 읊는 노인의 은은한 목소리가 들려왔다.

─타타가 토스니삼 시타타파트람……

모든 부처가 주문의 근본을 깨달아서 마(魔)의 항복을 받았다는 능엄신주가 태수의 내면에서 공명하며 울려 퍼지고 있었다.

능엄주는 나쁜 주술에 걸리거나 마장으로 고통받을 때 부처님의 가피로 인간을 보호하는 진언이다.

진언이 태수의 내면을 가득 채우며 항마 기운이 소용돌이를 쳤다.

－붇다 보디 사트베밧 나모……

진언이 계속 되면서 태수의 목 주위로 푸르스름한 항마의 기운이 나타났다.

항마의 기운이 꿈틀대며 태수의 목을 휘감고 있는 검은 기운을 뒤덮기 시작했다.

두 개의 기운이 기 싸움을 하며 꿈틀대다가 검은 기운이 괴로운 듯 비명을 질렀다.

"키악!"

급기야 검은 기운이 괴성과 함께 흩어졌다.

"우웩, 캑캑캑."

태수가 바닥에서 한바탕 헛구역질을 하곤 일어났다.

조금 전까지 두려운 마음이 있었으나 한번 호되게 당하고 나니 오히려 몸이 풀리면서 오기와 분노가 솟구쳤다.

태수가 팔을 아래로 휘저으며 주문을 읊었다.

"어디 누가 이기나 해 보자. 설호검!"

화르르르륵.

주문과 함께 허공이 흔들리며 설호검이 손에 쥐여 있었다.

설호검을 들어 올리자 영력으로 만들어진 검날에 푸른 항마의 기운이 일렁이는 게 보였다.

물러갔던 검은 기운이 다시 사방에서 에워싸며 몰려들고 있었다.

처음엔 안개처럼 실체가 없었지만 지금은 젤처럼 끈적거리며 점점 형체가 구체적으로 만들어지고 있었다.

아무리 뛰어난 검이 있어도 검술을 모르면 무슨 소용이 있겠나.

태수의 입에서 저도 모르게 주문이 흘러나왔다.

"제마(制魔)신검!"

"타앗!"

내면에서 뜨거운 기운이 폭발하며 태수가 바닥을 박찼다.

우우웅!

설호검이 눈앞의 검은 덩어리를 자르며 검은 기운의 한가운데로 뛰어들었다.

제마신검은 악의 기운에 대항하는 독특한 항마의 검법이다.

검법의 초식에 따라 영력과 검기로만 이루어진 검의 크기와 모양이 수시로 변했다.

설호검은 단번에 수 미터로 길어졌다가 다음 순간 검날이 휘어져서 상대를 공격했다. 상대의 입장에서는 그야말로 예측을 불허하는 검인 셈이다.

태수는 천지팔양경 다라니를 읊으며 제마신검의 초식을 시전하며 나아갔다.

설호검의 동선을 따라 항마의 푸른 검기가 분수처럼 쏟아졌다.

화르르르륵.

보통은 검은 기운이 공격받아도 흩어졌다가 다시 모이는데 설호검에 베인 기운들은 허공으로 흩어져서 그대로 사라졌다.

가장 급선무는 마물의 영매로 쓰이는 소영희를 구하는 일이지만, 저항이 워낙 강력해서 그곳까지 다가가는 일이 만만치가 않았다.

–그 정도 힘으로…… 백귀의 귀기를 부리는 날…… 이길 수 있다고 생각했나…….

말없이 태수에게 기운을 불어 넣던 노인이 소리쳤다.

–설호만으로는 역부족이네, 부적을 이용하게!

태수가 설호검을 그대로 소영희에게 집어 던졌다.

쇄액!

태수의 손을 떠난 설호가 저 혼자 검은 기운을 상대하며 싸웠다.

그사이 태수는 주문을 읊었다.

"화멸, 축귀, 금사부!"

화르르르륵.

부적들 수십 장이 허공으로 떠올랐다. 소환된 부적들 중에서도 유독 항마의 힘이 강한 부적들이었다.

수십 장의 부적들이 허공에 떠서 태수를 중심으로 빙빙 돌았다.

"가라!"

태수가 손짓하자 부적들이 일제히 검은 기운을 향해 날아갔다.

검은 기운 속으로 들어간 부적들이 형형색색의 불꽃과 폭발을 일으키기 시작했다.

펑! 펑! 펑! 펑!

그때마다 부적에 담겨 있던 항마의 기운들이 쏟아져 나와 검은 기운을 밀어 냈다.

설호검과 부적이 합쳐지면서 검은 기운을 압도하기 시작했다.

ㅡ크르르르르.

항마의 기운과 검은 기운이 치열하게 공방을 벌이는 모습을 지켜보던 마물이 입을 열었다.

ㅡ재주는 제법이지만…… 네 운은 거기까지다…….

마물이 알아들을 수 없는 방언을 중얼거리자 밖에서 괴성과 울부짖음이 들리며 또 한 무리의 검은 기운들이 몰려들었다.

-키아아악.

수많은 영혼의 울부짖음.

노인이 중얼거렸다.

-백귀들이다.

노인의 말처럼 모텔 위를 맴돌던 백귀의 기운들이 일제히 쉼터로 몰려들고 있었다.

"미친. 백귀의 힘을 다 쓴 게 아니었어?"

-이제 마물이 저 여자를 확실히 자신의 제물로 소유한 모양이야.

백귀야행의 검은 기운들이 사방에서 밀려들었다.

태수가 즉시 수인을 맺고 부동명왕의 형상을 떠올렸다.

화르르르륵.

화염에 휩싸인 부동명왕의 형상이 순식간에 소환되어 눈앞에 나타났다.

태수가 수인을 맺은 후 일갈했다.

"부동명왕의 가루라염!"

주문이 떨어지자 부동명왕을 휘감고 있던 붉은 화염이 광채를 뿜으며 앞으로 뻗어 나갔다.

광채가 뻗어 나가는 모습이 이름 그대로 팔부의 하나인 거대한 새 가루라가 날개를 펼친 듯했다.

가루라염이 붉은 화염의 거대한 날개로 쉼터 안으로 밀려드는 백귀의 기운을 휘감았다.

－키아아악!

　화염을 뒤집어쓴 백귀의 기운이 사방으로 흩어졌다.

　불길에 휩싸인 백귀의 기운 몇 마리가 불덩이가 되어 괴성과 함께 불타올랐다.

　태수는 수인을 맺고 노인과 한목소리로 부동명왕의 진언을 암송했다.

　"나맣 사만타 바즈라남 찬다⋯⋯."

　태수는 가부좌를 틀고 진언을 외우며 계속해서 영력을 극한으로 끌어올렸다.

　가루라염은 실제 불길이 아닌 부동명왕의 기운을 머금은 영적인 불이다. 진언 소리에 가루라염의 화염이 더욱 커지고 밝게 타올랐다.

　설호도 백호의 포효를 뿜어내며 검은 기운을 베고 찢었다.

　마물의 귀기에 맞서며 최고치로 영력을 쏟아 내는 태수의 몸이 격렬하게 떨리기 시작했다. 노인이 걱정스럽게 말했다.

　－자네. 너무 무리하고 있네.

　'아뇨, 조금만 더 버티면 놈도 끝장이 날 겁니다.'

　태수는 영력과 기운이 바닥을 드러날 때까지 버렸다.

　운기조식을 통해 기공과 영력을 보충해야 했지만, 그럴 여유가 없었다. 지금 그만두면 모든 게 수포로 돌아갈 것 같았던 것이다.

　태수와 함께 영력을 쏟아붓던 노인이 탄식처럼 중얼거렸

다.

　─안되겠어. 역부족이야. 백귀의 귀기는 자네 혼자 힘으로 감당할 수가 없어.

이젠 태수도 어렴풋이 느끼고 있었다. 마지막 남은 영력까지 모두 쏟아부어도 마물을 굴복시킬 수 없다는 것을.

이미 얼마 전부터 코에서 검붉은 피가 흘러내리고 있었다.

태수는 마지막 남은 영력을 쥐어짜 냈다.

"으아아아아!"

설호검도, 가루라염도, 진언도 점점 한계에 다다랐다.

백귀야행의 귀기가 항마의 기운을 뒤덮으며 태수의 주위를 압박하며 밀고 들어왔다.

'이대로 끝인 건가?'

절망감이 찾아들 즈음 쉼터 입구에서 기도문이 들려오기 시작했다.

동시에 엄청난 파동을 가진 코발트빛의 기도력이 백귀의 귀기를 밀어 내며 쉼터로 밀려들어 왔다.

'대체 누가?'

기도문을 암송하는 청아한 목소리가 모텔의 복도와 쉼터에 공명하며 점점 가까이 다가왔다.

"천상 군대의 영광스러운 지휘자이신 성 미카엘 대천사여, 권세와 폭력과의 싸움에서 저희를 보호하시며……."

허공에 떠 있던 소영희의 얼굴이 고통스럽게 일그러졌고

마물이 비명을 질렀다.

이유는 알 수가 없지만 마물이 극도로 기도문을 싫어한다는 게 확실해졌다.

-크아아아…… 그만해…….

기도문 덕분에 태수를 압박해 오던 백귀의 귀기가 느슨해졌고 비로소 숨통이 트였다.

모든 영력을 소모한 태수가 운기조식으로 급하게 기운을 다시 회복시키며 쉼터의 입구를 응시했다.

쉼터로 사제복을 입은 남자가 십자가를 앞세운 채 들어서고 있었다.

머리가 희끗한 남자가 들고 있는 십자가에는 파란 성령의 불길이 춤을 추듯 일렁이고 있었다.

사제복을 입은 남자가 십자가를 앞세워 다가가자 파도가 갈라지듯 검은 기운이 양쪽으로 흩어졌다.

이미 태수와 치열한 싸움을 벌였기에 검은 기운 또한 많은 귀기를 소모한 터였다.

사제복을 입은 남자가 기도문을 읊었다.

"……평화의 하느님께서 사탄의 세력을 저희 발아래 섬멸하여, 사탄이 더는 인간을 지배하지 못하고……."

남자가 다가가며 기도문을 외우자 허공에 떠 있던 소영희가 몸을 뒤틀었고 마물이 비명을 질렀다.

-크아아아…… 오지 마…… 으아아아…….

남자가 목소리에 성령의 힘을 실어 소영희를 감싸고 있는 검은 기운을 향해 말했다.

　"이제 그만하게, 이윤철 목사. 자네가 하느님을 배반하고 저지른 죄가 얼마나 큰지 제발 지금이라도 깨닫길 바라네."

　갑자기 소영희의 입에서 웃음소리가 흘러나왔다.

　─킬킬킬킬…… 강형진 신부…… 파문당한 신부 주제에…… 설교하는 버릇은 여전하군.

　"자네는 하느님의 대리자 이전에 내 소중한 친구였네. 자네를 현혹시킨 악령이 뭔지는 모르지만……. 이봐, 윤철이, 지금이라도 참회하고 뉘우치면 주님께서……."

　─닥쳐라…… 내 앞에서 다시는…… 예수 따위를 입에 올리지 마라……. 그는 내 기도를 외면했다…….

　"외면한 게 아니네. 주님은 늘 우리가 도저히 헤아릴 수 없는 방법으로 역사를 행하시기 때문에……."

　─크르르르르…… 더 이상 난 거짓의 말…… 위선의 말을 섬기지 않을 것이다……. 자, 이쯤에서 너도 위선의 가면을 벗지 그래……. 난 알고 있다…… 네가 예전부터 효진이를…… 마음으로 간음해 왔다는 걸…… 킬킬킬.

　강형진 신부는 순간 사적인 분노가 솟구치는 걸 가까스로 억눌렀다.

　강 신부는 자신을 시험에 들게 만들고 나아가 주님에 대한 믿음을 흐트러지게 하려는 악령의 의도를 간파했다.

십자가를 휘감고 타오르는 성령의 불길이 그런 강 신부를 보호해 줬다.

강 신부가 경건한 목소리로 질책하듯 말했다.

"그 더러운 입을 다물라. 효진이 누구인가? 자네가 그토록 살리고자 염원했던 자네의 아내가 아닌가? 그런데 어찌 그런 더러운 의심으로 욕되게 한단 말인가?"

─크르르르…… 난 그런 더러운 년을…… 내 아내로 여긴 적이…… 없다.

"이제 보니 넌 내 친구 윤철이 아니구나. 윤철이는 자신의 아내를 살리기 위해 목숨까지도 버리려고 했던 사람이다. 아무리 죽은 영이라도 윤철이가 자신의 아내에게 그토록 욕된 말을 할 리가 없다. 넌 윤철이의 목소리를 흉내 낸 마귀이자 사탄이구나."

─킬킬킬킬…… 넌 이제 아무런 힘도 없는…… 사이비 신부에 불과해…… 너 같은 사이비 신부한테…… 너의 신이 힘을 나눠 줄 것 같으냐……. 네 신은 이기적이고 가혹한 신이다…….

"사탄의 더러운 말을 더는 듣고 있을 수가 없구나."

강 신부가 성령의 기운을 끌어올리자 십자가를 휘감은 불길이 거세게 일렁이며 주변으로 번져 나갔다.

강 신부의 입에서 청아한 기도 소리가 울려 퍼졌다.

"마귀와 사탄에 불과한 용과 늙은 뱀을 붙들어, 쇠사슬로

퇴마하는
톱스타

묶어 심연 속에 빠뜨리고…….”

강 신부가 한 손으로는 성령의 불길이 치솟는 십자가를 앞
세우고, 다른 한 손으로는 가지고 온 성수를 허공에 매달려
있는 소영희에게 뿌렸다.

치이이이익.

성수가 닿은 소영희의 몸에서 하얀 연기가 일어났고 마물
이 괴성을 지르며 몸부림쳤다.

―끄아아아아!

소영희의 몸이 허공에서 격렬하게 흔들렸다.

그런 소영희를 똑바로 바라보며 강 신부가 기도력을 올렸
다.

“그 여인에게서 나오너라! 주님의 이름으로 명하노니 마귀
야, 사탄아, 지금 당장 그 여인에게서 나오너라! 성령의 불길
이여, 타올라라!”

화르르르륵.

십자가를 휘감은 성령의 불길이 소영희를 휘감았다.

―으아아아악!

불길 속에서 미친 듯이 괴성을 지르던 마물이 소영희의 입
을 통해 말했다.

―꺼져라, 신부!

마물이 소영희의 입을 통해 푸른색의 끈적이는 물질을 분
수처럼 쏟아 냈다.

화아아아악!

"으윽!"

강 신부가 녹색의 끈적이는 물질을 뒤집어쓰고 뒤로 쓰러졌다. 녹색의 물질이 쓰러진 강 신부의 얼굴을 뒤덮었다.

강 신부가 헐떡이며 말했다.

"엑스토플라즘이구나."

엑스토플라즘은 유령 현상을 만들어 내는 영적 에너지가 구체적인 물질의 형태로 나타난 것이다.

―킬킬킬…… 가여운 신부 놈아…… 내 배설물이라고 생각해라.

끈적이는 푸른색의 엑스토플라즘이 강 신부의 얼굴에 찰싹 달라붙어 눈과 코와 입을 틀어막았다.

강 신부는 앞을 볼 수도, 말을 할 수도 없는 상태로 손만 허우적거렸다.

'신부님을 도와줘야겠어요.'

그사이 어느 정도 영력을 회복한 태수가 일어나는데, 노인이 말했다.

―지금은 신부를 돕는 일보다 저 여인을 구하는 게 더 급하네. 마물의 힘이 많이 약해져 있는 지금의 기회를 놓치면 놈은 다시 힘을 회복할 걸세. 여인을 구하고 마물이 자신을 대신해 줄 영매를 잃으면, 신부한테 붙어 있는 물질도 자연히 힘을 잃게 돼.

"설호검!"

설호검이 손안에서 펼쳐지자 태수가 바닥을 박차고 나갔다.

"타앗!"

강 신부의 구마 덕분에 검은 기운이 흩어진 틈을 타서 단번에 소영희의 앞까지 다다를 수가 있었다.

마물은 모든 신경을 강 신부에게 집중하느라 태수가 다가오는 걸 미처 알지 못했다.

태수가 설호검을 소영희의 가슴에 꽂았다.

화악!

무형검인 설호검에서 백호의 흰 빛이 폭사했다. 소영희의 허리가 뒤로 휘어졌고 입에서 검은 기운이 괴성과 함께 쏟아져 나왔다.

─키아아악!

태수는 쓰러지는 소영희를 얼른 받아서 바닥에 눕혔다.

소영희의 몸에서 나온 검은 기운이 허공에서 서로 뒤엉키더니 기다란 뱀의 형태로 뭉쳐졌다.

노인이 중얼거렸다.

─마물의 정체가 저놈이었구나. 사귀(邪鬼)다!

'사귀라니요?'

─사귀는 흔히 뱀의 요괴를 일컫는 말일세.

─키아아악!

노인의 말대로 검은 기운이 거대한 뱀의 형태로 변해 바닥을 빠르게 기어 다녔다.

검은 뱀의 모습을 한 사귀가 몸부림을 치며 바닥을 구르다가 쉼터를 빠져나가려는 듯 빠르게 움직였다.

휘리리리릭.

사귀가 쉼터를 빠져나가려고 입구를 향해 나아갈 때였다.

쉼터 입구에서 강 신부가 암송하는 레오 13세의 구마 기도문이 들려왔다.

"세상 전장에서 권세와의 싸움 중에 있는 저희를 보호하시어 사악한 마귀의 악의와 흉계로부터 저희를 방어하소서……."

─키아아악!

사귀가 고개를 빳빳이 들고 이빨을 드러낸 채 입구를 가로막고 서 있는 강 신부를 위협했다.

하지만 강 신부는 자신의 허리보다 더 굵은 몸통의 사귀를 전혀 두려워하지 않았다.

강 신부가 미동도 하지 않은 채 십자가를 앞세우며 기도문을 암송했다.

검은 뱀이 고통스러운 듯 몸부림을 치며 계속해서 기성을 뱉어 냈다.

"추악한 마물이 감히 인간을 지배하다니!"

태수도 일어나서 부동명왕의 형상을 소환한 후 의식을 집중하며 주문을 외웠다.

"부동명왕의 오오라!"

주문과 함께 부동명왕의 전신에서 오오라가 쏟아져 병풍처럼 쉼터를 에워쌌다.

화르르르륵.

강 신부의 기도력에 이어 부동명왕의 오오라까지 이중으로 결계가 압박을 하자 검은 뱀은 그야말로 독 안에 든 쥐나 다름없었다.

태수가 부동명왕의 항마진언을 읊었다.

"옴 싯디 싯디 수싯디……."

공기가 파동을 일으키며 항마의 기운이 회오리처럼 돌풍을 일으키기 시작했다.

검은 뱀이 그 회오리에 갇혀서 미친 듯이 기성을 질러 댔다.

태수가 항마진언을 더욱 소리 높여 염하자 항마의 회오리가 점점 더 범위를 좁히며 검은 뱀을 압박해 들어갔다.

전혀 어울릴 것 같지 않은 밀교의 진언과 천주교의 기도문이 함께 사귀를 도망가지 못하도록 조여 나갔다.

하지만 진언과 기도력은 사귀를 압박할 수 있을 뿐 마지막 숨통을 끊을 수는 없었다.

태수가 손을 늘어뜨리며 주문을 읊었다.

"설호검!"

화르르르륵.

"타앗!"

태수가 지체 없이 바닥을 박차고 달려들었다.

고개를 쳐들고 이빨을 드러내는 사귀의 머리 높이로 뛰어올랐다. 눈앞 사귀의 목을 겨냥하고 설호검의 검기가 호를 그었다.

화아악!

귀기를 소모한 사귀는 반응이 느렸다.

사귀의 몸통이 단칼에 잘리며 그 안에 갇혀 있던 검은 기운이 쏟아져 나왔다.

그동안 사귀에게 사로잡혀 있던 백귀의 귀기를 비롯한 무수한 영혼들의 귀기였다.

사귀가 죽자 각각의 영들은 서로 뭉치는 대신 제각각 흩어져서 쉼터를 떠돌았다.

쉼터를 감싸고 있는 결계 때문에 밖으로 빠져나갈 수는 없었다.

시간이 흐르며 영들이 흐릿하게 형체를 드러내기 시작했다.

모두 사귀에게 잡아먹힌 저주받은 영혼들이었다.

하나…… 둘…… 셋…… 열일곱…… 스물넷…… 서른여덟…… 쉰일곱.

전투 과정에서 이미 많은 수의 영들이 사멸했음에도 불구하고 57마리나 되는 영들이 남아 있었다.

모습을 드러낸 영들은 하나같이 익사해서 죽은 듯 축축하게 몸이 젖어 있었고 몸도 퉁퉁 불어 있었다.

태수가 영혼을 향해 팔을 뻗고 주문을 읊었다.

"사이코메트리."

화르르륵.

대체 이곳에서 무슨 일이 있었는지 알아보고 싶었던 것이다.

이전에는 검은 기운과 백귀들의 귀기 때문에 고통을 겪었지만 이젠 모든 영력을 잃은 가엾은 영혼들이기에 그런 걱정은 할 필요가 없었다.

공기가 흔들리고 영상이 떠올랐다.

이전에 봤던 잔류사념과 별반 다르지 않았다.

다들 차가운 물속처럼 축축하고 어두운 공간에 갇혀 있는 사념이 전부였다.

잔류사념에서 빠져나온 태수가 영들을 둘러봤다. 다들 의식이 없는 듯 멍하니 허공을 바라봤고 간간이 흐느끼는 영들도 보였다.

너무 오랫동안 악귀의 지배를 받아 기억 자체가 남아 있지 않은 것 같았다.

비록 다들 원치 않는 죽음과 저주를 받았지만 이들은 마물에게 오랫동안 붙잡혀 오염이 된 영들이다. 그대로 풀어 줄 경우 원한령과 같은 악귀가 될 가능성이 다분했다.

태수가 나지막하게 읊조렸다.

"화멸부."

허공에 십여 장의 부적들이 떠올랐다. 워낙 영들이 많아 부적도 여러 장이 필요했다.

태수가 영혼들을 불태우려는데 강 신부가 물었다.

"잠시만, 영들을 소멸시키려는 것이오?"

"예. 이 영들은 사귀에게 오랫동안 오염이 돼서 풀어 줄 수도 천도를 시킬 수도 없습니다."

강 신부가 고개를 끄덕이며 말했다.

"그건 나도 알고 있소. 잠시만 기다려 줄 수 있겠소?"

태수가 물었다.

"왜 그러십니까?"

강 신부가 영들이 서 있는 쪽으로 걸어가더니 한 명의 영 앞에 서서 물었다.

"이윤철 목사, 윤철이 맞지?"

강 신부의 부름에 영이 갑자기 어깨를 들썩이며 흐느끼기 시작했다.

태수가 의아해하며 물었다.

"혹시 아까?"

강 신부가 고개를 끄덕이며 말했다.

"그렇소. 저 가엾은 영혼은 한때 하느님을 모시던 목사이자 내 절친한 친구였소."

이전에 두 사람이 나누는 대화를 통해 어렴풋이 짐작은 했
지만 믿기지가 않았다.

목사가 악귀로 변하다니.

그러고 보니 영화 촬영 때 소영희가 기도문만 읊으면 훼방
을 놓았던 이유를 이제야 알 것 같았다.

한때 목사였기에 아무리 악귀의 지시를 받았다 해도 기도
문을 견디긴 어려웠을 것이다.

대체 목사가 어쩌다가 악귀가 됐는지 그 사연이 너무도 궁
금했다.

강 신부가 안타까운 음성으로 물었다.

"대체 이게 어떻게 된 일인가? 무슨 일이 있었는지 말을
좀 해 보게."

하지만 영혼은 말을 하지 못한 채 그저 불안하게 영체를
떨고만 있을 뿐이었다.

근데 그 모습이 태수에겐 왠지 모르게 낯설지가 않았다.

바로 얼마 전 태수가 제령한 조폭 둘의 영혼이 지금과 거
의 비슷한 모습이었다. 그때 조폭의 영들도 뭔가를 두려워하
면서 말을 하지 못했다.

태수가 미간을 좁힌 채 영을 응시하며 말했다.

"아마도 오랫동안 마물의 지배를 받아서 그런 것 같은데
요."

태수가 혹시 이 영에겐 기억이 남아 있을지 몰라서 영혼을 향해 팔을 뻗어 주문을 읊었다.

"사이코메트리."

화르르륵.

공기가 흔들리며 영상이 떠올랐다.

맨 먼저 목사인 이윤철이 자신의 교회를 찾은 신도들에게 설교를 하는 모습이 보였다.

생전에 이윤철은 지금 눈앞에 서 있는 영혼의 주인이 맞나 싶을 정도로 믿음이 강하고 선한 눈빛을 가진 목사였다.

다음 영상은 집 안에 누워 있는 여자를 간호하는 이윤철의 모습이었다.

누워 있는 여자는 민효진이라는 이름의 그의 아내였다.

민효진은 병명조차 알기 어려운 희귀병을 앓고 있었다.

민효진은 그 어떤 병원 치료와 약에도 병이 낫지 않았다.

이윤철은 아내의 병을 고치기 위해 전국 방방곡곡을 다니며 약초를 구해 왔고 밤마다 기도를 올렸지만 소용이 없었다.

그의 아내는 결국 숨을 거뒀다.

아내가 죽은 후 이윤철은 자신의 하느님을 원망하며 괴로운 나날을 보냈다.

그러던 어느 날 그의 교회 앞마당에 있던 우물에서 기어 나온 오래된 물뱀이 매일 밤 꿈속에서 아내의 모습으로 나타나 사악한 말을 속삭였다.

이윤철은 간교한 사술을 알지 못한 채 그 물뱀을 자신의 아내로 생각했다.

이윤철은 사귀의 사술에 속아 자신의 신도들도 사술로 속여 교회 앞 우물에 몸을 던지게 만들었다.

잔류사념에서 빠져나온 태수가 강 신부를 돌아보고는 몸서리치듯 말했다.

"끔찍하네요. 이 사람들 전부 우물에 빠져 죽은 사람들이에요."

강 신부가 놀라서 반문했다.

"우물이라니?"

태수는 자신이 잔류사념에서 본 것들을 강 신부에게 설명했다.

모든 얘기를 듣고 난 강 신부가 놀란 표정으로 말했다.

"어떻게 그런 일이?"

"왜 그러세요?"

"이 모텔이 세워진 자리가 바로 이윤철 목사의 교회가 있던 자리요."

"예? 그럼 우물도?"

"그렇소. 당시 교회가 없어지고 우물도 폐쇄됐소. 당시 우물을 흙으로 메우고 이 모텔을 세웠으니까."

"그럼 이 모텔은 그 우물 위에 세워진 거네요? 그 우물 속에 신자들의 시신이 있을 테고."

강 신부가 참담하게 대답했다.

"그렇소. 당시 신도들이 갑자기 사라지면서 교회를 옮겼다는 얘기가 돌았는데……."

강 신부가 참담한 표정으로 이윤철을 돌아보고 말했다.

"안타깝지만 내가 자네한테 해 줄 수 있는 건 자네의 영혼이 지옥의 불구덩이에 떨어지지 않도록 소멸시켜 주는 것이네. 날 이해해 주겠나?"

그때까지 의식이 없는 것처럼 울기만 하던 이윤철이 뜻밖에도 강 신부를 바라보며 고개를 끄덕였다.

강 신부가 뒤로 물러나고 태수가 부적을 불러내는 주문을 읊었다.

"화멸부!"

화르르르륵.

허공에 공기가 흔들리며 노란 부적 쉰일곱 장이 나타났다.

주문을 외우자 부적들이 날아가 각각의 영들에게 달라붙었다. 영들의 표정은 편안해 보였다.

태수가 조폭들의 영을 참회시켰던 광명진언을 읊었다.

강 신부는 뒤쪽에서 조용히 기도문을 암송했다.

"불태워라."

화아아아악.

부적에서 노란색과 파란색이 뒤섞인 불꽃이 일어나며 영

혼들이 화염에 휩싸였다. 불꽃에 휩싸인 영혼들의 표정이 이상할 정도로 평온해 보였다.

영들이 완전히 소멸되면서 눈앞이 흔들리더니 메시지가 떠올랐다.

백귀의 귀기를 흡수했습니다.

영능력에 신령한 칠성의 기운이 내렸습니다.

칠성이 내리는 '능'의 힘을 획득했습니다.

북두의 칠성인 탐랑성, 거문성, 녹존성, 문곡성, 염정성, 무곡성, 파군성을 숭배하세요.

순간 몸속으로 서늘한 한기가 스며들면서 눈앞에 화려한 의복을 갖춘 일곱 명의 신들이 나타나 태수를 굽어봤다.

그들의 빛나는 눈빛이 태수를 보호하듯 감싸는 것 같았고 그들의 깊은 시선이 고대의 지혜를 전하는 기분이 들었다.

일곱 명의 신들이 시야에서 사라지자 태수가 넋이 나간 사람처럼 중얼거렸다.

'봤어요, 칠성신을 봤어요.'

노인이 말했다.

—자네가 운이 좋은 건지 나쁜 건지 모르겠군.

'예?'

—영능력을 전수받은 지 얼마나 됐다고 벌써 백귀야행의 귀기

를 흡수하고 칠성신을 배알하다니. 내가 칠성신을 배알한 게 영능력을 전수받고 23년이 지났을 때인데. 앞으로 자네는 더욱 놀라운 능력을 가지게 될 걸세.

영능력을 얻기 전까지 평생 운이 좋다고 생각한 적이 없는데 이게 무슨 일인지.

태수는 아직도 의식을 잃은 채 바닥에 누워 있는 소영희에게 다가갔다.

"저기요, 괜찮으세요, 소영희 씨?"

소영희의 어깨를 잡고 흔드는데, 서늘한 기운과 함께 허공이 흔들리며 메시지가 떠올랐다.

제1성인 탐랑성의 생기탐랑의 능이 작동합니다.

화르르르륵.

태수의 손에서 정체를 알 수 없는 푸른 기운이 흘러나와 소영희의 몸을 감쌌다.

"헉."

태수가 깜짝 놀라 손을 떼고 물러나자 의식을 잃었던 소영희가 신음하며 몸을 뒤척였다.

"으음."

태수가 자신의 손을 보며 중얼거렸다.

'헉? 방금 그게 뭐였지?'

노인도 놀란 듯 흥분한 목소리로 말했다.

-방금 그 기운은 칠성의 제1성인 탐랑성 생기탐랑의 능이 아닌가?

'예, 그런 것 같아요. 방금 그런 메시지가 떴어요. 대체 그게 뭐죠?'

-허허 참. 벌써 생기탐랑의 능을 사용하다니.

노인이 간단하게 설명을 했다.

칠성신은 북두칠성의 기운을 받은 일곱 명의 신을 의미한다.

그 일곱 명의 신은 북두칠성 일곱 별의 기운과 연결이 되어 있다.

각각의 별은 '능'이라고 하는 고유의 능력을 가지고 있다.

칠성신의 기운을 내려받은 자는 그 일곱 개의 별이 가진 일곱 가지의 능을 행할 수 있는 자격을 지니게 된다.

하지만 처음부터 완전하게 모든 능을 사용할 수는 없다. 앞으로 얼마나 많은 귀기를 모으느냐에 따라 그 능력은 끝도 없이 진화할 수가 있다.

그중에 방금 태수가 사용한 제1성인 탐랑성은 생명의 기운인 물을 나타낸다.

즉, 탐랑성 생기탐랑의 능은 다친 사람의 몸과 마음을 치유할 수 있는 능력이다.

소영희가 깨어나 주위를 두리번거렸다.

"이게 어떻게 된 거예요? 촬영 장비들이 다……."

"아무것도 생각이 안 나세요?"

소영희가 고개를 끄덕였고 마침 스태프들이 경찰과 함께 안으로 우르르 들어왔다.

경찰들이 엉망으로 변한 쉼터를 황당한 표정으로 둘러보다가 강 신부를 발견하고는 그럴 줄 알았다는 듯 한숨을 내쉬었다.

"혹시나 했더니 역시나 또 신부님이시네요. 설마 이번에도 악령이 나타났나요?"

강 신부가 얼른 먼 산을 바라보며 시선을 피하자 경찰이 고개를 흔들었다.

"진짜 이해가 안 되네. 어떻게 강 신부님이 나타나는 곳은 전부 이렇게 쑥대밭이 됩니까?"

가만 보니 강 신부는 이번 말고도 이 지역에서 구마 의식을 자주 거행했던 모양.

태수가 강 신부에게 다가가 넙죽 인사를 건넸다.

"인사가 늦었습니다. 아까 도와주셔서 감사합니다. 장태수라고 합니다."

"고맙다는 말은 내가 해야지. 자네가 날 도와준 거야."

"아뇨, 신부님이 없었으면 정말 어떻게 됐을지 몰라요. 근데 여긴 어떻게 알고 오신 거예요?"

강 신부가 땅이 꺼져라 한숨을 내쉬고는 말했다.

"실은 몇 년 전부터 꿈속에 자꾸 이윤철이 그 친구가 악령이 되어 나타나는 거야. 이 모텔을 배경으로 말이야."

"아……."

"그래서 몇 번이나 모텔에 들러서 살펴봤는데, 도통 악령이 정체를 드러내지 않더군. 그러다가 이 모텔에서 영화 촬영을 한다는 소리를 들었지."

"촬영을 막으려고 올라오셨군요."

강 신부가 고개를 끄덕였다.

"난 강형진이라고 하네."

"아, 예. 신부님이시죠?"

강 신부가 희끗한 머리카락을 넘기며 빙긋 웃었다.

"신부는 무슨. 그냥 신부 흉내 내는 사이비지."

노인이 말했다.

─연락처 받아 놔라. 앞으로 퇴마할 때 저분 도움이 많이 필요할 것 같다.

"신부님, 혹시 전화번호나 연락처 좀 얻을 수가 있을까요?"

강 신부가 명함 두 장을 건네며 말했다.

"내가 사는 곳이니까 언제든 필요하면 찾아오고, 여기 그쪽 연락처 하나 적어 주지?"

받은 명함 두 장 중에서 한 장에 휴대폰 번호를 적어서 강 신부에게 건네줬다.

강 신부가 태수의 어깨를 툭툭 두드린 후에 돌아섰다.

태수는 멀어지는 강 신부의 뒷모습을 보다가 받은 명함을 봤다. 명함에는 희망복지원 강형진이라고 적혀 있었다.

'희망복지원이라면 고아원 아닌가?'

그때 언제 다가왔는지 경찰관이 옆에 와서 말했다.

"방금 그 신부님, 이 근방에서는 꽤 유명한 분이에요. 우리 서장님이 그러는데, 강형진 신부님이 카톨릭에서 인정한, 한국 유일의 구마사제였다고 하더라고요."

"한국 유일의 구마사제요? 근데 조금 전에는 신부님이 아니라고 하시던데?"

"그렇죠. 지금은 신부님이 아닙니다. 듣기로는 성당에서 허가하지 않은 구마 의식을 치렀다가 파문을 당했답니다. 뭐 신들린 무당을 구마했다나? 아무튼 돈도 안 주는데 뭐 하러 그런 무리수를 둬 가지고."

노인의 탄성이 들려왔다.

'왜 그러세요?'

─로마교황청에서 한국에 구마사제 한 사람을 임명했다고 하더니, 바로 그 사람이었나 보군.

'어? 어르신도 아시는 분인가요?'

─당시 중요한 뉴스라서 지금도 내용을 또렷하게 기억하고 있네. 교황청에서 처음으로 퇴마를 하는 구마사제의 존재를 공식적으로 인정했으니까.

퇴마하는
톱스타

놀라운 얘기였다. 로마교황청에서 퇴마를 공식적으로 인정하다니.

'어떤 내용이었는데요?'

—2007년 12월 31일의 기사였을 거야. 영국 일간지 '텔레그라프'의 기사로 로마교황청에서 악마의 존재와 위험성을 인정하고 이에 대항할 퇴마사를 양성할 계획이라는 사실을 밝혔네.

'교황청에서 퇴마사를 양성한다고요?'

—그렇다네. 소위 말하는 구마사제지. 당시 바티칸 최고의 퇴마사인 가브리엘 아모르트 신부가 악마주의와 초자연적 현상 같은 '극단적인 신의 부재 상태'에 신속하게 대항할 수 있도록 각 교구 내에 적합한 퇴마 교육을 받은 퇴마사들의 존재가 매우 절실하다는 인터뷰를 했거든.

'그럼 그 퇴마사 양성 계획에서 한국의 구마사제로 임명된 분이 강형진 신부님이란 말이군요.'

—그런 셈이지. 어쩐지 조금 전 마물을 퇴치하는 과정에서 보여 준 기도력과 성령의 힘이 놀랍다는 생각을 했었는데. 역시 평범한 신부님이 아니었구먼.

잠깐의 만남이었지만 형형한 눈빛에 고지식해 보이는 표정이 한눈에도 정의롭고 강직한 성품이라는 인상을 받았다. 어떤 경우에도 적당히 타협하면서 살아갈 것 같지 않은.

그런 태수의 생각을 뒷받침하듯 경찰이 덧붙였다.

"우리 입장에선 늘 골치 아픈 분인데, 좋은 일을 많이 하세요. 지금 희망복지원이라고 고아원 운영하면서 고아들 돌봐 주면서 단 한 푼 안 받으시고 신병 들렸다는 사람도 고쳐 주시니까. 뭐 좋은 분인 건 확실하죠."

다음 권으로 이어집니다

악가의 무신

서준백 신무협 장편소설

『빙의검신』의 작가 '서준백'
그가 써 내려가는 진정한 협의 기치!

정파의 거두 태양무신이 목숨을 바쳐 지켜 낸 강호
하지만 그가 남긴 유산으로 인해
무림은 다시금 혼란에 빠지는데……

*태양무신의 유산을 완성하는 자,
천하를 오시하리라.*

혈란이 종결되고 17년 후,
신의가 사라진 무림 한구석

"……망할 개잡놈들!"

태양무신 천휘성,
산동악가의 장손 악운으로 눈뜨다!

태양무신의 유산을 회수하여
야망에 물든 자들의 시대를 끝장내라!

꿈의 도약, 로크에서 하십시오
(주)로크미디어에서 신인 작가를 모십니다

즐거운 세상, 로크미디어는 꿈을 사랑하고 도전을 두려워하지 않는 작가 분들의 참신한 작품을 기다리고 있습니다. 21세기 장르 문학계를 이끌어 갈 차세대 선두 주자 (주)로크미디어에서 여러분의 나래를 활짝 펴 보시길 바랍니다.

모집 분야 판타지와 무협을 포함한 장르 문학
모집 대상 아마추어 작가, 인터넷 작가
모집 기한 수시 모집
작품 접수 시 유의 사항
    1. 파일명은 작가명_작품명.hwp형식을 갖춰 주십시오.
    1. 파일에 들어갈 내용은 다음과 같습니다.
        — 성명(필명인 경우 실명을 밝혀 주세요), 연락처, 이메일 주소
        — 제목, 기획 의도
        — A4용지 1장 분량의 등장인물 소개
        — A4용지 2장 분량의 전체 줄거리
        — 본문
    1. 작품이 인터넷에 연재되고 있다면, 게시판명과 사이트의 구체적이고 정확한 주소를 기재해 주십시오.

선택된 작품은 정식 계약 후 출판물로 간행되어 전국 서점에 유통됩니다.
작가 분은 (주)로크미디어의 전폭적인 지원하에 전속 작가로 활동하시게 됩니다.
※ 자세한 내용은 로크미디어 홈페이지(rokmedia.com)를 참조하세요.

(04167)서울시 마포구 마포대로 45 일진빌딩 6층
(주)로크미디어 편집부 신간 기획 담당자 앞
전화 : 02) 3273-5135
www.rokmedia.com   이메일 : rokmedia@empas.com

우리 교황님 좀 말려 주세요

판미손 퓨전 판타지 장편소설

비정상 교황님의
듣도 보도 못한 전도(물리) 프로젝트!

이세계의 신에게 강제로 납치(?)당한 김시우
차원 '에덴'에서 10년간 온갖 고생은 다 하고
겨우 교황이 되어 고향으로 귀환했건만……

경고! 90일 이내 목표 신도 숫자를 달성하지 못할 시
당신의 시스템이 초기화됩니다!

퀘스트를 달성하지 못하면 능력치가 도로 0이 된다고?
그 개고생, 두 번은 못 하지!

"좋은 말씀 전하러 왔습니다, 형제님^^"
※주의※ 사이비 아닙니다, 오해하지 마세요!

ROK
MEDIA
로크미디어

망한 가문의 검술 천재가 되었다

소구장 퓨전 판타지 장편소설

**역사에서도 잊힌 비운의 검술 천재
최강의 꼰대력으로 무장한 채
후손의 몸으로 깨어나다!**

만년 2위 검사 루크 슈넬덴
세계를 위협하던 마룡을 물리치며
정점에 이른 순간

이대로 그냥 죽어 다오, 나를 위해서.

라이벌인 멀빈 코넬리오에게 목숨을 잃……
……은 줄 알았는데,
200년 후의 몰락한 슈넬덴가에서 눈뜨다!
가족이라고는 무기력한 가주, 망나니 1공자뿐
망해 버린 가문을 살리기 위해
까마득한 조상님이 팔을 걷었다!

**설풍 같은 검술, 그보다 매서운 독설로
슈넬덴가를 정점으로 이끌어라!**